무기모토 산포는 내일이 좋아

MUGIMOTO SANPO NO SUKINAMONO DAINISHU
© 2021 Yoru Sumino
Original Japanese edition published by Gentosha Inc.
Korean translation rights arranged with Gentosha Inc.
through The English Agency (Japan) Ltd. and Danny Hong Agency

무기모토 산포는

내일이 좋아

스미노 요루 지음

이소담 옮김

소미미디어
Somy Media

일러두기

* 이 책의 주석은 모두 옮긴이 주입니다.

차례

무기모토 산포는
자는 게 좋아

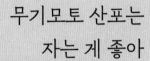

무기모토 산포는 살아 있다. 그러니 밥을 먹어 영양을 섭취하고 잠을 자서 몸을 쉬이지 않으면 하루하루를 극복할 수 없다.

"으으으."

끙끙거리는 산포. 그녀는 어두컴컴한 방의 침대 위에서 갈색 물방울무늬 긴 티셔츠에 회색 추리닝 바지 차림으로 잠들어 있다. 뒤척이다가 베개 옆에 떨어진 알람 시계에 얼굴이 눌려서 신음하고는 반대 방향으로 굴러가 평온함을 획득한다.

지금은 산포와 함께 생활하는 인간도 없고 동물도 없다. 방 안에서 들리는 건 산포의 고른 숨소리와 천이 스치는 소리뿐. 가끔 밖에서 맨션 앞을 지나는 자동차 소리나 고양이 싸우는 소리가 들리기도 하지만, 고작 그런 것에 숙면을 방해받을 산포가 아니다. 옆집 사람이 한밤중에 시끄럽게 구는 일도 없어서, 벌써 거주한 지 3년째를 맞이한 이 집은 산포에게 평온한 수면을 선물해준다.

그러니 산포의 잠을 방해하는 것이 있다면 기본적으로 여름과 겨울의 기온, 그리고 산포 본인뿐이다.

무슨 꿈을 꾸는지 산포가 긴 티셔츠 아래로 손을 넣어 배를 자꾸만 쓸었다. 어차피 먹는 꿈이라도 꾸느라 배가 고픈가 보네. 산포를 아는 사람이라면 그녀의 왕성한 식욕을 떠올리며 이렇게 생각할 것이다.

그런데 오늘 밤은 아무래도 다른 모양이다.

"그만해, 끈적끈적해…… 응?"

자기 잠꼬대에 산포가 눈을 떴다. 그러나 깬 건 아주 잠깐이었고, 금세 다시 꿈속으로 돌아갔다.

한참 조용히 자는가 싶더니 다시 "으으으" 하고 배를 쓸기 시작한다. 또 뭐라고 꿍얼꿍얼 중얼거린다.

"빅카츠라면 아직 더 먹어……."

이 시점에서는 도무지 알 수 없다. 나중에 산포는 "에스테틱 체험장 같은 곳에 갔더니 직원 언니가 배에 그 과자 있잖아요, 쥐포를 끈적끈적하게 붙여주는 꿈을 꿨어요"라고 직장 선배들에게 설명한다. 꿈 이야기 같은 건 타인에게도 현실을 사는 본인에게도 전혀 중요하지 않은데, 산포에게 다정한 직장 선배는 그 꿈이 무엇을 암시하는지 같이 생각해주기까지 한다. 대단한 건 아니고, 산포가 오랜만에 쥐포를 먹은 기억과 경품 추첨에서 당첨된 에스테틱의 기억이 뒤섞였을 뿐이다.

어느 정도 시간이 지나 간신히 그 묘한 꿈에서 빠져나왔는지 천장을 보고 누운 산포의 표정이 평온해진다. 이불 안에서 여덟 팔자로 벌려 아무렇게나 뻗은 다리도 왠지 모르게 만족스러워 보인다.

그 상태로 이번에는 입을 뻐끔거린다. 산포는 자면서 자주 입을 뻐끔거린다. 마치 연못에서 먹이를 간절히 기대하는 잉어처럼. 친구가 그 모습을 동영상으로 찍어 굴욕을 준 적도 있다. 산포는 자기가 일방적인 피해자라고 주장하지만, 산포도 그 여자 사람 친구가 졸다가 침 흘리는 모습의 사진을 찍은 적이 있으므로 쌍방 유죄다.

아무튼 오늘도 산포는 질리지도 않고 입을 뻐끔거린다. 이번에야말로 십중팔구 왕성한 식욕 덕에 뭔가 먹는 꿈을 꾸는 것이다. 뭘 먹는지는 꿈속의 산포 이외에는 모른다. 너무도 일상적으로 음식이 나오는 꿈을 꾸기 때문에 산포 본인조차 다음 날이면 잊어버린다. 자고 일어나 아침에 갑자기 뭔가 먹고 싶은 충동에 사로잡히는 날은 그걸 먹는 꿈을 꿨는지도 모를 노릇이다.

"웅히히."

아무래도 만족했나 보다.

벌러덩 누워 한참 꼼짝하지 않던 산포가 이윽고 옆으로 뒤척인다. 하지만 그곳에는 알람 시계가 있었으니, 또 산포의 뺨이 꾸욱 눌렸다. "으으으" 하고 신음하며 미간에 잔뜩 주름을 잡은 산포였지만, 이번에는 그 자세로 안정됐는지 이렇다 할 대책을 취하지 않고 계속 잤다.

새근새근 호흡하는 소리와 사락사락 천이 스치는 소리가 산포의 수면을 지켜주는 것처럼 울린다. 잠시 후, 다시 뒤척여 자국 남은 뺨을 어둠에 드러내고서 산포는 무사히 몇 시간을 보낸다.

참으로 평온하게 잠자는 산포.

이 모습만 보면 알 턱이 없지만, 사실 어제 일하던 중 싫은 일이 있었다. 마음이 너무 꾸물꾸물해서 오늘 이것 때문에 잠을 못 잘 것 같다고 본인은 걱정했는데 보다시피 이렇다.

산포는 잠들지 못하는 일이 거의 없다. 그렇다고 해서 잠을 자면 전부 잊어버릴 수 있는 능력이 있다거나 한 건 아니다. 산포는 자기가 생각하는 것보다는 훨씬 둔감하지만, 주위에서 생각하는 것보다는 아주 조금 섬세하다.

지금은 행복한 잠에 취한 산포도 아침이 되면 잠에서 깨어나 몇 분 후면 출근해야 한다는 걸 떠올리고 가기 싫다고 생각한다. 이어서 어제 있었던 싫은 일이 바로 떠올라 더욱더 내키지 않는다. 지금까지 몇 번이나 있었던 일이다.

그래도 산포는 정기적으로 찾아오는 이런 싸움에서 아직 진정한 의미로 진 적이 없다. 늦잠 자고 지각하고 땡땡이를 치더라도 평생 출근하지 않고 사는 게 좋다고 생각한 적은 단 한 번도 없다. 산포는 그런 자신을 참 대단하다고 여긴다. 전에 선배에게 그렇게 말하자 다들 그러고 산다는 말을 들었는데, 그렇다면 다들 대단한 거라고 산포는 생각한다. 산포는 자기 자신과 다른 사람 모두를 칭찬해주고 싶다.

곧 커튼 틈새로 은은하게 햇살이 들이비쳤다. 이제 곧 동이 튼다. 산포가 잠에서 깨기까지는 아직 몇 시간 정도가 남았다.

"으응."

햇살에 몸이 반응했는지 산포가 잠든 채로 이불을 걷어찬다. 두둥실 뜬 이불은 절반이 침대에서 미끄러졌고 산포도 그에 끌려가는 모양새로 침대 가장자리까지 굴러갔으나 아슬아슬하게 멈춰 떨어지지 않았다.

오토바이 소리와 새 지저귀는 소리가 들린다. 산포보다 일찍 일어나는 옆집 사람이 집안일을 하는 소리도 어렴풋하게나마 들린다.

언제나 당연히 그랬던 것처럼 시간은 흐른다. 이제 곧이다.

산포의 얼굴을 공격하던 알람 시계가 울리기 5분 전.

분명 산포는 오늘 싸움에도 승리하리라. 힘겹게 거두는 승리일 수도 있겠지만 분명히 승리한다.

그런 자기 자신을 자랑스럽게 여긴다.

승리한 산포가 받는 것은 자화자찬 축복만이 아니다.

싫은 일도 괴로운 일도 별반 문제가 안 될 만큼 소중한, 이 세상에서 보내주는 선물을 받는다.

그것은 셀 수 없을 정도로 많은 좋아하는 것.

무기모토 산포는
사오마이가 좋아

무기모토 산포에게도 봄이 왔다. 물론 이게 대단한 척 과장하는 소리인 것쯤 산포의 성질을 아는 사람이라면 짐작할 것이다. 산포가 살고 있는 일본의 계절이 다시 봄이 됐다. 그것뿐이다.

그것뿐이라면 그것뿐인데, 산포도 대학교 도서관에 근무한 지 이로써 3년 차가 된 것이다. 슬슬 신입이란 신분으로 실수를 용서해달라고 하기 어려워진다. 다음에는 어떤 신분으로 용서해달라고 하면 좋을까 매일 생각하고, 내가 최연소인 동안에는 언니들이 다정하고 극진하게 대해줄 거야, 대해주겠지, 대해줘야지, 하고 매일 방심하며 지내던 와중에 녹록지 않은 현실이 산포를 덮치려 했다.

"새로 신입이 들어온대!"

"엥?"

산포가 도시락에 넣어 온 방울토마토의 광택을 사랑하느라 여념 없을 때였다. 최고로 방심하고 있던 그 시간에 다정한 선배가 철퇴를 내려쳤다. 산포는 작디작은 토마토 공을 미트볼 연못에 빠트리고 말았다.

"산포도 드디어 선배가 되네."

"어, 저, 저의 천하가."

그런 건 어느 시대에도 온 적 없다.

"스물두 살 여자아이래."

"게다가 확실하게 연하."

신입이라지만 도서관 직원으로서 경험을 충분히 쌓은 인생 선배가 들어와서 자기는 여전히 후배 신분일 가능성을 기대한 산포지만, 허무하게도 희망은 사라졌다. 평상심을 유지하기 위해 미트볼 소스가 묻은 방울토마토를 입에 넣었다. 예쁘기만 한 게 아니라 이렇게 맛있기까지 하다니 대단한 토마토다.

"그리고 중국인이래!"

"……대, 대망의 신캐."

"응?"

"아, 아니요, 정보량이 대단해서 연재 중단 직전의 만화에 신 캐릭터가 등장하는 것 같다 해야 하나……."

산포는 불필요한 소리를 늘어놓으며 오후의 홍차를 꿀꺽 마셨다. 주먹밥에 어울린다는 광고 문구에 넘어가서 오늘 아침에 샀는데, 잘 생각해보니 오늘 도시락에는 주먹밥이 없었다. 이 홍차와 주먹밥의 중매는 날을 다시 잡아 새로이 진행해보겠습니다.

"중국에서 온 신입, 에게 일본어가 통하기는 할꾸악."

"너보다는 잘하겠지."

산포가 버벅대느라 오리가 된 그때, 화장실에서 돌아온 무서운 선배가 냉소적인 미소를 지으며 공격했다.

"잔인하시옵니다."

산포도 3년 차, 무서운 선배 상대로 이 정도 반격은 할 수 있다.

"산포가 어떤지야 됐고, 그 애는 일본에서 일할 정도로 공부했으니까 우리보다 훨씬 제대로 된 일본어를 알지 않을까!"

"확실히 그럴지도."

영어도 사실은 영어권이 아닌 나라에 사는 사람이 문법을 잘 안다는 이야기를 들은 적 있다.

무서운 선배는 휴게실 냉장고에서 헤르시아 녹차와 파스타 샐러드를 꺼내 다정한 선배 옆자리에 앉았다. 식탁

많은 산포가 뚫어지게 바라보자 무서운 선배는 아무 말 없이 파스타 뚜껑을 열어 나무젓가락으로 토마토를 집어 산포가 싸 온 샌드위치 옆에 놓았다. 산포, 사육되는 중.

"아주 야무진 애라고 하니까 고함을 지르지 않아도 될 테니 다행이야. 한 명 더 늘었다가는 내 목에서 피가 날 거야."

"모, 몸조심하시기를."

무서운 선배의 비아냥에 대항하는 산포 혼신의 자학 개그에 다정한 선배가 으하하 웃었다. 무서운 선배도 "시끄럽거든"이라고 말하며 웃어서 산포는 아주 밝은 기분으로 선배에게 받은 토마토를 먹는다. 오늘 오전 중에 무서운 선배가 목을 쓰게 했지만 그런 건 걱정하지 않는다.

"아, 그러고 보니 그 신입이랑 만났댔지?"

"응, 전에 견학하러 왔을 때 우연히. 아, 아마 당신 타입일걸?"

무서운 선배는 동갑인 다정한 선배를 종종 당신이라고 부른다.

"오, 정말?"

"안경 썼으니까."

"좋다."

의료기구가 타입인가요. 산포에게 이런 개그를 칠 용기

는 없지만, 다음에 가짜 안경이라도 써서 다정한 선배의 총애를 받겠다고 몰래 마음속에 메모했다.

"그나저나 산포도 드디어 선배네. 세월 참 빠르다."

"우."

"후배가 물어봤을 때 아는지 모르는지 미묘한 건 우리한테 물어봐."

"우우."

벌써 사랑받는 최연소 캐릭터 자리를 빼앗길 위험을 느끼고 산포는 자기 어깨를 가만히 안아 몸을 지켰다. 그래 봤자 "춥니?" 하고 다정한 선배가 걱정해줄 뿐이다.

언젠가는 올 줄 알았지만 이렇게 일찍 그때가 올 줄이야.

선배답게 조금쯤 준비해두는 게 좋을까. 도대체 나는 어떤 선배로 보일까. 선배로서의 처신과 선배다운 행세를 연습해야겠다.

느긋한 위기감을 품고 하루하루 보냈으므로 가능하면 좀 더 나중이면 좋겠다고 바란 신입과 처음 대면하는 날은 순식간에 찾아왔다.

내일 오전에 신입이 첫 출근 한다는 소리를 듣고 긴장해서 잠도 자지 못하는 건 절대 아니지만, 산포도 그럭저럭 긴장하긴 했다. 그렇다고 긴장한 탓에 먹는 양이 줄어드는 일도 물론 없어서 내 욕망을 무시하지 말라고 긴장감을 매섭게 노려보며 아침을 충분히 먹었다.

사실 산포의 긴장이 그럭저럭에 그친 데에는 이유가 하나 있었다.

만약 오늘 낮부터 근무였다면 이미 신입이 도서관에 와 있다는 사실, 본인을 뺀 모두와 친해졌을지도 모른다는 가능성에 주눅 들어 산포의 통근 속도가 시속 1킬로미터 정도 느려졌을 것이다.

그러나 오늘 산포는 아침 개관 작업부터 근무다. 아군인 선배들도 많이 있고 난 단단히 준비하고 기다리기만 하면 되니까 어디 힘내서 단신으로 와보시지, 하는 묘한 여유를 보였다.

대체로 이럴 때 산포에게 무슨 일이 생기는지, 그녀를 아는 인간이라면 짐작할 것이다. 예를 들어 산포가 사랑하는 그 아름다운 친구라면 이렇게 말하리라.

그건 또 무슨 시늉이니?

새 캐릭터가 선봉을 잡으면 안 된다는 이유로 평소에 타는 것보다 하나 앞의 전철을 타고 도서관에 도착해 아직 움직이지 않는 자동문을 손으로 움직여 무사히 들어갔다. 어두운 도서관에 충만한 책 냄새와 희미하게 들리는 선배들의 대화 소리. 오늘도 하루가 시작됐다며. 고작 한 손 크기의 의욕을 움켜쥐고 상쾌하게 직원 휴게실 문을 열었다.

이내 산포는 놀랐다.

"뜨어어헉."

"꺅!"

이런 일은 당연하게도 일어난다.

산포가 외친 말의 유래는 알 수 없는데, 지금 막 휴게실에서 나오려던 인물은 일반적인 비명을 질렀다.

뒤로 물러난 산포는 난동 부리는 심장을 진정시키려고 왼쪽 가슴에 손을 댔다.

이어서 마주친 인물의 얼굴을 확인하기 전에 전혀 불필요한 생각을 했다.

참으로 유서 깊은 비명이다.

이게 아니야.

"죄, 제송, 죄송합니다!"

일단 상대가 누군지 알기 전에 무조건 사과부터 한다. 혼나기 싫었고, 미안하다고 생각했고, 혼나기 싫으니까 사과한다.

"아, 아니에요, 저야말로. 괜찮으세요?"

어쩔 줄 모르는 상대의 얼굴을 산포는 그 단계에서야 간신히 제대로 봤다. 선배 중 그 누구도 아니다. 여자, 키가 크고 까만 머리에 안경. 응, 안경?

"저, 저는, 저저저저저저."

"무슨 권법이냐?"

모처럼 저는 괜찮아요, 라고 말하려고 했는데. 어느새 안경 여성의 뒤에 선 무서운 선배의 목소리에 가로막혔다. 어쩌면 처음부터 있었을지도 모른다. 안경 여성이 휴게실에서 나오는 것에 맞춰 무서운 선배도 같이 나왔다. 두 사람과의 거리가 줄어들어 산포가 물러섰기 때문에 플러스 마이너스 제로.

"신입을 놀라게 하지 마."

그 목소리가 평소보다 조금 다정한 것 같았다. 그보다.

"여, 역시 이분이."

설마 선제공격을 받을 줄이야.

"아, 네, 안녕하세요! 오늘부터 일하게 됐습니다!"

안경 여성이 고개를 숙이며 쾌활한 목소리로 인사했다.

"저, 정중하게 인사해주셔서 감사합니다."

산포도 덩달아 고개를 숙이고, 이어서 그녀가 이름을 말해줬으니까 역시 덩달아 자기의 조금 특이한 이름을 말하려고 했는데 선수를 빼앗겼다.

"얘는 산포."

"그."

"성은 무기모토."

이런 위험해라, 자칫하면 자연스럽게 "그 입 다물지 못할까!"라고 말할 뻔했다. 무서운 선배가 바로 이어서 말하지 않았으면 위험했다.

"무기모토 산포 선배님이요. 와, 처음 들어보는 이름이에요."*

안경 신입이 풍부한 표정으로 신선함을 표현했다. 산포는 어떤가 하면, 미처 각오하지 못한 상태로 갑자기 자기소개까지 끝마치고 말아 헤헤헤 입으로만 웃으며 이리저리 몸을 흔들면서 "저도 그래요" 하고 의미 모를 대답을 할 정도로 여유가 없었다.

"뭐, 자기소개는 나중에 제대로 하기로 하고, 같이 개관 작업을 하고 올 테니까 산포는 옷 갈아입어."

"네, 네."

역시 평소보다 좀 다정하다.

"시끄럽거든."

이런, 말해버렸나.

"너는 사토라레**냐."

"아니에요."

* 산포는 '산책'의 일본어 발음과 같다. 이름으로는 매우 희귀하다
** 속마음이 주변에 그대로 들켜버리는 것을 뜻한다

"알고 있거든."

에헤헤헤 웃으며 얼버무리고 산포는 후다닥 탈의실로 도망친다.

안에 아무도 없어 긴장할 필요가 없어진 공간에서 "하아" 하고 숨을 내쉬고 가방을 내렸다. 앞치마를 꺼내 두르는데, 어제까지 비어 있던 옆 사물함에 이름이 적힌 스티커가 붙어 있었다. 조금 전에 들은 안경 신입의 이름이다.

정말 있구나, 산포가 멍청하게 입을 벌리고 희귀동물이라도 보는 감상을 품었는데, 시야 끝에서 불쑥 손이 나타나는 바람에 산포는 무심코 "뜨어헉" 하고 소리를 내며 옆으로 날아갔다.

"가면라이더냐."

"아니에요."

"알고 있거든."

이상한 선배가 히죽히죽 웃으며 신입의 사물함을 쓰다듬었다. 무슨 용건이지, 뭔가 야한데.

"오늘부터 막내 후배가 아니게 되는구나, 산포."

"네, 네에."

뭐야, 후배가 훨씬 더 야무지다는 공격으로 나를 괴롭힐 거냐, 이 심술쟁이가. 만약 정말로 그럴 생각이라면 그러지 마세요.

"이거야 원, 귀염받는 최연소 포지션으로 콩고물을 주워 먹은 산포의 미래는 어찌 되려나."

더 듣기 싫은 말을 했다.

"벼, 벼벼, 별로 그럴 생각은."

그럴 생각은 있었다. 있었으니까 산포는 내 천하가 사라진다고 생각했던 것이고, 이상한 선배의 밉살스러운 말을 웃어넘기지 못했다.

"어디 모쪼록 힘내서 선배 노릇 해보라고."

그러더니 이상한 선배는 딱히 뭘 하지도 않고 도서관 열람실로 나갔다. 일부러 심술궂은 말을 하러 오다니. 응원하러 왔을 가능성도 있지만, 이상한 선배와 충돌을 피할 수 없는 사이가 된 산포는 심술이라고 믿어 의심치 않았다.

그나저나 선배 노릇은 어떤 식으로 하는 거더라.

산포는 대학 시절의 후배들을 떠올리며 앞치마를 몸에 척척 둘렀다.

특별히 사이가 나쁘진 않았지만 좋지도 않았던 후배들과 산포. 산포의 캐릭터라면 후배들이 조금 얕잡아 보면서도 잘 따라주어 친근한 관계를 쌓을 수도 있을 텐데 그렇게 되진 않았다. 원인은 대부분 산포에게 있다. 낯가리는 인간은 어린이를 상대할 때만 거리감을 파악하지 못하는 게 아니다. 넓게 보면 연하 전원이 대상이다. 아니, 연상도 그럴지도.

명찰을 목에 걸고 얼마 전에 산 푸른색 물통에 담은 보리차를 한 모금 마신 뒤, 산포는 열람실로 나갔다.

좋은 사람 같아서 다행이긴 하다.

안경 후배의 얼굴을 떠올리며 산포는 조금 마음을 놓았으나 이어서 괜한 생각이 머리를 스쳤다.

아니, 잠깐만, 이거 만화나 소설로 말하자면 친해져서 이득인 선배들 앞에서는 저자세로 나가다가도 나 같은 피라미는 철저하게 바보 취급하는 후배 패턴일지도. 혹은 나만 그녀의 비밀을 알아차리는 바람에 털어놓지 못하게 협박하는 패턴일지도 몰라. 어느 쪽이든 그런 패턴이라면 정면으로 맞붙은 끝에 마지막에는 마음을 터놓게 되는 전개일 것 같은데. 과연 내가 정면으로 맞붙을 수 있을까? 악력이 23밖에 안 되는데.

프로레슬링으로 말하면 손을 맞잡고 힘겨루기를 하는 상상을 하며 산포는 핸드 그립 구입을 검토한다. 물론 내일이면 까맣게 잊어서 돈 낭비를 하진 않겠지만, 적어도 지금은 진심이다.

직원들과 함께 이런저런 작업을 마치고 오늘도 무사히 도서관 문을 열었다. 토요일인 오늘은 아침부터 오는 이용자가 적다. 논문 제출이 코앞에 닥치기라도 했는지 대학원

생으로 보이는 남성이 문을 열자마자 달려 들어왔을 뿐, 이후로는 이른바 무관객이었다. 산포를 포함한 도서관 직원은 카운터 안에 둥글게 모여 신입에게 자기소개하는 시간을 가졌다.

다시 대치한 안경 후배는 등을 반듯하게 펴고 생글생글 웃었다. 그녀의 당당한 태도에 매일 엉거주춤한 자세로 지내는 산포는 감탄하는 동시에 조금 겁먹었다.

먼저 신입이 자기 이름, 출신지와 지금 사는 지역, 도서관에서의 아르바이트 경험 등을 말했다. 다음으로 선배들의 자기소개가 이어졌다. 선 순서대로 하면 마지막일 산포는 선배들의 말을 제대로 듣지 않고 여기에서 뭔가 한 방에 멋진 자기소개를 해서 신입의 마음을 사로잡아야겠다고 생각했다. 물론 형편 좋게 생각나는 건 없었다.

다음은 산포, 하고 무서운 선배가 재촉해서 알고 있었는데도 일단은 순진한 느낌으로 예의상 움찔 튀어 올랐다.

"그럽죠."

이 반응은 이것대로 평소의 산포를 소개하는 거나 마찬가지다. 딱히 출생지나 자란 곳이 에도*여서 고풍스럽게

---

* 에도는 도쿄의 옛 이름이다. 산포는 "네!"라는 뜻인 '하이(はい)'를 '헤잇(へいっ)'이라고 말하는데, 이는 에도 사투리다. 에도 동쪽에 거주하던 토박이가 '아'를 '에'에 가깝게 발음했다.

대답한 건 아니다.

"어어, 어어, 저는 무기모토 산포라고 합니다. 3년 차입니다. 일반 직원입니다."

뭔가 없을까, 조금이라도 우호적으로 보일 만한 것.

"조, 좋아하는 중국 요리는 사오마이입니다!"

무서운 선배가 소리 없이 빵 터지는 게 보였다. 이쪽은 후배 마음에 들고 싶어서 필사적이란 말이에욧, 하고 시선으로 항의하기 전에 신입이 예상외로 환한 미소를 보여주었다.

"저도 정말 좋아해요, 사오마이!"

"그, 그렇죠! 만두보다 사오마이를 좋아하는데요, 저기 뭐가 다른가 하면 형태인데 개인적인 포인트는 사오마이에는 틈이 없는 거예요."

이거다 싶어 속사포로 말하는 산포.

"틈?"

이상한 선배의 의문에 산포가 콧김을 내뿜으며 고개를 끄덕였다.

"사오마이는 종류에 따라 다르지만 기본적으로 포동포동하잖아요? 피랑 고기 사이에 틈이 없어서 먹으면 입 안 가득 사오마이라는 느낌이에요. 물론 만두도 좋아하지만요!"

만두 혐오자라고 오해받으면 곤란하니까 그 점은 신입에게 분명하게 선언했다. 그녀는 더욱 환하게 웃으며 "네, 저도요!" 하고 대답했다. 그 덕분에 조금 전까지 신입과의 전투를 상상했던 산포는 너무도 간단히 호감을 품었다.

뭐야, 선배들과는 달리 자연스럽게 좋은 사람이네.

"흐음, 모두 오늘부터 산포를 다정하게 대해주는 거 그만두자."

또 목소리가 나와버렸다.

"죄, 죄송합니다."

"아니야, 괜찮아. 좋은 사람이 아니니까 신경 써서 산포에게만 매섭게 대할지도 모르겠다. 또 실수해도 도와주지 않을 거고. 자연스럽게 좋은 사람이 아니니까."

히죽거리는 이상한 선배에게 "그, 그건 제발" 하고 애원하는 도중에 옆에서 "즐거운 직장이라 다행이에요"라는 소리가 들렸다.

그날부터 새로운 멤버 편성으로 하는 업무 라이프가 막을 열었다.

신입은 산포나 다른 직원과는 조금 다른 근무 형태로 계약했는지 주에 사흘이나 나흘 출근한다고 했다. 낮에 일하고 밤에 대학원에서 공부한다는 말을 듣고 산포는 퍽 감탄했다. 그녀는 일할 때도 매우 성실하게 업무를 배웠고 뭐든지 정확하게 해냈다.

그렇다, 성실하다. 그녀는 놀랍도록 성실해서 자칭 성실하게 살아온 산포도 혀를 내둘렀다. 어디까지나 자칭이니 누가 안 그렇다고 해도 곤란하다.

신입을 둘러싸고 이런 일이 있었다.

산포를 비롯한 도서관 직원의 휴식은 하루에 1시간. 근무 시간별로 몇 시부터 몇 시까지로 정해져 있는데, 이용자 응대나 적절한 선에서 작업을 끝내느라 휴식을 늦게 시작하면 휴식 종료도 늦게 해도 된다.

어느 날, 산포는 이용자 응대에도 익숙해진 신입을 기특한 마음으로 멀리서 지켜보다가 문득 그녀가 쉬러 갈 때가 지난 것을 알아차렸다. 그런데 이용자의 발길이 끊겼는데도 신입은 쌓인 반납 도서 처리 작업을 시작하려고 했다. 아하앙~ 보아하니 휴식 시간을 잘못 알았나 보네, 아이고 어쩔 수 없지. 산포는 영문을 알 수 없는 시건방진 태도로 그녀에게 다가가 "휴, 휴식 시간이에요~" 하고 서글서글한 선배인 척 말을 걸었다. 산포는 당연히 그녀가 착각했다며 놀라리라 짐작했는데 그렇지 않았다.

"네, 그래도 휴식 시간이 같은 분들이 아직 일하시니까요."

우쭐한 표정이나 타산적인 태도 없이, 티 한 점 없는 맑은 눈동자로 하는 말을 듣고 산포는 순간적으로 의미를 이해하지 못했고, 이해한 후에는 신입이 내뿜는 청렴한 빛을 받아 좀비처럼 녹아버리는 줄 알았다. 물론 산포 내면의 이미지에서 말이다.

아하, 그래서 휴식이 겹칠 때면 동시에 휴게실에 들어갈 때가 많았구나. 그걸 깨달은 산포는 "아무도 뭐라고 안 하니까 쉬러 가도 돼요~" 하고, 자기 경험을 바탕으로 후배에게 알려줬다. 그녀가 활기차게 "알겠습니다!"라고 대답해서 이걸로 한 건 해결이라고 생각했다. 하지만 이상한 선배가 쉬러 가는 타이밍에 산포도 우연히 휴게실에 서류를 가지러 갔더니 신입이 곧바로 일어서서 "먼저 쉬고 있습니다" 하고 선배에게 고개를 숙이기에, 산포는 또 녹아버리지 않으려고 다리를 단단히 디뎠다. 디딘다고 녹지 않는지는 몰라도 어쨌든.

그 자리는 어떻게든 고체 상태로 버틴 산포였지만, 용해 위기는 그날 중에 또 한 번 찾아왔다. 그것도 고작 몇십 분 후, 휴게실에서 봤을 때는 하얀 셔츠 차림이었던 신입이 앞치마를 두르고 카운터에 나타났다. 어라? 벌써 1시간이 지났나? 생각하며 시계를 봤는데 아직 그녀가 일을 시작해야 하는 시각까지 15분 정도 남아 있었다. 설마, 이쯤

되니 예상이 갔다.

"밥 다 먹었어요! 조금이라도 빨리 도서관 업무에 익숙해지고 싶어서요."

머리 꼭대기부터 입 주변까지 녹아내리는 공포를 느끼며 산포는 "선생님~ 쟤가요~"하고 고자질하는 것처럼 다정한 선배에게 신입의 소행을 설명하며 시급이란 무엇이고 일이란 무엇인지를 설득해달라고 했다.

그 후에도 각종 성실한 에피소드가 드러나(직원의 취미까지 메모한다고 한다) 언젠가 정말로 온몸이 녹을 거라는 공포에 질리면서도 산포는 신입의 성실함에 존경심을 품었다. 경외심이란 이럴 때 쓰는 말이구나 싶었다.

본인의 과거를 돌아보면, 교활한 산포에게는 남이 자길 보고 성실하다는 생각이 들게끔 유도하고자 했던 경험이 있었다. 그랬기에 신입의 성실함은 거짓이 아니라고 느꼈다.

두 달쯤 지나자 산포는 신입에게 가르치는 것보다 본받아야 할 점이 많다는 생각까지 들었다. 같이 일하면서도, 같이 밥을 먹으면서도, 아직 바보 취급하는 태도나 격돌할 조짐이 없으니까. 신입은 걱정할 게 하나도 없다고 생각했다. 그러나.

"너무 성실하다냐."

조용한 서고에서 과거 인연 있는 그녀와 단둘. 그~렇

고 그런 만화나 소설이라면 그~렇고 그런 전개가 되지 않을까, 산포가 불성실한 생각에 잠겨 작업하는데, 등 뒤에서 이상한 선배가 갑자기 중얼거렸다.

"네?"

"걔는 사오마이야."

갑자기 사오마이 이야기를 꺼내다니, 뭐지? 이 사람, 머리가 이상한가. 언젠가의 자신은 제쳐놓고 산포가 입을 꾹 다물자, 선배가 "신입 말이야" 하고 말을 추가했다.

"산포가 그랬잖아. 사오마이는 틈이 없다고."

"아, 네. 그게 좋아요."

그런데 그거랑 신입이 무슨 관계지.

"두 달간 같이 일했는데 굉장히 성실하고 진지한 게 틈이라곤 전혀 없는 사오마이 같지 않아?"

과연, 딱 맞는 표현일지도 모른다.

"엇, 설마 맛있어 보인다는 이야기는……."

아니 하지만 다정한 선배도 아니고.

"뭐라고 했어?"

"아, 아니요, 아무것도 아니에요."

바보 같은 소리를 했다. 이 이상 파고들면 그~렇고 그런 만화의 그~렇고 그런 장면 어쩌고 하는 생각까지 들킬지 모르니까 산포는 냉큼 몸을 사렸다.

"트, 틈인가요."

"응, 맞아. 너 알아? 걔는 쉴 때도 계속 일할 때랑 똑같은 자세야. 등을 반듯하게 펴고."

"저도 비교적 똑같다고 생각하는데염."

버벅댔다.

"산포도 일할 때랑 쉴 때랑 자세가 같지. 축 늘어졌어."

"아니, 아하하."

"그건 그것대로 문제지만."

선배의 쓴소리에 일단 등을 펴는 산포. 그러나 힘들어서 금방 새우등이 된다.

"걱정하지 마~. 사오마이는 틈이 없어도 괜찮지만 인간은 계속 그러면 지치니까. 산포처럼 구멍 숭숭 난 에비센 같은 게 힘이 빠져서 좋은 부분도 있어~."

느슨하게 어미가 늘어지는 말투에 이 사람이 지금 칭찬하는 게 아니라 싸움을 거는 것임을 알았다. 언젠가 같이 교자노오쇼에 가도 에비센 안 줄 테다.*

"뭐 산포는 일단 됐고."

"일단 됐다니."

---

* 에비센은 마른 새우 가루를 섞은 과자다. 교자노오쇼는 일본의 중국요리 체인점으로, 기본 반찬으로 에비센이 나온다

"이런 건 가까운 선배가 알려주는 게 좋아."

이상한 선배는 말을 마치더니 책을 안고 어디론가 가버렸다. 아니, 서고 안에 있겠지만.

아, 그런 거구나.

상황을 알아차린 산포는 납득하면서도 도대체 어떻게 하면 좋을지, 그 자리에서 "에엥" 하고 망연자실했다.

오늘도 절대 눈 깜짝할 사이에 흘러가지 않은 업무 시간을 마무리하고, 산포는 아장아장 발소리를 내며 신입에게 접근했다.

"수, 수고했어요."

"산포 선배! 수고하셨습니다."

휴게실. 등 뒤에서 건 소극적인 인사에도 신입은 제대로 뒤를 돌아보고 꾸벅 고개를 숙였다. 늘 그렇듯이 제대로 한다. 그게 너무 과하다고 이상한 선배는 말하는 거겠지.

"오, 오늘도 늘 가는 길로 가요?"

대화가 어설픈 산포. 그만 대화에 아무런 쿠션도 없이, 심지어 살짝 스토커처럼 본론에 돌입했다. 뭔가 좀 더 그럴싸한 핑계를 댔으면 좋았겠다고 생각해도 약간 늦었다. 전혀 신경 쓰지 않는 듯한 신입이 생글생글 웃으며 "네" 하고 활기차게 고개를 끄덕였다.

"사, 사실은 나도 오늘 그왓치."

버벅댔다.

"그, 그쪽 노선을 타는데 괜찮으면 같이 가지 않을래요? 아, 강요하는 건 아니니까 방해된다면 얼마든지 버려도 좋아요."

자기 제안을 쓰레기로 비유하는 비굴한 산포를 신입은 힘차게 날아가는 울트라맨처럼 시원하게 날려주었다. 슈왓치*.

"전혀 방해 아니에요. 저랑 꼭 같이 가요!"

그녀는 산포와 다르게 버벅대지 않는다. 도대체 얼마나 공부해야 다른 나라 언어를 이 정도로 유창하게 말할 수 있을까. 산포는 새삼 감탄했다.

그래도 버벅댔든 버벅대지 않았든 어쨌거나 한 걸음 전진했다. 산포는 후다닥 앞치마를 벗고 사물함에서 노란 가방을 꺼내 영차 짊어졌다. 최근 등에 메는 가방에 빠졌는데 한여름이면 등이 습해지니까 초여름까지의 즐거움이다.

"가방이 귀여워요."

"그져, 오."

함께 걸을 상대를 앞에 두고 아무리 긴장했다지만 '그

---

* 울트라맨이 적을 물리치고 날아갈 때 내는 기합 소리

렇죠'를 버벅대다니. 새삼 자기 자신에 질렸다. 반사적으로 'oh'라는 반응까지 나왔다.

신입이 옷을 다 갈아입은 뒤 둘이서 사이좋게 휴게실을 나왔다. 도서관 입구 자동문이 열리기를 기다리는 잠깐 사이 무심하게 열람실 쪽을 봤는데 이상한 선배가 엄지를 세우고 있었다. 그러더니 그걸 거꾸로 돌렸다. 엑, 무슨 의미?

이쪽도 똑같이 하느라 서로 도발하는 모양새가 됐는데 도서관에 들어온 학생이 쳐다봐서 허둥지둥 후퇴했다. 살벌한 도서관이라고 보이면 안 되지.

저녁 무렵, 하늘은 맑다.

산포는 뭐 그렇게 긴장할 것 없이 편하게 해요, 라고 본인에게 들려주는 의미도 담아 잡담부터 시작하려고 했다.

"이, 이 시기가 제일 기분 좋죠."

못 해, 나는 도저히 무리야.

"정말 그래요. 산책하고 싶어져요."

걸으며 대답하는 신입은 생글생글하고 안경은 반짝반짝. 등도 당당하게 편 데다 대화에 약간의 농담까지 섞었는데, 농담은 어쩌다 한 걸지도 모르지만 거의 퍼펙트. 딱히 내가 뭘 말할 필요가 없지 않나, 산포는 일찌감치 도망칠 변명부터 찾으려 했다.

그러나 썩어도 선배, 녹아도 선배다. 산포도 허세를 부려 가슴을 폈다. 머리가 이상한 사람이지만 선배에게 임무를 받았으니 도망치는 건 조금 나중에 해도 된다.

"버, 버, 벌써 두 달이죠. 어때요? 도서관."

"즐거워요! 모두가 정말 다정하시고, 일에도 보람을 느껴요."

모범 답안 같다. 산포가 채점자라면 100점을 주겠다. 곧바로 합격이다.

"그럼 다행이에요."

"산포 선배도 다정하게 대해주시고요."

성실하고 사랑스러운 나이 어린 여성의 뜨거운 대답에 밀어주고 싶다고 생각한 산포는 들키지 않게 고개를 살짝 저었다. 위험해, 단번에 껌벅 넘어갈 뻔했어.

후배의 매우 강력한 공격력을 목격한 산포는 어떻게든 제정신을 유지하는 동안 임무를 수행해야겠다고 마음을 다잡는다. 주먹을 가볍게 쥐고 팔뚝을 부르르 흔든다.

그래, 이건 내가 맡은 임무다. 후배에게 힘을 빼는 방법을 가르쳐주는 거다.

이 문제를 해결할 실마리는 어디에 있을까. 산포는 자기 나름대로 일하는 동안 고민했다.

산포가 낸 해답은 하나, '우선 내 앞에서만큼은 너무 예의를 차리지 말아줘' 작전.

일고여덟 살이나 연상인 선배들 앞에서는 긴장하겠지만 우선 나이가 가까운 상대에게 마음을 터놓으면 그녀의 피로감도 적당히 풀리지 않을까 하고 산포 나름대로 생각했다.

그러니 자꾸만 후배가 마음을 쓰게 하고 심지어는 간단히 함락되는 건 선배로서 명예롭지 못하다.

"정말 나이가 가까운 산포 선배가 계셔서 든든하고 기뻐요."

오, 밀어주고 싶다.

"네?"

말로 나와버렸다.

"아, 아니, 아무것도 아니에요."

"밀어준다? 그게 무슨 의미예요?"

설명하기 싫다고 생각하면서도 제 손으로 뿌린 씨앗이니까 산포는 오랏줄에 묶일 수밖에 없었다.

추천한다는 의미의 밀어준다, 어떤 대상물이나 사람을 누군가에게 추천하고 싶을 만큼 좋아진 계기를 목격한 순간, ○○를 밀어주고 싶다는 말로 표현하는 사람도 있다. 산포는 이렇게 설명했다.

"저를 추천할 수 있다는 의미인가요?"

"아, 네."

뭐야, 내 역사에 남을지도 모르는 이 부끄러운 대화는, 하고 산포는 머릿속으로 몸을 뒤틀었다.

"기뻐요. 저도 산포 선배를 밀어주고 싶어요."

생긋 아름다운 이가 보이는 멋진 미소.

키가 큰 후배를 올려다보며 산포는 민다거나 녹는 것을 넘어 왠지 조금 침울해졌다.

뭐야, 야무지고 사교적인 착한 아이잖아. 나는 선배이면서 완전히 졌다. 지금껏 도서관에서 일하면서 느끼지 못했던 종류의 침울함이었다.

"아니, 나 같은 건 정말 아무것도 못 해서 맨날 혼만 나는걸요. 도서관에 들어오고 얼마 안 된 단계부터 흠씬 혼났으니까, 밀어줄 인간은 아니에요. 그건 정말, 네에."

"그런가요?"

"네, 그건 벌써 2년 전에 있었던 일."

산포는 무의미하게 아련한 눈빛을 지었다.

"그런 과거가 있었군요. 그래도 되게 부러워요."

거침없이 비꼬기까지 하네? 산포는 경이로운 신입의 눈을 바라봤는데, 그녀는 거짓말이나 농담을 한 것 같지 않았다. 평소처럼 올곧은 눈빛이었다.

"저였다면 아마 산포 선배랑 같은 실수를 해도 흠씬 혼나지 않을 거예요."

아니 그렇다면 부러울 따름인데. 하지만 그보다 그녀가 어떤 의미로 그런 말을 하는지가 걸렸다. 지금까지 보아온 신입이라면 단순히 빈정대는 건 아닐 테니까.

엥, 흠씬 혼나고 싶어? 얘, 설마 그런 성향? 산포는 멍청한 생각을 한다.

"그렇게 다정한 선배들에게 혼난다니, 분명 산포 선배가 모두와 긍정적인 관계를 맺은 걸 거예요."

"아, 아니, 그런 건."

다정하지 않은 사람도 있고.

"동경해요."

"아, 아니, 그런."

"저도 그렇게 되고 싶어요."

그 말에 갑작스럽게 딩동~ 하고 산포의 머릿속에서 소리가 울렸다.

"응앗."

이번에는 그 소리가 조금 크긴 했지만, 가끔 있는 현상이다. 이상한 소리를 내며 눈을 조금 많이 깜박인다.

칭찬을 듣고 또 후배에게 간단히 넘어갈 뻔한 게 아니다. 그렇게 몇 번이고 홀랑홀랑 넘어가는 쉬운 여자라고 생각하지 말라고욧, 산포는 무의미한 생각을 한 공정 끼워 넣었다.

후배의 말을 듣고 짚이는 바가 있었기 때문이다.

바로 그랬기에 딩동~. 퀴즈 답변권을 얻기 위해 버저를 울렸다고 상상하길 바란다.

'부럽다', '동경한다'는 말은 대화 흐름에서 보면 언뜻 부자연스러워 보인다.

그러나 일본어를 잘못 쓴 것이 절대 아님을 그녀의 표정이 알려주었다.

아니, 알려주었다는 표현은 정확하지 않다.

산포에게는 당연히 투시 능력이 없다. 그런데도 지금은 왠지 직장 후배의 미소를 찌익 벗겨내면 씁쓸하게 웃는 그녀가 있을 것만 같았다.

신입을 보며 이런 감각을 느낀 것은 처음이었다.

그저 단 하나, 선배로서 새로운 경험을 쌓았을 뿐이다.

그랬을 뿐인데 산포가 지닌 토대 하나가 간단히 무너졌다. 항상 물렁물렁하지만 지금 그건 중요한 게 아니고.

어쩌면, 아니, 어쩌면이 아니라도.

이상한 선배와 자신은 그녀에게 잘못된 인상을 품었던 것 아닐까.

잠깐 생각을 정리하려고 일단 땅바닥을 바라본 후, 다시 키가 큰 후배의 전체상을 확인했다.

생글거리는 웃음이 가시지 않는다. 등도 반듯하게 펴고

있다. 정중한 말투를 쓰고, 내일부터도 무슨 일이 있더라도 지각하지 않고 출근해서 최선을 다해 일할, 아무 문제 없어 보이는 그녀.

사실 그녀는 그런 자신의 성향을 고민하고 있지 않을까, 산포는 생각했고, 그래서 딩동.

"……저기."

후배에게 무슨 말을 할지 일단 생각해왔다.

너무 성실하면 일할 때와 쉴 때를 구분하지 못해서 지칠 거예요.

조금 적당하게 하는 정도가 좋아요.

그러니까 힘을 빼도 좋아요.

머릿속에는 들어 있으니까 운을 뗀 다음 말하려고 하면 할 수 있었다.

그러려고 오늘 일부러 다른 노선의 역으로 가고 있으니까.

그러나 탈의실에서 후배에게 말을 건 시점의 산포와 지금 산포의 생각은 달랐다.

직장에서 후배가 생긴 건 처음이다.

처음이니까 상상만으로는 예상하지 못한 일도 생긴다.

산포는 익숙하지 않지만 나름대로 후배를 진지하게 생각한다.

그녀가 너무 성실한 나머지 힘을 빼지 못하고 다른 사람과 거리를 좁히는 방법을 모른다는 사실을 남이 말해주지 않아도 자각하고 있다면.

그래서 있는 힘껏 고민하고 있다면.

그러면서도 성실한 면을 버리지 못해서, 거리감 없이 혼나는 산포를 부럽다고 말한다면. 아니, 자기 대신에 혼나고 싶다면 얼마든지 대신 혼나주면 좋겠지만.

만약 그렇다면 지금 해줄 말은 준비해 온 말 중에 없었다.

좀 더 다른 말.

"괜찮아."

말하고 나서 왠지 모르게, 산포는 왠지 모르게 조금 울고 싶어졌다. 고민하는 그녀가 불쌍하다거나 그런 이유가 아니라.

열심히 하라고 응원하고 싶은 기분이었다. 전력을 다해 편을 들어주고 싶은 기분. 그런 기분이 산포의 얼굴 근육을 전체적으로 잠깐 떨게 했다.

이것도 밀어주고 싶은 것과 비슷할지도 몰라.

산포는 자기도 모르게 반말을 쓴 것조차 잊었다.

"더 오래 같이 있으면 분명, 음, 뭐라고 해야 하나. 다들 말은 안 할 뿐이지 날 싫어하는 사람도 있을 텐데, 그래도 상성이 좋으면 적절한 거리감을 만들 수 있다고 생각해요."

"그럴까요?"

"그렇게 생각해요. 아, 아마 언젠가 우리 둘이 그 호랑이 교관에게 야단맞을 날이 올 거예요."

내키진 않지만요, 하고 덧붙이자 그녀는 누구를 말하는지 바로 알아차린 듯 즐겁게 웃었다.

"그리고 나는 같이 즐겁게 일할 수 있는 후배가 생겨서 좋았어요."

"정말로요?"

"응. 자기 나름대로 해나가면 분명 괜찮아요."

예전에 어딘가의 심술쟁이에게 듣고 자각한 이야기가 생각났다.

지금이라면 고개를 끄덕일 수 있겠다.

만약 본인이 자각하지 못했다면 약간의 조언을 해줘야 할지도 모른다.

그러나 본인이 알고 있다면, 너무 성실한 자신과 어깨에 과하게 힘이 들어간 자신을 알고 있다면. 그게 뭐가 나쁘냐고 산포는 생각을 바꿨다.

그건 그녀가 선택한 것, 어쩌면 선천적으로 타고난 그녀의 개성이다. 단점이고 뭐고 아니다. 만약 그녀가 지친다면? 그때는 전력으로 응원해주겠다. 그러면 되잖아.

"산포 선배가 그렇게 말씀해주셔서 기뻐요."

"미, 밀어주고 싶어요?"

"물론이죠."

산포의 결사적인 농담에 그녀가 또 100점짜리 미소로 대답해주었다.

그날부터 산포는 직장의 최애에 대한 경의와 애정을 담아, 속으로 그녀를 성실한 후배라고 부르기로 했다.

"그런데 산포 선배를 누가 싫어해요?"

"말하자면 길어요."

도서관 내 인간관계를 설명하려면 시간이 걸리므로 처음으로 함께 귀가한 두 사람은 카페에 들르기로 했다.

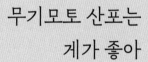

무기모토 산포는
게가 좋아

무기모토 산포는 아이돌을 잘 모른다. 그런데도 산포가 최애나 응원법 같은 단어를 사용하는 건 아이돌 덕후인 여자 사람 친구가 있기 때문이다. 그 친구가 들어본 적 없는 노래나 이름도 모르는 아이돌에 대해 하도 열변을 토해서 어느새 산포의 머릿속에도 친구가 쓰는 단어가 스며들었다. 그런 이유로 산포가 그 친구를 돌덕 친구라고 부르는가 하면, 아니다.

그 친구는 대학을 졸업하고 의류 관련 회사에 들어갔다. 업무 복장이 도서관이나 출판사보다도 자유로워서, 학창 시절부터 친구의 패션 감각에 압도되어 "그런 옷은 어디에서 팔아?"라고 연신 물었던 산포는 친구가 진가를 발휘할 수 있는 직장에 들어가서 다행이라고 기뻐했다. 그렇다면 산포가 그 친구를 세련된 친구라고 분류했는가 하면, 그것도 아니다.

그 외에도 산포의 대학 시절 동기인 그 친구는 요리 솜씨가 뛰어나거나 연극을 했거나 금방금방 애인이 바뀌거나 생일이면 반드시 전화를 걸어주거나 하는데, 그 전부가 그녀를 한마디로 형용하기에는 충분하지 않다고 산포는 생각한다.

산포가 그 친구에게 어떤 형용사를 붙였는가 하면, 바로 이것이다.

시끄러운 친구.

저녁을 먹고 뒷정리까지 마친 뒤, 산포가 감자 스낵 자가리코에서 소금기를 쭉쭉 빨아 먹는 놀이를 하던 중요한 때 전화가 왔다.

"산포! 단체 미팅하자!"

누가 걸었는지 당연히 아니까 산포는 미리 스마트폰과 귀 사이 거리를 충분히 확보했다. 변함없이 목소리가 대단하시다. 스마트폰 음량을 낮추고 다시 귀에 댄다.

"야호. 단체 미팅? 안 할 건데요?"

"일정은 어떻게 되냐면."

"어이어이."

인사도 없이 폭주하는 시끄러운 친구에게 산포는 딴지를 걸었다.

지각한 역사가 한 번도 없고, 강의에서 그룹으로 작업해야 하면 늘 리더를 도맡고, 술자리에서는 완벽하게 간사역할을 해내는 친구. 산포와 그녀가 같이 있으면 대학 친구들은 산포를 비상식적인 인간처럼 여기는데 참으로 유감이다. 따지고 보면 상식인인 척하는 쪽이 위험하거든요.

그 증거로 산포가 "어이어이어이어이어이어이" 하고 딴지거는 동안에도 친구는 속사포처럼 후보 날짜와 대략적인 장소와 미팅 상대의 정보까지 발표했다. 어이.

"싫으니?"

"싫어."

산포는 배려심이 없다.

"왜, 뭐 어때!"

목소리 커.

"산포 그 후로 애인 없잖아?"

"없어."

"좋아하는 사람은?"

"이무로 다이고."

"누구야?"

"라디오 DJ."

"문제없잖아?"

"좋아하는 사람이 있다고 말했잖아?"

"현실의 사랑을 무시하지 마, 죽여버린다."

"무서워라."

산포는 소금기가 사라지고 축축해진 자가리코를 입에 던져 넣었다.

"와, 폭력적!"

"누가 폭력적이래! 아니, 진지하게 말하면 참가 예정이었던 친구가 남친이 생겨서 못 오게 됐으니까 산포 어떨까 해서. 도서관에서 만남을 기대한댔지만 가끔은 스스로 세계를 넓혀보는 것도 괜찮다고 생각하거든. 그러니까, 응?"

일단 친구 나름대로 산포를 생각해서 한 제안인가 보다. 산포도 그런 배려에 고마워하는 데 인색하진 않다. 그러나 친구인 그녀는 산포라는 인간의 낯가림이나 허둥대는 면이나 그런 자리에 익숙하지 않은 성향도 알고 있을 것이다. 산포가 연애에 소극적인 것도 부끄럽지만 당연히 알고 있다.

"그대에게 묻노라."

산포는 숨을 잔뜩 들이마셔서 가슴을 부풀리고 최대한 낮은 목소리를 스마트폰에 불어 넣었다. 이미지는 어떤 영화에 나오는 거인 같은 웅장한 목소리다.

"오오, 뭔데?"

"그대의 마음속에 산포를 미팅에 끌고 가면 재밌지 않을까? 허둥거리는 모습을 안주 삼아 술이라도 마실까 하는 마음이 과연 어느 정도 존재하는고?"

"그렇게 못된 마음을 내가 품었겠니!"

"진실은?"

"뭐, 뭐어 10퍼센트 정도는 있을지도."

"진정한 진실은?"

"어어, 40퍼센트 정도일까."

"다시 대답하거라."

"거의 100퍼센트 그럴 생각으로 말했다만?"

데헤헤, 전화 너머에서 웃음소리가 들렸다. 그렇다면 조금 취했군.

"다음 기회에 찾아오시지."

"잠깐잠깐, 산포~. 거짓말이야, 거짓말! 그럴 생각이 전혀 없는 건 아니지만 그건 어디까지나 덤! 가자~."

솔직한 친구를 귀엽게 여기는 산포였지만, 고작 그 이유만으로 가겠다고 하기에는 아직 장벽이 많이 존재한다.

"돈이 없단 말이야."

사실이다. 그러나 산포가 그걸 무적의 방패로 삼아 지

금까지 내키지 않는 행사를 넘겨온 걸 잘 아는 친구에게 이 수단은 그리 유효하지 않았다.

"괜찮아!"

목소리 커.

"설마 남자들한테 돈 내라고 하는 건 아니겠지?"

이 세상에는 그런 짓을 유들유들 아무렇지 않게 하는 인간이 있다고 산포는 들은 적 있다.

"아니거든요. 내가 먹을 걸 만들 거야. 재료비는 선배가 댄다고 했고."

"으응? 엥, 집에서 마셔?"

"그런 야한 미팅은 안 하거든."

집을 두고 야하다고 하다니, 집이라는 장소에 대해 메울 수 없는 인식의 차이가 있다. 얘 괜찮을까. 그렇다고 자세히 캐물을 생각은 없다. 집이란 사는 곳이라는 설명은 생략하고 그녀의 이어질 말을 기다리기로 했다. 그 틈에 자가리코 아작아작.

"말은 미팅이라지만 사실 그렇게 힘 들어간 건 아니야. 다 같이 공원에 피크닉 하러 가서 술 마시고 맛있는 도시락을 먹는 완전 건전한 모임이야."

"아, 구런겨."

너무 뻔하게 발음을 버벅대서 부끄럽다.

버벅대는 정도로는 이제 놀리지도 않는 친구에게 자초지종을 들었다. 들어보니 친구와 사이좋은 타사의 동종 업계 종사자 선배에게 요리를 잘한다고 자랑하다가 그럼 도시락을 먹어보고 싶다는 이야기가 나왔다고 한다. 거기에서부터 일을 척척 진행해 남녀 구성으로 마시죠, 전부 만들 테니까 재료비 내놔요, 같은 흐름으로 이끌었다고 한다. 야무지네.

"참가비는 음료비 1,500엔이면 돼."

"오오."

큰일이다, 그 정도는 낼 수 있어.

"산포도 오랜만에 내 요리 먹고 싶지?"

반론할 구석을 틀어막는 자신만만한 친구의 말에 솔직하게 고개를 끄덕일 수밖에 없는 게 조금 분하다. 솔직히 산포는 그녀의 요리에 감동 어린 신음을 흘린 경험이 몇 번이나 있다. 그 기억 덕에 연신 침을 삼키고 만다.

"자자, 솔직해지라고."

"으, 으윽, 젠장."

"입으로는 그러면서 몸은 솔직하군?"

"저기 무슨 말인지 모르겠거든요."

이런 흐름을 산포는 안다. 학창 시절부터 그랬지만, 이 목소리 큰 친구가 뭔가를 제안하면 산포는 결국 보기 좋게 구워삶아져서 참가하게 된다. 친구는 산포가 진심으로 거절하지 못하는 절묘한 계획을 세워서 꼬드긴다.

이번에도 어차피 마지막에는 가게 되겠지. 그걸 알면서도 집요하게 매달리는 친구의 모습에서 애정을 느끼고 싶다는 이유만으로 솔직하지 못한 태도를 보이는 산포는 귀찮은 여자였다.

그리하여 산포는 이러니저러니 투덜대면서도 개최일 정오에 딱 맞춰서 약속 장소인 공원에 도착했다. 멀리서도 눈에 아주 확 띄는 친구가 분수 옆에 선 걸 발견하고 산포는 토도독 달려갔다.

"헤이, 아가씨."

"아! 산포! 오랜만이야!"

목소리 커.

"오랜만. 날이 좋아서 피크닉 하기 딱 좋다."

그런 말을 늘어놓으며 여유로운 척하는 산포. 하지만 몸은 정직했다. 아까부터 긴장해서 맥박이 빨랐다. 점심 먹을 목적이라지만 말도 안 되는 자리에 왔다고 벌써 후회 막급이다. 그러나 배는 꼬르륵 울리며 난리다.

그나저나.

"여전히 그런 옷은 어디서 사는 거니?"

계절은 봄이 끝날 무렵. 날은 밝고, 참고로 산포가 성실한 후배와 처음으로 퇴근길을 함께하기 얼마 전이다. 친구의 코디네이션이 산포를 위압한다.

"매번 말하는데 다 평범하게 파는 거거든!"

그런 셜록 홈스풍의 새빨간 멜빵 바지와 그것과 같은 무늬의 신발을 산포는 가게에서도 인터넷에서도 본 적 없다. 그러나 실제로 파는 곳을 알고 싶은 게 아니니까 추궁하지 않는다. 무릎 조금 위에서 나뉘어진 천 사이로 언뜻 보이는 하얀 허벅지가 어쩜 저리 야할까.

"어깨 말이야, 한쪽에만 끈이 있는데 갑자기 벗겨지거나 하진 않지?"

"벗겨져도 딱히 민폐 끼치는 것도 아니잖아?"

"친구인 나한테 민폐거든."

목부터 위도 베레모를 쓰고 빨간 립스틱을 발라 매우 화사하게 꾸민 친구는 무슨 영감님처럼 껄껄 웃는다. 전에 봤을 때는 까맸던, 지금은 빨간색에 가까운 갈색 머리가 그녀의 움직임에 따라 춤춘다.

"그렇게 구구절절 떠들더니 산포도 잘 꾸미고 왔네. 만남을 기대하는 마음 잔뜩이잖아."

절대로 잔뜩이지 않다. 그건 강력하게 주장하고 싶다. 물론 평소보다 제대로 화장하고 가진 옷 중에서 예쁜 셔츠를 골랐고, 마침 기회다 싶어 미용실에도 갔지만. 살짝 염색도 했지만.

"그, 그거야 뒷말 나오지 않게 하려고."

섬세한 소녀의 마음이니까 건드리지 마, 부끄럽잖아. 그러나 그런 걸 그녀에게 설명해도 소용없다는 걸 산포도 안다. 이 친구는 산포와는 전혀 다른 사고방식으로 살아간다.

그 증거를 지금부터 보여줄 것이다.

산포의 말을 들은 그녀는 생긋 웃더니 옆에 나란히 서서 어깨에 팔을 걸쳤다.

"귀엽다!"

목소리 커!

"하지 마 하지 마 하지 마 하지 마, 하지 말라고."

"자자, '나는 귀엽습니다'라고 말해봐."

"싫어 싫어 싫어 싫어."

옆을 지나가는 사람들이 무슨 일인가 하고 시선을 돌렸다. 얼굴이 새빨개지는 산포. 도망치려고 바동거리지만 친구의 팔이 단단하게 산포를 옭아맸다. 놓지 못할까, 이 바보!

저항도 허무하게 다시 한번 숨을 쓰읍 들이마시는 소리가 들려서, 산포는 빌어먹게 귀찮은 놈에게서 주변 사람들의 귀와 자신의 수치심을 지키기 위해 어쩔 수 없이 입을 오므렸다.

"내, 내는 귀여워."

버벅댄 게 아니라 마음에도 없는 소리를 하기에는 입을 너무 작게 오므린 것이다.

"그래, 자신감은 스스로 만들어야지. 오늘 꾸민 것도 그러기 위해서잖아. 모두에게 보여주자고."

"그만 돌아가고 싶어……."

간신히 해방된 산포는 축 처져서 두 손바닥으로 얼굴을 덮었다. 휴일에 이런 굴욕을 겪다니 내가 도대체 어떤 죄를 지었습니까, 하고 신에게 물었다. 물론 새해 첫 참배나 관광 목적으로만 신사를 찾는 산포에게 대답이 돌아올 리 없다.

"자자, 도시락 열심히 만들어 왔어."

"도시락만 선물로 주라……."

"산포가 좋아하는 게살 크림 크로켓도 만들었어."

"으으으, 비겁해."

그 부들부들한 음식을 방패로 삼으면 그걸 먹을 때까지 집에 못 가잖아. 설마 진짜 도시락만 받아서 돌아가려고 한 것도 아니긴 하지만.

"세 개 먹을래."

"응응, 얼마든지 먹어도 돼."

맛있는 것으로 간단히 포섭되는 산포. 물론 친구가 주는 굴욕을 떨떠름하게 용서하는 것은 단순히 밥을 주기 때문만은 아니다. 자신감을 스스로 만든다는 건 틀리지 않다고 생각하고, 그녀 자신이 그걸 실천해서 매력적인 사람으로 거듭난 걸 알고 있기 때문이다. 물론 이런 말을 하면 이 친구가 더욱 시끄럽게 굴 게 뻔하니까 산포는 납득했다는 태도는 보이지 않을 생각이다.

대신 부끄러운 쪽으로 화제가 쏠리지 않게 대화 주제를 제공했다. 일본의 미래를 짊어질 젊은이로서 최근 일본 경제를 놓고 "소비세 장난 아니지" "장난 아냐" "지갑이 죽을 것 같아" "진심 죽겠어" 같은 토론을 하며 기다리는데, 두 여성이 이쪽을 향해 손을 흔들며 다가왔다. 그녀들도 오늘의 참가자로, 사실 산포와도 면식이 있다. 예전에 친구에게서 "일하는 나를 보러 와!"라는 영문 모를 초대를 받았을 때, 태평스럽게 친구 직장에 놀러 간 산포를 상대해준 사람이 이 두 사람이었다. "지난번에는" 하고 산포가 공손하게 인사하자 명랑한 두 사람도 정중하게 재회를 기뻐하는 인사를 해줬다. 누구와 달리 성량과 동작이 아주 적당해서 호감이 가는 두 사람.

"그럼 다 모였으니까!"

적당하게 좋지 않은 성량의 간사에게 이끌려 산포 일행

은 공원 안으로 발을 들였다.

어디에서 나타날지 모르는 적, 다시 말해 남성 무리의 기습을 받지 않으려고 산포는 시끄러운 친구 등 뒤에 몸을 숨긴다. 방패라고 여기면 친구의 소음도 방어 용도로 유용할지 모른다. 이럴 때는 친한 사이이니 예의고 뭐고 없다.

친구와 명랑한 동료들의 대화로 마실 것과 도시락은 이미 또 다른 주최자인 선배에게 맡겼다는 사실을 알았다. 다 먹으면 그 선배가 도시락통을 씻어서 나중에 돌려주기로 했다고 한다. 정말 아무것도 안 해도 되네, 산포는 저 혼자 VIP가 된 기분을 느꼈다. 아무리 생각해도 베리 임포턴트 퍼슨은 아니다. 어쩌고 퍼슨이긴 하겠지.

당당한 세 사람과 지금 당장 돌아가고 싶다고 팔자 좋게 생각하는 산포는 나란히 걸었다. 곧 시끄러운 친구가 크게 손을 흔들었다. 그걸 본 동료들이 주변을 두리번거렸으나, 산포는 그녀들이 시선을 보낸 곳이 미묘하게 다른 것을 알았다. 직장에서 친한 정도로는 알아차리기 어려울 수도 있다. 시끄러운 친구는 목소리뿐 아니라 하여간 행동의 사정거리가 넓다. 복장 문제도 있긴 하겠지만 친구의 존재 자체가 눈에 띄니까 상대가 알아보기 쉽다. 그래서 행동이 도달하는 일반적인 거리를 착각한 채 생활한다.

산포는 전방, 거리가 제법 있는 나무 그늘에서 아웃도

어 의자와 테이블을 놓는 중인 한 무리를 발견했다. 정말 머네. 그 먼 곳에서 한 사람, 멀리서 봐도 키가 큰 남성이 이쪽으로 손을 흔들었다. 이 거리로는 표정까진 알 수 없지만 "멀어"라고 말하며 웃고 있을 것이다. 이 친구를 기다렸던 경험이 몇 번이나 있는 산포는 그 기분을 안다.

으어어, 드디어 산포의 자세가 본격적으로 엉거주춤해졌다. 과연 시끄러운 친구가 그런 산포를 배려해 걸음 속도를 늦춰줄까. 당연히 그런 산포를 알아차리면 질질 끌고 가 남성 무리 앞에 바칠 것이 명백하므로 약점을 보일 수 없다. 뭐든 고민하기보다 저지르는 게 낫다는 신념을 지닌 친구가 있으면 생각보다 귀찮다는 인식을 세상에 널리 퍼뜨리고 싶은 산포지만, 지금 시점에서 그 사실을 털어놓은 건 예의 아름다운 친구뿐이다.

그러고 보니 책 내용을 절반 이상 복사하면 안 된다는 규칙은 도서관 이용자에게 도무지 퍼지질 않네, 하고 산포가 매일 하는 업무의 고생을 생각하며 현실을 외면하려 할 즈음, 마침내 남성 무리의 모습이 또렷하게 보이는 거리까지 와버렸다. 시끄러운 친구의 지인이니까 패션 몬스터의 집합일 줄 알았는데, 평범하게 연한 색 셔츠나 털털한 청바지 차림이어서 산포는 조금 안심한다. 그러나 그런 안도감을 제해도 산포 머릿속에 울리는 목소리는 히에엑. 얼굴이 경직된 채 산포는 머릿속으로 비명을 질렀다. 여전히 친구를 방패로 쓰는 중이다.

그랬는데 남성들 눈앞까지 도착하자 시끄러운 친구가 오른발을 쓱 빼 비스듬한 자세를 취해 산포의 전신을 모두 앞에 드러냈다. 야, 방패가 도망치지 마.

"처음 뵙겠습니다."

물론 이 유창한 인사가 산포의 말일 리 없다. 조금 전에 시끄러운 친구를 일찌감치 발견하고 손을 흔든 남성이 상쾌하게 웃는 얼굴과 함께 한 말이었다. 산포는 어떤가 하면, 애초에 자신 이외의 누군가가 인사를 하리라 믿었고, 그 생각대로 친구의 동료 두 사람이 "안녕하세요" 하고 말하는 것에 맞춰 인사하며 그저 입을 뻐끔거렸다. 어차피 언젠가 목소리를 내야 하는데도 하여간 미련이 많고, 보기에 따라서 기분도 나쁘다.

그러나 일이 잘 풀리는 건지 아닌 건지, 산포가 긴장한 미소로 최대한 오래 버티려고 하는 사이 우왕좌왕 일이 진행되었다. 서서 말하는 것도 그러니 일단 앉자면서 등받이가 없는 아웃도어 플라스틱 의자를 권했다. 거절할 이유가 없으니까 앉았더니 이번에는 눈앞의 테이블에 보자기로 싸인 찬합이 올라왔다. 시끄러운 친구에게 모두가 고맙다고 말했고 그에 맞춰 산포도 조용히 "이예~" 하고 반응했으나 아무에게도 들리지 않았다.

볕뉘 아래 상쾌한 바람이 부는 와중에 산포가 간신히 대화다운 대화를 한 것은 준비를 방해하지 않으려고 얌전하게 앉아 있을 때였다. 남성진 중 한 명, 언행이 부드러운 형씨가 조심스럽게 "음료, 뭐로 하시겠어요?"라고 물어봤다. 뭐든지요, 하고 대답하려다가 "맘든주"라고 뭐라 변명도 할 수 없게 버벅댔는데 의미가 통했는지 테이블 위에 몇 개의 마실 것을 올려줘서 산포는 효게쓰 레몬 맥주를 들었다.

형씨는 예의 바르게도 플라스틱 컵까지 줬다. 산포도 정중하게 버벅대는 발음으로 "감샴다~" 하고 말했는데 이번에도 의미가 통했나 보다. 형씨는 웃으며 선택받지 못한 다른 음료들을 아이스박스에 다시 넣었다. 산포는 아무것도 안 했으면서 첫 스테이지를 클리어한 기분이다.

자, 모두 손에 음료를 들었고 간단히 건배도 했으니 바로 도시락 개봉 의식에 돌입이구나. 입도 배도 이미 준비 완료 상태인 산포의 왕성한 식욕은 먼저 자기소개하자는 쪽으로 이야기가 흘러 제동이 걸렸다. 당연히 있을 법한 이벤트인데 산포는 당황해서 눈을 희번덕거렸다.

그렇지만 사실 이건 혼란스러워하는 시늉에 불과하다. 산포는 자기 마음을 최대한 평온하게 유지하기 위해 극도의 긴장감이 덮칠 것을 미리 아는 상황이면 마음속으로 혼란스러워하는 시늉을 해 상황 파악을 미처 못 했다는 상태를 꾸며내 자기 자신을 속이려 한다. 이건 산포에게는 지극히 자연스러운 처세술이어서 누군가 상세한 설명을 요구해도 대답하기 어려운데, 어쨌든 산포는 이 방법으로 몇 번이나 최악의 상황을 피하는 데 성공한 바 있다.

다만 산포가 생각하는 최악이란 혼란에 빠지다 못해 괴성을 지르며 처음 만난 사람의 목덜미에 몽골리안 춉*을 먹이는 수준이니, 언제나 무사히 넘어간 것은 결코 아니다.

오늘도 혼란스러운 시늉을 하는 중에 산포가 자기소개할 차례가 왔다. 머릿속에 펼쳐진 가짜 카오스의 폐해로 다른 사람의 자기소개를 또 전혀 듣지 않았던 산포는 모두의 시선이 자신에게 쏠린 것을 느껴 최소한 뭔가 말하려고 하다가 혀가 경구개에 달라붙고 말았다.

"움."

결국 모처럼의 처세술도 무의미하게 망해버리고 머릿속이 새하얘졌다. 봄은 왜 이렇게 자기소개할 기회가 많은 거냐, 이런 거 서툴단 말이다. 이렇게 계절을 디스해봤자 아무 소용없다. 결국 자기 발로 여기 온 것이므로.

---

* 양손의 손날로 상대의 목이나 어깨를 후려치는 레슬링 기술

이럴 때 누군가 재촉이라도 하면 마구마구 버벅대면서 이름이라도 댈 수 있지만, 오늘 모인 사람들은 예상한 것보다 더 어른인 모양이다. 적절한 미소를 짓고 산포를 기다려준다. 그 다정함이 산포를 궁지로 몰았다. 어, 이 사람, 괜찮나? 모두가 슬슬 산포의 이변을 깨닫기 시작했을 때, 그 상태가 이변도 뭣도 아닌 걸 아는 그녀가 산포를 척 가리켰다.

"얘는 산포."

역시 나를 생각해주는 건 친구뿐이다. 설령 평소에는 시끄럽더라도, 수치 플레이를 강요하더라도.

"산포? 별명이야?"

아마도 예의 그 선배이리라 산포가 짐작한 남성이 시끄러운 친구에게 친근하게 물었다. 당연히 대신 대답해줄 줄 알았는데 친구가 검지를 다시 산포에게 향했다. 주목이라는 공을 건네줘서 이게 진짜, 하고 생각하면서도 친구의 다정함에 보답해야 하니 어쩔 수 없이 마음에 단단히 힘을 준다.

"아, 아아아아니요, 무기모토 산포라는 이름이어서, 네, 맞아요, 죄송합니다."

참고로 산포 말고 아무도 뭐라 말하지 않았다. 마지막의 '죄송합니다'는 '나 같은 놈의 이름에 신경 쓰게 해서 죄송합니다'의 죄송합니다.

남성진이 보이는, 산포가 지금까지 인생에서 몇 번을 들었는지 모를 특이한 이름이라는 반응(험담은 아니다)을 최대한 자연스럽게 넘기고, 도서관에서 일하고 있으며 시끄러운 친구와는 대학 시절부터 알고 지낸 사이라는 것을 간신히 설명했다. 산포는 어차피 남성 제군이 나에게 흥미를 느끼지 않으실 테니 대충대충 흘려 넘겨도 좋아요, 얼른 다른 레이디들을 에스코트해주세요, 하고 후반에는 무슨 캐릭터인지 모를 비굴함을 내보였지만 역시 오늘 모인 사람들은 예상한 것보다 더 어른인 모양이라 산포의 프로필에도 흥미로워하는 태도를 보였다. 아이고 곤란해라. 이런 건 질문받고 싶어서 안달인 저기 저 패셔니스타에게 해주길 바란다.

어떻게든 모두에게 폭력을 쓰는 일 없이 자기소개를 마치자 아까 산포에게 마실 것을 준 형씨에게 차례가 넘어갔다. 상황을 보니 그 사람밖에 안 남아서 산포가 제대로 이름과 직업을 들은 남성은 딱 한 명뿐이었지만, 일단 필요한 의식을 마쳤고 드디어 도시락 개봉 타임이 와서 산포는 저 혼자 알아서 기분을 바꿨다. 어차피 이름을 알아도 부를 용기가 없으니까 모르는 거나 똑같다.

"대단하다!"

보자기를 풀고 찬합 뚜껑을 열자마자 테이블을 중심으로 모인 여덟 명 중 여섯 명이 이구동성으로 외친 대단하다는 말이 메아리쳤다. 조용한 사람은 우쭐한 표정인 오늘의 요리사, 그리고 마찬가지로 우쭐한 표정인 산포. 주먹밥 하나 만들지 않은 주제에 모두의 반응이 요리사보다도 더 만족스러웠다. 물론 청중의 반응과 함께 도시락 내용물을 확인하는 것도 잊지 않는다. 게살 크림 크로켓, 새우튀김, 토란 조림, 마카로니 샐러드 등등 동서양 융합 풀코스, 좋아하는 음식의 오케스트라.

"산포포는 이런 도시락에 익숙해?"

먹잇감을 눈앞에 두고 무의식적으로 혀를 날름 핥았던 산포는 갑자기 이름이 불려 허둥지둥 그쪽을 봤다. 산포포라니, 이런 식으로 부르는 남성은 친할아버지 정도인데, 하고 생각하며 바라보자 시끄러운 친구의 선배로 추측되는 사람이 눈을 동그랗게 뜨고 있었다. 산포는 얼른 튀어나온 혀를 집어넣었다. 부끄러운 꼴을 보였다. 그러나 역시 상대는 어른스러운 형씨여서 곧바로 미소를 지었다. 못 본 척해주는 게 또 부끄럽다.

"별로 놀라지 않는 것 같길래 얘가 만든 도시락을 꽤 자주 먹었나 해서."

"아뇨 아뇨 아뇨아."

아, 가 하나 많았다. 장난치는 것처럼 됐다.

"대, 대학 시절에 자주 집에서 술 마시면서 요리를 해졌는데, 아, 최근에는 오랜만이에요."

버벅대긴 했지만 위치가 미묘했으니까 괜찮겠지. 또 상대방이 그런 섬세한 것을 알아차리기 전에 친구가 큰 소리로 끼어들었다.

"산포는 내 요리에 사족을 못 써."

그러니 나를 칭찬하라는 목소리도 눈빛도 시원시원하다.

"우, 아, 네. 열받긴 하지만 진짜 맛있어요."

산포도 요리사의 비위를 맞추는 수고쯤은 아끼지 않는다. 무엇보다 정말 맛있으니까.

"오오, 다른 사람의 평가를 들으니까 더 기대된다."

"선배, 내 말을 안 믿었어?"

선배라고 부르는 상대에게 왜 반말을 쓰는지 모르겠지만, 역시 이 키 큰 사람이 친구의 선배인가 보다. 이 사람이 돈을 내줘서 오늘 도시락이 완성됐으니까 감사할지어다, 하고 속으로 두 손을 모았다. 자기소개 때 미처 얻지 못했던 정보를 획득해 으흠 하고 납득하며 별생각 없이 효게쓰 맥주를 꿀꺽 마시고 플라스틱 컵을 테이블에 놓았다.

그때 갑자기 뭔가 스르륵 옆에서 시야에 들어오는 바람에 산포는 반사적으로 몸을 젖혔고 힘을 너무 준 탓에 의자에서 떨어질 뻔했다.

큰일 날 뻔했지만 대단치도 않은 복근으로 버티고, 비디오 게임을 할 때 게임 오버 직전에 버튼을 연타하는 것처럼 "타타타타타타타" 하고 혀를 연타하는 기술로 어떻게든 미끄러지는 일을 피했다.

두근거리는 심장을 안고 도대체 뭐에 쓰러질 뻔했는지 경계했다. 범인은 금방 발견했다. 아까 마실 것을 권한 형씨가 눈을 동그랗게 뜨고 산포의 플라스틱 컵 위에서 효게쓰 캔을 들고 있었는데, 보아하니 줄어든 맥주를 추가로 따라주려고 했나 보다. 수치심이 폭발하기 전에 산포는 일단 주위를 둘러보았다. 손을 내민 당사자 형씨 이외에는 술을 따르는 것에 겁먹고 넘어질 뻔한 녀석 따위 거들떠보지도 않을 줄 알았는데 모두와 눈이 마주쳐서 과연 그렇구나, 으흠으흠 했다. 이윽고 수치심이 폭발하는 것과 동시에 박장대소하는 소리가 들렸다.

"타하하하하하하하하! 뭐 하는 거야, 산포!"

웃는 게 걱정하는 것보다 훨씬 더 낫다. 물론 넘어질 뻔한 사람을 대놓고 비웃은 사람은 친구니까 그런 거고, 어른스러운 모두는 제대로 걱정해줬다. 게다가 산포를 더욱 곤란하게 한 것은 배려해준 언행 부드러운 형씨가 "얀마, 조심 좀 해야지~" 하고 진심은 아니겠지만 주의를 받은 사실. 그러나 이런 흐름을 뚝 끊고 '제가 잘못한 거예요!' 라고 말할 용기도 성량도 산포에게는 없으므로, 형씨가 사과한 것에 그저 "죄, 죄송합니다아" 하고 사죄만 연신 할 뿐이었다.

산포의 무사함을 확인한 것으로 산포 본인의 마음만 제외하고 부드러워진 공기가 흐르자, 드디어 도시락을 맛보는 시간이 왔다. 자기혐오 중이지만 최소한 이 자리의 분위기는 망치지 않고자 고개를 들고 종이 접시와 젓가락을 받았다. 그리고 모두와 같은 타이밍에 찬합에서 음식 몇 개를 집었다. 시끄러운 친구가 일부러 산포 가까이 게살 크림 크로켓이 담긴 쪽이 오게끔 찬합 모서리를 배치해줬다. 산포는 선언했던 대로 크로켓을 세 개 집고, 이어서 새우튀김과 달걀말이도 집었으며 하는 김에 작은 봉지에 담긴 타르타르소스도 집었다. 종이 접시에 나란히 놓인 좋아하는 것들. 그러나 아무리 맛있어 보여도 이렇게 침울한 상태니까 목구멍을 넘어가지 않을지도 모르겠, 맛있다.

오랜만에 먹는 친구의 수제 게살 크림 크로켓. 너무 맛있어서 산포는 부정적인 기분들을 모조리 치워버리고 요리사의 얼굴을 바라보았다.

"대박 맛있어."

솔직한 감정을 다소 난폭한 말로 전하자 친구가 더욱

우쭐한 표정을 지었다. 산포가 조금 전 느낀 수치심은 어디 갔느냐고 생각하는 사람이 있을지도 모르나, 애초에 산포는 매일같이 실수를 반복하며 살아가므로 회복이 느리면 진작에 어디선가 수치사했다.

산포 이외의 사람들도 즉시 요리를 맛보고 제각각 찬사를 퍼부었다. 칭찬받을수록 친구의 콧대가 높아지는 게 마치 눈에 보이는 것 같았다.

아까 민폐를 끼쳤던 언행 부드러운 형씨를 훔쳐봤다. 보아하니 요리가 마음에 든 듯해서 산포는 안심한다. 이걸로 부디 조금 전의 추태를 용서해주기를. 산포는 친구의 요리에 뒷수습을 부탁했다. 유일하게 프로필을 들었던 그는 통신 계열 기업에서 일한다고 한다. 이 IT 시대에 몹시 바쁠 테죠. 내 친구의 맛있는 밥이 감정도 풍부하게 해줄 거예요.

대충대충 생각하며 산포는 이어서 달걀말이를 먹었다. 맛있어~. 이거이거 요리 솜씨에 위장을 사로잡혀 반하는 남성도 있겠다고 산포는 친구의 미팅 성공 가능성을 점쳤다. 거머쥔 위장을 큰 목소리로 날려버리지만 않으면 괜찮겠지. 아니 하지만 그것까지 사랑해주는 사람이 아니면 의미가 없다. 도대체 어떻게 해야 한담.

흐으음 하고 남 걱정에 여념이 없는 동안에도 산포는

접시를 깔끔히 비우고 두 번째 접시를 탈취하러 나섰다. 다른 사람들은 도시락은 뒷전이고 제각각 일 이야기로 꽃을 피우느라 손이 비어 있다. 빨리 먹지 않으면 다 먹어버릴 텐데요. 산포는 걱정하다가 모두 자기와 다르게 밥이 이 모임의 주요 목적인 건 아니니까 괜찮겠지, 하고 금방 알아서 해석했다. 그래서 이 틈에 좋아하는 반찬을 탈취했다. 일단 갑자기 누가 말을 걸면 부끄러우니까 대화를 지켜보고 틈새를 노리듯이 젓가락을 내밀었다. 이런 것만은 좀 특기인 산포.

덕분에 누구에게도 검문당하지 않고 무사히 미션 클리어. 그러나 산포는 기본적으로 타이밍을 잘 맞추지 못한다. 입을 크게 벌려 토란 하나를 통째로 넣었을 때 대화가 날아왔다. 입에 넣은 채 말해야 하나, 당장 삼켜야 하나 고민하다가 순간적으로 두 손을 써서 T자를 만들자 "오케이, 타임이지, 타임!" 하고 키 큰 선배가 의견을 존중해주었고 덕분에 웃음꽃이 피어 살았다. 석낭히 허불없이 구는 사람은 종종 낯가리는 자의 위기 상황을 구해주곤 한다. 잘 삼킨 뒤 아까 받은 "도서관은 여성들만 일한다는 이미지가 있는데 어떤 느낌이에요?"라는 질문에 대답했다.

"그러네요, 직원 대부분이 여성이에요. 나, 남성은 두 명뿐이에요."

"오오, 하렘이네. 부럽다."

키 큰 선배가 던진 약속과도 같은 반응을 정정할지 말지 고민했지만, 다른 여성들이 "여초 직장에 다니는 남성, 틀림없이 힘들걸~"이라고 대신 말해줘서 산포의 역할이 사라졌다. 그렇다, 어디까지나 산포의 이미지지만 그건 하렘 같은 게 아니다. 뭐랄까, 서커스 단장? 아니 사바나에 풀어놓은 토끼라고 해야 하나, 여자 그룹에 부려지는 심약한 남자라고 해야 하나. 그만두자, 모두에게 실례야.

산포의 발언으로 화제는 직장에서의 만남 쪽으로 옮겨간 듯했다. 잘됐다 싶어 산포는 다시 식사 타임에 들어간다. 그러나 이번에는 갑자기 말을 걸어도 타임을 걸 필요없게 제대로 대화에 참여하는 느낌으로 맞장구를 치며 젓가락과 입을 움직인다. 닭튀김 맛있어, 후후후후후후.

이렇게 맛있는 음식을 앞에 두고 식사하는 손을 멈출수 있다니 혹시 오기 전에 소고기덮밥이라도 먹고 왔나? 오늘을 위해 피부나 머리카락보다도 위장 컨디션을 정비한 산포는 잘못된 의심을 한다.

요리한 사람으로서도 도시락으로 더 흥이 오르길 바라지 않을까. 식사는 보디 블로처럼 남성진에게 한 방 먹이는 수단이고 말로 마음을 사로잡을 셈인가. 그렇다고 하기에는 아까부터 선배 어깨를 몇 번이나 때리고 있는데 괜찮

나. 보디 터치냐?

친구가 남성진에게 품은 마음을 신경 쓰며 새우튀김 두 마리째를 먹는데, 문득 산포 눈앞에 놓인 게살 크림 크로켓에 젓가락이 다가오는 걸 발견했다. 게걸스러운 산포는 아직 자기 몫도 남아 있는 걸 확인한 뒤 그거 진짜 맛있다는 의미를 담아 젓가락의 행방을 눈으로 추적했다.

도착한 곳은 조금 전 산포 때문에 사과해야 했던 언행 부드러운 형씨의 입이었다.

애초에 사람의 젓가락 행방을 따라가는 게 아니란 건 일단 됐고, 하필이면 제일 어색한 상대의 젓가락이었다니. 허둥지둥 시선을 피하려 했으나 잠깐의 차이로 형씨가 산포를 깨달아 두 사람의 시선이 교차한다. 이 시점에서 모른 척하는 건 실례라는 사실쯤은 산포라도 알지만 다음 액션이 생각나지 않으니 그저 빤히 그의 눈을 바라보았다. 다정한 시선 교환이 아니다. 초조해서 동공이 열리고 어째서인지 입만 웃는 여성과 그에 놀란 남성이 서로를 쳐다보는 걸 시선을 교환한다고는 하지 않는다.

아무리 산포라도 자기가 음흉하게 젓가락을 따라갔으니까 이쪽에서 뭐든 그에게 던져야 한다고 판단했다. 어른으로서, 이 모임에 명색이나마 참가한 자로서.

필름 한 컷 한 컷을 확인하는 것처럼 1초간 생각한 산포가 낸 최고의 해답은 이것.

"오, 오늘의 추천 요리예요."

뭐라는 거야. 그러나 사태가 우연히도 산포에게 좋은 쪽으로 굴러갔다. 어색해서 딱딱해진 산포와 눈이 마주쳐 당황한 듯했던 형씨는 산포의 말에 피식 웃었다.

"정말 맛있네요."

형씨는 그 말을 마치고 다른 형씨들이 펼친 드넓은 대화의 장에 흡수됐다. 산포는 마음껏 가슴을 쓸어내렸다. 다행이다, 극복했어, 다행이야.

정신적인 피로에 어깨로 숨을 쉬며 산포는 플라스틱 컵에 입을 댔다. 재치 있는 말을 한(했을) 자신과 물고 늘어지지 않은 형씨에게 혼자서 건배했다. 마음 넓은 형씨, 분명 일에서도 성공 가도를 걷겠죠.

맛있는 도시락을 먹는 모임은 무탈하게 진행됐다. 산포가 미팅에 품은 이미지는 자리 바꾸기와 빼빼로 게임 따위인데, 미리 건전하다고 들었듯이 빼빼로 게임 같은 멍청한 이벤트가 시작될 낌새는 보이지 않아 산포는 묻는 말에만 대답하며 다른 사람들이 이 만남을 소중히 여기기를 시건방지게 바랐다. 그러는 사이에도 계속 우물우물했다. 가끔 꿀꺽꿀꺽도 했다.

이윽고 도시락 내용물이 서서히 줄어들고 모두 배가 꽉

찬 티가 났다. 남은 음식은 꼭 가져가고 싶다며 산포가 친환경적인 생각을 하는데, 취미 이야기가 나왔다. 산포의 취미가 뭔지 물어서 "독서요"라고 대화가 더 이어지기 어려운 대답을 한 탓에 추가 공격이 들어왔다.

"또 다른 건?"

"으, 음악도 들어요."

"오, 어떤 거요?"

자기 같은 사람의 화제도 발전시켜보려는 다정함에 적당히 대답하면 안 되겠다고 생각한 산포.

"래, 랩을 좋아해서 라임스터 같은 그룹을 좋아해요. 아, 오늘은 여기 오기 전까지 인후미아이쿠미아이韻踏合組合의 노래를 들었어요."

들은 노래 제목이 '일망타진'인 건 너무 의욕적으로 여기 온 것 같은 느낌이라서 말하지 않았다. 그러나 그런 아티스트 이름에 반응해준 사람은 실례지만 이름도 직업도 제대로 듣지 않은 형씨 한 명뿐으로, 그것도 "라임스터 그립네요" 같은 태도였으므로 딱히 어떤 노래인지 대화가 이어지는 일은 없었다. "새로운 앨범이 멋져요"라고 일단 조용히 말했지만 누구 들으라고 한 말은 아니니까 아무도 듣지 않았다.

"얘 취미는 아이돌이야."

이번에는 시끄러운 친구에게 공격이 돌아갔다. 키 큰
선배가 가리키자 자신만만하게 가슴을 편 친구는 "쟈니스
같은?"이라는 다른 남성진의 질문에 고개를 세차게 저었
다. 동작이 시끄럽다.

"여자 아이돌이요."

"아하, 그렇구나. 그럼 그런 차림도 아이돌 흉내예요?"

"그건 아니에요! 내가 좋아하는 옷!"

친구가 큰 소리로 반론하자 너무 나쁜 말을 했다고 생
각했는지, 산포가 이름도 직업도 모르는 남자가 "미, 미안
해요" 하고 어색하게 웃으며 사과했다. 산포는 평소에도
저러니까 그렇게 신경 쓰지 않아도 괜찮아요, 하고 생각하
며 그래도 조금쯤 친구를 도와주려고 미적지근하게 반응
하려고 했는데, 좀 더 빨리 행동에 나선 사람이 있었다. 키
큰 선배였다.

"얘, 옷 스타일이 진짜 다양해."

단순히 행동이 빠른 것과 그 구조 선박이 안전한지는
별개의 문제다.

"사실은 좀 더 남자들이 좋아할 옷도 입을 수 있으면서
오늘은 하필 이거네."

아마 친구가 만든 잠깐의 침묵을 깨달은 이는 산포뿐이
었을 것이다.

"나는 나를 위해서만 옷을 입으니까."

그러니까 웃으며 선배의 어깨를 때리는 친구의 체온이 내려간 것을 깨달은 사람도 아마 산포뿐이다.

조금 전과 전혀 다르지 않은 모두의 모습을 보며 산포는 혼자 미안하다고 생각했다. 내가 좀 더 빨리 도와줬으면 좋았을 텐데. 그게 잘못됐다는 것도 금방 깨달았다. 그런 부분까지 포함해서 미리 알아차렸어야 했다. 흐으으으음.

산포가 친구의 마음을 헤아리는 사이 오늘의 미팅, 이라고 해도 좋을지는 몰라도 아무튼 즐거운 식사 모임도 막바지에 이르렀다.

산포가 미팅에 품은 또 하나의 이미지였던 2차 신청도 이런 햇빛 아래에서는 발생하지 않아서 정리하고 인사를 나누고 또 마시자는 예의상 약속을 한 뒤, 시작 때와 마찬가지로 남녀별 그룹이 되어 헤어졌다.

아마 처음부터 그럴 생각이었겠지만, 시끄러운 친구는 혹시 마음에 든 남성이 있다면 다리를 놔줄 테니까 말하라고 했다. 물론 이 미팅 간사의 심리 비슷한 것을 알아차린 산포는 설령 누가 괜찮아 보였어도 말을 꺼낼 정도로 무심하지 않다. 애초에 그럴 용기가 없다는 건 모른 척해주자.

역까지 걸어가 여자 넷이서 차를 마셨다. 다른 세 사람이 남성진의 감상을 말해서 산포도 참가했지만 어쨌든 정보를 제대로 아는 인물은 한 명뿐이었으므로 게살 크림 크로켓을 맛있게 먹었었다는 소리만 하자 그게 뭐냐며 웃음을 샀다.

이윽고 그 모임도 마무리했다. 집이 근처여서 택시를 같이 타는 친구의 직장 동료 두 사람과 재회를 약속하고 헤어져서 둘이 남았다.

그제야 산포는 어휴 한숨을 쉬었다.

"수고했어, 산포."

"응. 조금 지치네."

맥 빠진 대답을 한마디 하면서 생각하기.

산포는 완전히 빠져나갈 뻔한 힘을 마음에 다시 담았다.

"있잖아."

"응?"

절대로 괜한 소리를 하려던 것은 아니었다.

강해 보이고 싶은 친구인 걸 알고, 든든하게 무장하고 싶은 친구인 걸 아니까. 인간은 그렇게 해서 자신감을 키워 강해진다고 믿는 친구이고, 산포도 그런 점을 정말 멋있다고 생각하니까.

괜한 소리가 아닌 소리를 했다.

"아직 시간도 이르고 온몸이 뻣뻣하니까 숨 좀 돌릴 겸 해서."

목소리가 큰 것도 성격이 쾌활한 것도, 남들보다 마음의 막이 얇기 때문인 걸 알고 있다. 그러니까 고작 말 한마디에 마음 온도가 낮아진 것도 다 드러난다.

"노래방 가자!"

큰 소리로 말해보았다. 말의 의미를 넘어 전하고 싶은 바가 있었다.

다만 있는 힘껏 목소리를 낸 탓에 예상보다 훨씬 큰 소리가 나와서 상대를 위축시키지 않았나 걱정하는 산포였지만.

"그거 좋다!"

걱정은 필요 없었다. 위축되기는커녕 공기까지 찌르르 진동시키는 큰 소리에 순간 시간이 어긋난 것처럼 주변 사람들이 걸음을 멈췄다.

"시끄러워!"

"뭐야, 산포. 화내지 마. 그나저나 오늘 좋은 남자가 없었단 거네."

"……뭐 그것도 있긴 해."

그렇게 큰 소리로 말하지 않았는데 이번에는 친구가 놀란 모양이다. 산포는 반격에 성공한 기분이었다. 계속 당하기만 하면 아무리 친구라고 해도 괴롭다. 물론 그들이 좋은 남자인지 아닌지는 그렇게 짧은 시간 안에 알 수 없다. 이름도 모른 채 끝난 사람도 있다. 그래도 조금 좋은 남자는 아니라고 생각한 순간이 있었으니까 거짓말은 아니다.

"그랬구나, 미안해. 그래도 요리는 맛있었지?"

"대박으로 맛있었어."

"해냈다."

산포는 멋지게 주먹을 들어 올리는 친구의 팔뚝을 은근 슬쩍 붙들고 몰랑몰랑 주물렀다. 이 행동에는 의미가 없다.

처음이자 마지막 참가일 미팅은 그렇게 끝을 맞이했다.

그렇게 보였다.

"게?"

"응? 무슨 소리야, 산포?"

전화가 걸려 온 것은 며칠 후 밤, 산포가 집에서 알포트 초콜릿의 비스킷 부분을 앞니로 긁어내는 놀이를 하던 때였다.

"아니…… 잘못 들은 줄 알고."

"발음이 서툴다 못해 청각도 안 좋아졌어?"

"죽여부릴겨."

버벅댄 게 아니다. 알포트를 입에 넣은 거다.

조금 전 전화로 친구가 한 이야기, 아무리 생각해도 잘

못 들은 거겠지. 초콜릿을 위장에 밀어 넣고 당분을 뇌에 밀어 넣는다. 그리고 다시 한번 조금 전 대화를 회상한다. 응, 역시 게는 아니었지만 아마 뭔가 잘못 들은 게 분명해.

"있지, 한 번 더 말할 테니까 똑똑히 들어."

"응."

발음이 아주 좋은 친구의 말을 이번에는 놓치지 않으려고 단단히 대비했다.

"산포랑 또 만나고 싶대. 그때 산포를 의자에서 떨어뜨릴 뻔한 남자."

아무래도 잘못 들은 게 아닌가 보다.

"뭔 바보 같은 소리."

도대체 뭘 어떻게 하면 이렇게 되지. 최대한 열심히 이유 같은 것을 생각해도 생각해도 생각해도 모르겠던 산포는 일단 전화를 끊고 천장을 보고 누워 생각하기를 그만뒀다. 그러다 어느새 잠들었다.

몇 개의 음료 중에서 좋아하는 것을 고르는 꿈을 꿨다.

무기모토 산포는
푸딩 헤어가 좋아

무기모토 산포는 조금 작다. 도량의 그릇이 작다는 게 아니다. 어쩌면 그 그릇도 그럴지 모르나 이번에는 키 이야기다. 작다곤 해도 조금이다. 올해 건강검진에서 재보니 153센티미터. 평균 키보다 몇 센티 정도 작은 것이니 너무 작아서 고생한 기억은 없다. 그래도 도서관 멤버 중에서는 제일 작아서, 서 있는 선배들을 내려다볼 기회는 계단을 내려갈 때와 사다리를 써서 작업할 때뿐이다. 여담이지만 사다리에 올라가서 멀리 떨어진 책장의 책을 꺼내려다가 사다리째로 쓰러진 탓에 한동안 사용 허가를 받지 못하고 있다. 참고로 산포가 다쳤을까 걱정한 사람이 있다면 걱정하지 말기를. 그때 산포는 평소 보여주지 않는 절묘한 민

첩성을 발휘했다. 쓰러지는 사다리에서 뛰어내려 착지. 비틀거렸으나 무릎을 꿇는 일 없이 체조 선수처럼 만세 포즈를 취하고 채점을 기다리다가 들켜서 혼났다. 0점.

자, 그런 건 아무래도 좋다. 중요한 건 산포의 키는 작고 평소 자기보다 키가 작은 어른과 만날 기회는 웬만해서 없는데, 떠올려보라고 하면 바로 생각나는 인물이 한 사람 있다는 것만 알아두면 된다.

"앗, 언, 안, 녕하세요."

산포가 사는 맨션은 한 층에 다섯 개의 집이 있다. 엘리베이터에서 내리면 왼쪽에 연지색 문이 같은 간격으로 다섯 개 이어진다. 산포의 집은 앞에서부터 네 번째. 지금 막 저녁 장을 보러 집에서 나왔는데, 마침 끄트머리 집의 주인이 문을 열고 들어가려고 해서 산포 나름대로 명랑하고 우호적으로 인사를 건넸다.

산포의 목소리를 들은 여성이 이쪽을 보더니 작은 얼굴에 달린 눈을 희번덕거리며 미소와 함께 "안녕하세요"라고 말하고는 작은 몸이 고스란히 들어갈 정도로 큰 캐리어와 함께 문 너머로 모습을 감췄다. 옆집 여자의 태도는 항상 그러므로 산포는 딱히 신경 쓰지 않고 문을 잠근 뒤 엘리베이터로 걸어갔다. 엘리베이터를 타 1층 버튼을 누르고 닫힘 버튼을 눌렀으나 전혀 닫히지 않아서 연타. 여덟 번이나 누르고서야 그것이 열림 버튼인 걸 깨닫는 놀이를 한 뒤 산포는 옆집 언니의 변화를 생각했다.

은색이 됐네.

산포는 엘리베이터에서 내려 맨션을 나와 저녁놀을 받으며 터벅터벅 걸었다.

밴드를 하나?

옆집 언니의 직업이 뭘지 생각했다.

옆집에 사는 사람이 또래 여성이라는 사실을 알아차린 건 올해 들어서였다. 단순히 몰랐을 뿐인지 아니면 그 시기에 이사를 왔는지는 조사할 방법도 없고 딱히 중요하지 않으니까 산포도 그 점은 그리 신경 쓰지 않는다.

처음 봤을 때도 오늘 같은 캐리어와 함께였다. 산포보다 얼마간 작아서 아마 150센티미터도 안 될 여자는 안에 든 게 많아 보이는 캐리어를 끌고 있었다. 그때도 오늘과 마찬가지로 눈을 또랑또랑 부릅뜨고 다운된 분위기로 "안녕하세요"라고 인사했다. 두 사람은 같은 층에서 엘리베이터를 내렸고 옆집 사람이 조금 더 오래 걸었다. 그때부터 옆집 사람은 만날 때마다 눈을 크게 떴고, 높은 확률로 손에는 캐리어를 들고 있었다.

처음에 산포는 여행사에 다니는 사람이라고 생각했다. 집에 없는 경우가 많은 것 같고 여러 나라를 날아다닌다면 항상 캐리어를 들고 다니는 점도 이해할 수 있다. 조금 독특한 미소가 마음에 걸리긴 해도, 하고 산포가 저 좋을 대로 걱정하던 무렵에 옆집 사람과 또 대면했다. 그때 그녀의 짧은 머리가 금발로 변해 있어서 놀랐다. 여행사 규칙이 어떤지 몰라도 갑자기 금발을 해도 괜찮을 것 같진 않다. 그러면 무슨 직업일지 고민했는데 오늘 오랜만에 보니 은발이 됐다. 그래서 산포가 새운 가설이 옆집 사람은 밴드 멤버라는 것이다. 그 캐리어를 들고 투어를 다닐지도 모른다. 뭘 담당할까? CD도 냈을까? 들어보고 싶다. 하지만 그저 머리에 집착하며 여행을 좋아하는 술집 점원일 가능성도 있을 것이다. 술집이라. 술집이라면 당연히 간판 아가씨 같은 존재겠지. 웃는 얼굴이 조금 독특해도 눈이 또랑또랑한 미인인 건 의심할 여지가 없다. 간판 아가씨는 가게 밖에 서서 표식이 되지 않아도 간판 아가씨라고 불린다. 그런 의미에서는 간판 요리도 그렇다. 손님을 불러 모은다는 의미에서 간판이라고 하지만, 처음 찾은 손님에게 보여주는 간판이 아니다. 그렇다면 간판이라는 단어보다 적절한 단어가 있을 것 같다. 그리고 보니 아가씨라는 단어도 어쩌면 구시대적이니까 좀 더 요즘 식으로 표현해도 좋겠다. 예를 들어서 음, 프라이드 걸? 우리 가게의 프라이드 걸입니다. 안 되겠다. 굉장히 시건방진 여자라는 느낌이고 왠지 모르게 야한 느낌도 있다. 시건방진 건 그렇다 쳐도 야한 느낌은 어디에서 오는 걸까? 프라이드, 자랑거리라는 단어에서 앞섶을 살짝 풀어헤친 가슴 큰 언니를 연상하는지도 모르겠다. 어디 깜짝 놀라보시지, 라고 말하는 것처럼 가슴을 드러낸 언니가 가끔 있다. 좀 더 감추는 편이 섹시해 보이지 않을까 생각하지만. 아니, 이건 내가 꼬인 게 아니야. 꼬인 게 아니라니까. 지금 나는 상관없으니까. 그러고 보니 옆집 언니는 늘씬하다. 몸무게가 몇 킬로그램일까, 50킬로그램은 안 나갈 것 같다. 건강진단 이후로 자기 몸무게가 어떻게 변했는지 모르지만, 체감상 불어난 것 같진 않다. 팔뚝도 엉덩이도 포동포동하지만 예전부터 그 상태로 살았으니까 앞으로도 그렇겠지. 선배들이 서른을 넘으면 지금 식사량으로는 위험하다고 말했는데 정말 그럴까. 좋아하는 음식을 많이 먹어서 건강을 해치는 것도 싫지만, 자연스럽게 먹는 양이 줄어드는 것도 조금 싫었다. 조금씩 몸의 안쪽과 바깥쪽 모두를 단련해두는 게 좋을지도 모른다. 위장을 튼튼하게 해주는 음식을 먹고 헬스장에라도 다닐까. 그래도 무거운 물건을 드는 건 정말 취향이 아니다. 옆집 언니의 그 캐리어, 나는 그렇게 가뿐하게 들 수 있을까. 도대체 뭐가 들었을까. 밴드를 한다면 의상이나 투어 중 갈아입을 옷, 술집 점원이라면, 뭐지? 혹시 딱히 용도 없는 인형이 **빽빽**하게 들어 있으면 어쩌지. 남의 취미니까 아무래도 좋지만 조금 무서운데. 인형들도 답답할 테고. 그러고 보니 슬슬 백곰을 빨아야겠다. 같이 살기 시작한 지 곧 2년이 된다. 오래됐다. 최근 실밥이 좀 터지긴 했어도 아직은 건강하게 침대 위에서 뒹굴거리지, 그 녀석. 가끔 내 발에 치여 떨어질 때 무슨 생각을 할까. 목욕시켜줄 테니까 원망하지 말아줘, 백곰아. 그렇다는 건 그 출판사 미인 집의 펭귄도 곧 2년이다. 물어보는 걸 깜박했는데 이름을 지었을까. 올해도 그 친구는 바쁜 것 같다. 뭐, 출판 업계도 패션 업계도…… 앗! 그렇구나! 프라이드 걸은 시끄러운 그 녀석에게 딱이다! 과연 걔는 회사의 간판 아가씨 격일까? 직장 밖에서도 그 애는 존재감이 마구 흘러넘치니까 어떤 의미로는 진정한 의미의 간판 아가씨일지도 모른다. 그럼 집 밖에서 존재감을 전혀 내뿜지 않는 우리 옆집 언니는 역逆 간판 아가씨? 아니지, 이러면 험담 같잖아. 죄송합니다.

걷잡을 수 없는 생각이란 다름 아닌 평범한 일상을 보내는 산포의 머릿속을 일컫는다. 사전에 등재해주길 바랄 정도라고 산포 본인도 생각한다. 건방지기는.

머릿속으로 빙글빙글 아무래도 좋은 생각을 굴리는 사이, 산포는 슈퍼에 도착했고 장보기도 마쳤다. 오늘 산 물품들을 토트백에 무거운 것부터 담는다. 이런 일은 익숙해서 차례차례 먹거리가 가방에 빨려 들어간다. 그러던 도중 깨달았다. 오늘은 마파두부를 만들 예정인데 저민 고기를 안 샀다. 큰일 날 뻔했네, 큰일 날 뻔했어. 도대체 뭐 하러 왔담. 산포는 슈퍼를 나서기 전에 다시 한번 정육 코너로 갔다. 돼지로 할지 닭으로 할지 고민하다가 저렴한 닭고기를 샀다. 아까 헬스장 생각도 했으니까 근육이 잘 붙을 것 같다는 이유도 있다.

이제 잊은 건 없겠지, 하고 멈춰 서서 천장을 올려다보며 생각했다. 여기 천장은 그 무서운 선배 집 근처 슈퍼처럼 높지 않다. 그래도 여긴 여기대로 옛날 슈퍼라는 느낌이 나서 좋다. 어린 시절, 엄마와 함께 갔던 동네 슈퍼가 생각난다. 호랑이 교관과 마주칠 일도 없고!

맞다, 고구마스틱을 먹고 싶었지. 산포는 지갑에 좋지 않은 욕망을 떠올리고 과자 코너로 간다. 아까 지나가면서 다케노코노사토를 바구니에 넣은 곳에 도착하니 비좁은 통로에서 아주머니 두 분이 담소를 나누고 있었다. 하필이면 고구마스틱 이모켄피는 그들의 복부 근처에 진열되어 있다. 큭, 신께서 오늘은 그만두라고 하시는 걸까. 아니지, 신은 극복할 수 있는 만큼의 시련을 준다고 들었다. 그렇다면 지금은 역시 이모켄피를 손에 넣어야겠다, 하고 산포는 정체 모를 비장감을 내뿜었지만 당연히 "죄송합니다" 이 한마디만으로 아주머니들은 한 걸음 옆으로 비켜줬다. 산포는 너무 간단한 퀘스트를 클리어하고 무슨 이유에선지 그 자리에서 다른 과자도 물색하기 시작한다. 모처럼 이곳을 느긋하게 둘러볼 수 있으니까 이 코너의 다른 것도 사도 되겠지. 하여간 자기 성과에 너무도 관대한 산포.

자, 뭐로 할까. 이모켄피는 아작아작 서걱서걱 달콤한 과자. 그렇다면 바삭하거나 폭신하거나 몰캉하고 짭조름한 과자가 좋다. 음.

산포가 가격표에 앞머리와 코가 달라붙을 거리에서 봉지 과자 면면들을 음미하는데, "그런 시대야"라는 한숨 섞인 목소리가 옆으로 비켜준 아주머니들에게서 들려왔다. 유난히 또렷하게 들린 것은 아주머니들이 살짝 붕 뜬 사이를 채우려고 한 말이기 때문이지만, 산포는 '다이어트도 안 하고 과자만 먹으려고 하다니 근성이라곤 없는 요즘 시대 애네'라고 비웃은 건가 충격을 받아 무심코 아주머니들 쪽을 봤다. 당연히 착각이므로 아주머니들은 산포 쪽을 거들떠보지도 않는다. 산포는 안심하고 다시 과자와 대면한다. 아, 에비센이다.

"우리 남편은 옆집 사람 얼굴도 모른다니까. 그야 나도 가끔 인사만 하는 정도지만."

"우리도 아마 그럴걸. 어렸을 때는 옆집에 마음대로 놀러 가고 그랬는데 말이야."

"요즘 그러면 범죄지."

산포가 얼굴 크기의 대형 에비센을 집는 옆에서 아주머니들이 웃는다.

"시골과 도시의 차이도 있지 않아?"

"사실은 도시 쪽이 방범을 위해서라도 이웃들과 사이좋게 지내는 게 좋다던데."

그게 어디 쉽겠어, 하는 목소리를 마지막으로 들으며 산포는 과자 코너를 떠나려 했다. 어깨에 토트백, 손에는 저민 고기와 과자들. 마음은 오랜만에 먹는 마파두부에 대한 기대감으로 부풀었고 머릿속으로는 모두 옆집과의 거리감을 생각하며 사는구나, 라는 생각을 곰곰이 했다.

계산대를 지나, 물론 돈을 내고 나와서 먹거리를 토트백에 쑤셔 넣었다. 돌아오면서 옆집과 교류가 없는 이 현실을 스스로 어떻게 받아들이는지를 산포는 생각했다.

산포의 고향은 시골인지 도시인지 물으면 대답하기 약간 미묘한 곳이다. 산포가 지금 사는 지역과 비교하면 제법 시골스럽지만, 시골 출신이라고 자신 있게 말할 수 있는 풍경 속에서 태어나진 않았다. 역까지 걸어가면 40분 정도. 언덕이 조금 많은 평범한 동네의 평범한 집들이 있는 곳에서 산포는 태어났다.

따라서 산포는 시골 출신이나 도시 출신이라는 정체성이 없다. 도시 출신인 사람들에게는 한적하겠다는 말을 듣고, 시골 출신인 사람들에게는 편리한 동네겠다는 말을 들었다. 이웃과의 관계가 어땠는가 하면, 이것 역시 예전처럼 가족 단위로 친하게 어울리진 않았지만 그렇다고 요즘처럼 이웃을 아예 본 적조차 없는 수준은 아니다. 인사를 하고 대화도 나누고 이름도 안다. 마을 회람판도 있다. 그러나 그 이상의 관계는 맺은 적 없는, 이웃 간 에피소드를 전혀 만들지 못하는 형편이었다.

따라서 산포는 지금 이웃과의 거리감이 어느 시점과 비교해 좋은 편이고, 어디와 비교해 나쁜 편인지 알 수 없다.

지금까지는 그런 걸 딱히 생각한 적도 없었다. 그러나 아주머니들의 말도 일리가 있지 싶었다. 방범 면에서 과연 얼마나 의미가 있을지는 모르겠지만, 사이좋게 지낼 수 있다면 그러는 편이 좋을지도 모른다.

도대체 어떻게.

옆집 언니와 가까워지는 방법을 생각하다 보니 어느새 집에 도착했다. 오토록 입구의 자동문을 열쇠로 열고 들어가 왼쪽에 있는 우편함에 다가가 손을 내밀었다. 다이얼을

빙글빙글 돌릴 때의 찰칵찰칵 찰칵찰칵 소리가 산포는 좋다. 밖에서만 투입할 수 있는 우편함인 것도 합쳐져서 스파이가 되어 금고를 여는 자기 모습을 상상한다. 놈들이 알아차리기 전에 디스크를 손에 넣어 탈출하겠어! 같은 느낌.

그 자그마한 옆집 언니의 집과 역방향, 산포의 방 번호에서 하나를 뺀 숫자인 곳은 현재 빈집이다. 따라서 우편함도 텅 비었을 것이다. 혹시 옆집 언니 쪽은 광고 전단 따위가 잔뜩 쌓였을지도 모른다. 밴드 멤버는 그런 것에 좀 헐렁할 것 같은 이미지다. 오지랖도 이만저만이 아닌 생각을 하며 무심코 옆집 우편함을 바라보면서 자기 것에 손을 넣어 우편물을 잡았다.

늘 들어 있는 광고 따위와 감촉이 달랐다. 손에 든 것을 확인했다.

그것은 엽서였다. 보아하니 안경집에서 보낸, 생일 기념으로 할인해주겠다는 내용의 엽서. 생일이니까 10퍼센트 할인해준다는 소리 말고 선물을 해줘요. 그 가게에 간 적도 없으면서 산포는 뻔뻔한 생각을 했다.

산포는 안경을 쓰지 않는다. 눈은 나쁘지 않다. 멋내기 안경도 불편하다. 그러니 이 엽서가 산포에게 도착한 것은 이상했다. 산포는 엽서를 뒤집었다. 거기에는 본 적 없는 이름이 적혀 있었다. 뭐지?

아무리 산포라 해도 그 시점에서 허둥거리며 수수께끼 같은 엽서의 정체를 고민하지 않는다. 해결 방법은 알고 있지. 수신자 주소를 보는 것이다. 스스로 생각해도 빨리 발견한 해결법에 헤헤헹 가슴을 펴며 주소를 본다. 흠흠, 맨션 이름까지는 맞았군. 집 호수는, 어라? 우리 집 번호가 맞는데? 아, 아니다, 플러스 1이다.

주소를 본다는 발상을 한 대신 자기 집 호수를 까먹었다. 이 엽서는 옆집 언니 것이다. 의도치 않게 이름을 알았다. 귀여운 이름이다.

그나저나 어쩌지, 하고 고민하다가 밖에서 다시 넣어야겠다고 곧바로 생각해냈다. 다시 헤헤헹 가슴을 펴며 입구 자동문 쪽으로 걸음을 옮겼다.

"아."

"베엇."

베어? 곰?

기묘한 소리를 낸 산포. 인생살이 운이 몹시도 나쁜 산포를 아는 사람이라면 우편함에 엽서가 들어 있던 시점에서 이렇게 될 것을 예상했어도 이상하지 않으리라.

의외성이라곤 전혀 없이, 마침 입구로 들어온 사람은 옆집의 자그마한 은발 언니였다.

"엥?"

산포가 낸 소리에 대놓고 의아한 표정을 지은 언니는 손에 편의점 봉지를 들고 있었다. 자기 뒤에 뭐가 있는 줄 알았는지 언니가 그 자리에서 뒤를 돌아본다. 산포에게도 언니 뒤쪽이 보였으나 아무도 없으니까 아무 일도 생기지 않는다.

"죄, 죄송합니다. 조, 조금, 그게, 놀라서."

"아아, 그래요, 죄송합니다."

언니는 꾸벅 고개를 숙이고 이쪽으로 걸어와 아무 일도 없었던 것처럼 산포 옆을 지나가려 했다. 실제로 아무 일도 없었다면 좋겠지만, 산포의 손에는 지금 아무 일이 있다. 그냥 가만히 있을 수도 있었는데.

"저, 저거여."

일생일대의 용기를 냈다. 산포에게는 일생일대가 일주일에 두 번쯤은 닥친다. 목숨이 몇 개가 있어도 부족하다.

산포는 늘 그렇듯이 버벅댔는데 언니는 돌아봐주었다. 축 늘어진 듯한 표정에 지루하다는 의미가 담긴 것 같아서 산포는 불러 세운 것을 후회했다.

"어, 이그, 제 우편함에 들어 있었어요."

또 버벅댔지만 끝까지 말했고, 제대로 내밀었다. 힘을 너무 줘서 언니를 거의 찌를 것처럼 앞으로 내밀었지만 언니는 몸을 기울여 피하며 바로 받아줬다.

"아, 그래요. 고맙습니다."

언니는 인사할 때 늘 그러는 것처럼 입술 각도를 밀리미터 단위로 끌어 올리고 눈을 희번덕거리며 웃는 얼굴로 이쪽을 바라보았다. 가까이서 보니까 무서운 웃음이다. 웃는 거, 맞지?

둘이서 나눈 대화는 그게 다였다. 그 후로는 같이 엘리베이터를 타고 복도를 걸어 각자의 집으로 돌아갔다. 산포는 자신의 긴장감을 상대가 느끼고 이쪽이 불쾌해한다고 오해하면 어쩌나 하고 걱정했으나, 기우라고 단언할 수 없고 확인할 방법도 없는 걱정이다.

집에 돌아온 산포는 손을 씻고 입을 헹구고 일단 대형 에비센을 봉지에서 꺼내 한 입 크기로 쪼개지 않고 그대로 먹었다. 옆집 언니와의 대화로 열량을 소모했기 때문이다. 두 손으로 들고 아그작. 맛있다. 평소에는 가루비의 갓파 에비센을 사는데 이렇게 큰 에비센은 또 색다르게 맛있다.

흠, 사이가 좋아질 실마리는 전혀 찾지 못했군. 어쩌면 좋지.

그날부터 고민을 시작한 산포지만, 한동안은 옆집 언니와 만나지 못했다.

사이가 좋아진다면야 더할 나위 없다는 마음은 있으나

만나지 못하면 어쩔 수 없다는 안도감 비슷한 마음도 있었다. 사이가 좋아지지 않는 원인이 자기가 아니라 타이밍 문제라는 일종의 책임 전가에 산포는 마음이 놓였다.

다음에 옆집 언니를 만난 것은 산포가 그날 일을 마치고 돌아왔을 때였다. 오늘도 혼났다네 헤헤헷, 하고 자조하며 집에 가면 커피 젤리를 먹겠다고 계획하던 중 두 사람은 또 입구에서 마주쳤다. 언니의 머리카락 색이 꼭 은색 푸딩처럼 변했다. 귀엽다.

"아, 안누하세요."

"안녕하세요."

산포는 또 버벅댔고 옆집 언니는 또 평소의 조금 무서운 웃음을 지었다. 이번에는 옆집 언니가 우편함을 살피고 있었다. 그녀는 오늘도 캐리어와 함께였는데 그 위에 종이 봉투도 올려놓았다. 우연히 귀가 타이밍이 맞은 두 사람은 또 같이 엘리베이터를 탔다.

산포는 안쪽, 언니가 문 앞에 섰고, 또 뭐라 말하기 어려운 시간이 흘렀다. 말을 거는 게 좋을지 산포는 고민했다. 이 기회를 놓치면 다음은 언제일지 모른다. 그렇다면 이번 주 네 번째의 일생일대를 써야 하지 않을까. 반복하는데 목숨이 몇 개 있어도 부족하다.

그러나 산포는 결국 그 일생일대를 사용하지 않았다.

용건도 없는데 말을 걸 용기가 없었다. 말 붙일 건수는 다양하게 생각했다. 오늘 제가 일진이 좋네요, 옷이 귀엽네요, 집에서는 안경을 쓰세요? 등등. 어느 것이든 갑자기 그런 소리를 하면 수상한 사람이 되므로 용기를 내지 않아 다행이라고 할 수 있을지도 모른다.

두 사람이 사는 층에 엘리베이터가 도착하고 문이 열린다. 옆집 언니가 먼저 내려 앞서서 걸었고 산포도 그 뒤를 쫓아갔다. 먼저 멈춘 것은 뒤를 쫓아간 산포였다. 용기를 내지 못한 자신을 조금 한심하다고 생각하며 뒷주머니에서 열쇠를 꺼냈다.

"저기."

"디허억."

내 입에서 모슨 소리가 나온 거야. 디어라니? 사슴?

갑자기 들린 목소리가 옆집 언니 것임을 알아차리는 데 시간이 걸렸다. 고개를 돌리자 옆집 언니가 자기 집 문 앞에 서서 이쪽을 똑똑히 보고 있었다.

"죄, 죄송해요. 무슨 일이세요?"

옆집 언니는 평소의 그 표정이었다. 으음, 평소보다 조금 더 무섭다. 옆집 언니는 그 표정 그대로 캐리어 위에 얹은 종이봉투에 손을 넣었다. 헉, 무기?

"단 거 좋아하세요?"

"어, 아, 좋아해요."

"그럼 이거, 선물받은 건데요."

언니가 내민 것은 무기가 아니라 작은 봉지였다. 그 안에 든 건 노랗고 동그란 것. 폭탄? 아니, 아니야! 하기노쓰키*다! 내가 좋아하는 거!

"헉, 어, 받아도 된다는, 그런 건가요?"

"아, 네."

사이를 두고 대치한 사무라이처럼 슬금슬금 거리를 좁히는 두 사람. 객관적으로 보아 작은 동물 같은 두 사람이 뭘 하나 싶겠지만, 산포는 진지했다. 지금까지 사람과의 거리감을 진지하게 생각하고 종종 실수하며 살아왔다.

산포는 경계심이 강한 햄스터처럼 옆집 언니에게서 개별 포장된 하기노쓰키를 받고 숨을 훅 들이쉬며 고개를 꾸벅 숙였다.

"고맙습니다."

"아니에요."

옆집 언니는 짧게 그렇게만 말하고 웃음을 거둔 후 캐리어와 함께 자기 자신도 집 안으로 들어갔다.

산포는 그 모습을 지켜보며 망연자실 서 있었다.

* 센다이 명물 카스텔라

설마 옆집 언니가 먼저 커뮤니케이션을 시도하리라곤 생각도 못 했다. 방심한 산포는 그 자리에서 받은 하기노쓰키 봉지를 쩍 뜯어 입에 넣었다. 흐앙, 폭신하고 촉촉하고 달아.

선물을 해치운 뒤에야 산포는 자기 집 문을 열었다. 손을 씻고 입을 헹구고 생각에 잠긴다. 뭐였지, 그 하기노쓰키.

생각해도 답이 나오지 않았으므로 상대가 커뮤니케이션을 시도했으니 다음에 만날 때도 뭔가 있을지 모른다고, 옆집 언니에게 기대해보기로 했다.

그러나 기대는 이루어지지 않았다.

그 후에도 종종 옆집 언니와 마주쳤으나, 웃는 얼굴로 하는 인사 이외에 특별히 뭔가 말을 걸거나 하는 일은 없었다. 그 하기노쓰키는 친해지고 싶다거나 커뮤니케이션을 하고 싶다는 의미가 아니었나. 그렇다면 산포 쪽에서 어떤 액션을 보이면 될 텐데 그러지 않았다. 무서웠으니까. 과자 하나 줬다고 친구인 척하지 말라고 생각할지도 모르니까.

그러나 그녀와의 관계를 모호하게 두는 것도 왠지 기분이 나빠서 도대체 우리 관계는 뭐죠, 하고 옆집 언니에게 추파를 던진 지 어느덧 몇 주째. 딱히 아무런 진전도 없이 두 사람은 각자 생활을 이어갔다.

106

"좀 태도를 확실하게 해줬으면 좋겠어."

"응? 남친?"

"아, 아니요, 옆집 사람이유."

버벅댔다. 일을 마치고 옷을 갈아입으며 생각한 바를 별생각 없이 말하자, 옆에서 옷을 갈아입던 무서운 선배가 냉큼 받았다. 그래서 제대로 대답했는데 선배는 당연히 고개를 갸웃거렸다.

"옆집이랑 트러블이라도 있어?"

"아니요, 트러블이라 부를 정도의 무언가가 없다는 게, 아무것도 없는 게 문제랄까. 선배, 옆집 사람과 친해요?"

"딱히."

"에리카 님."*

아무것도 아니다. 정말 아무것도 아니야.

"와, 오랜만에 듣네."

그건 안 받아줘도 되거든요.

"산포네는 어떤지 모르겠지만, 나는 옆집도 우리 집처럼 둘이 산다는 것만 아는 정도고 대화해본 적도 거의 없어. 본가에서 살 때는 완전 시골이니까 사람이 적어서 이

* 일본의 여성 배우 사와지리 에리카가 영화 시사회에서 사회자가 출연자들에게 쿠키를 구워 나눠줬을 때 어떤 마음이었는지 묻자 "딱히"라고 대답해 빈축을 산 사건이 있었다

웃끼리 뭐든 다 알고 지냈는데, 그거 진짜 싫었어."

"아, 프라이버시가."

시골 출신은 대부분 그걸 좋아하거나 싫어하는 것 같다. 아무래도 좋다는 사람과는 만난 적이 없다.

"맞아. 그러니까 옆집은 옆집일 뿐인 지금의 거리감이 아주 좋아."

"옆집은 옆집일 뿐이다."

그렇군, 나도 전에는 그렇게 생각했는지도, 하고 산포는 생각했다. 조금 건조한 느낌도 나지만 선배의 말투에는 서로를 존중한다는 뉘앙스가 있는 것 같았다.

"옆집 사람한테 뭔가 문제 있는 것 같으면 집주인한테 말하는 게 좋아."

"전혀 아니에요. 걱정해주셔서 고맙습니다."

"아, 그렇지, 오토바이 태워줄까?"

"와아."

산포는 무서운 선배의 여친이 된 기분으로 헬멧을 쓰고 맨션 앞까지 왔다. 도중에 옆을 달리는 자동차 안의 강아지에게 손을 흔들다가 위험하니까 팔 내밀지 말라고 어린애처럼 주의를 들었고, 공손히 인사하고 헤어졌다.

입구를 지나 우편함을 확인하고 광고 전단을 아래에 놓인 쓰레기통에 버렸다. 엘리베이터를 타고 집 앞까지 가

문을 열고 신발을 벗은 뒤, 짐을 내려놓고 손 씻기와 입 헹구기를 마쳤다. 혼자 사는 조용한 집, 거실 창문을 열자 옆집에서 청소기를 돌리는 소리가 들려서 알았다. 있네.

옆집 언니의 생활 소음을 듣고, 산포는 왠지 모르게 안심하는 자신을 알아차렸다. 물론 그녀가 어떤 사람인지 상세히 알 수는 없지만 지금까지도 청소기 소리, 이불 터는 소리, 세탁기 소리, 재채기 소리, 근처에서 사람이 생활한다는 기척은 산포 안에 어딘지 모르게 존재하는 고독감을 덜어주는 것 같았다.

고독감이라는 단어를 떠올렸다가 조금 다른 것 같다고 산포는 또 생각을 바꿨다.

굳이 말하자면 그래, 세상에 품은 불안과 더 비슷한 것 같다.

왜 그런 막연한 불안감을 품는지, 왜 옆집 언니의 존재가 그걸 줄여주는지, 창문을 활짝 연 채로 산포는 이 세상에 대해 생각했다.

산포는 때때로 조용한 집에 있으면 마치 이 세상과 자신이 일대일로 싸워야 할 것만 같아 두려움을 느낀다.

또 그와 비슷하게 마음을 터놓을 수 있는 가족이나 친구와만 접촉하면, 스스로가 이 세상에서 이렇게 한정된 곳에만 있으면 안 될 것 같아 두려워지기도 한다.

그런 공포가 도사리는 세상에서 옆집 언니는 타인이면서 산포가 여기 사는 것에 투덜거리지 않고 자기 삶을 살아간다.

동시에 산포 자신도 옆집에 사는 그녀의 존재를 용인하고 자기만의 생활을 한다.

그렇게 서로 살아 있는 걸 알면서 구원하지 않고 도와주지 않고 그냥 그대로 둔다.

아하, 바로 거기에 공범 관계가 있다. 상호 의존이 있다. 이 세상에 존재한다는 사실을 혼자서 떠안지 않아도 된다는 안도감이 있다. 나를 전혀 모르는 타인이 살아 있어도 된다고 생각해주니까, 하고 가슴을 펼 수 있다.

옆집 언니가 살아 있다는 책임을 알게 모르게 공유해준다.

산포는 심호흡한다. 이 세상과 연결된 자신을 느낀다.

옆집은 옆집일 뿐이다.

선배가 한 말의 의미와는 다를지 모르나, 저녁에 들려오는 청소기 소리와 더불어 그 말이 품은 의미가 굉장히 멋져 보였다.

산포는 문득 일방적이지 않으면 좋겠다고 생각했다. 하기노쓰키를 받고 아직 아무것도 갚지 않았지만, 최소한 이 안심하는 감정을 나누면 좋겠다고 생각했다. 옆집 언니가 다른 사람이라면 전부 지긋지긋하다고 생각해서 존재 자체를 아예 용인해주지 않을 가능성도 있지만, 만약 그랬다면 역시 과자를 나눠주지 않았겠지.

자신이 해야 할 일은 무리해서 말을 걸거나 억지로 친해지려는 것이 아니리라. 사이가 좋아지면 그때는 또 그때다. 그 전까지는 자신도 옆집 사람으로서 그녀가 혼자 여기 있어도 좋은 세상을 만들자. 물론 산포의 옆집 언니가 그런 번잡한 생각을 하며 사는지는 확인할 수 없다만.

산포는 머리 한구석에 세워둔, 슈퍼의 특별 할인 반찬 축제를 열려던 오늘 예정을 변경했다. 그 대신 생활감이 묻어나는 요리를 만들기로 했다. 식칼과 도마가 맞부딪치는 소리나 설거지하는 소리가 옆집에 들릴지도 모르는 걸 만들자. 그리고 내일 날이 좋으면 이불을 털자. 혹시라도 옆집 언니도 같은 타이밍에 밖으로 나오면 하기노쓰키의 답례로 요새 꽂힌 대형 에비센을 하나 나눠주자.

아무것도 전해지지 않아도 좋다. 아주 조금만 살아 있는 책임을 나눠 가지면 그만이다.

산포는 그것이 가족과도 친구와도 다른, 소중한 옆집 언니와의 관계성이라고 정했다. 앞으로는 시골도 도시도 시대도 관계없이 옆집 언니와 좀 더 좋은 관계를 구축할 수 있겠다.

그런 생각을 한 끝에 산포는 옆집 언니를 과하게 의식하고 감사하는 마음을 간직하고 말았다. 그 탓에 다음에 마주쳤을 때는 과하게 히죽거렸다.

　　그 결과, 지금 막 집에서 나온 것 같았던 옆집 언니가 대놓고 의아한 표정을 짓고는 안으로 들어가버렸다. 네, 0점.

무기모토 산포는
츠지무라 미즈키가 좋아

무기모토 산포는 유행하는 것이 일단 궁금하다. 책도 음악도 인기 있는 걸 알면 인터넷에서 검색하고, 올해 패션계에서 유행하는 컬러나 아이템 등도 조사한다. 한가할 때는 화제가 된 유튜버의 동영상을 보기도 하고 버블티도 마시고 싶다.

　　물론 궁금증과 유행을 도입하는 것 사이에는 커다란 도랑이 있다. 그래서 읽을 책은 자꾸만 쌓이고, CD는 다 듣지 못하고, 패션도 작년과 변함없고, 유튜버 이름은 금방 잊어버리고, 버블티도 아직 못 마셔봤다. 그렇다고 흥미가 없는 건 아니다. 한 걸음 나아가고 싶다. 좋아하는 것의 폭을 넓히고 싶다. 그러니까 산포는 예를 들어 SNS도 친구가 한다는 소리를 듣거나 요즘 유행한다는 걸 알면 일단은 시작해본다. 일단은.

"산포, 트위터 해?"

카운터 근무 중, 이용자 발길이 끊겼을 때 이상한 선배가 갑자기 물어서 산포의 경계심이 비상사태를 알렸다.

"음…… 글쎄요."

아이디를 알아내서 괴롭히는 게 아닐지 걱정되어 어중간하게 대답했지만, 아무리 그래도 다 큰 어른이 그런 짓은 안 하겠지 싶어 산포는 고개를 끄덕였다.

"하, 하기는 하는데 좋아하는 사람을 팔로우해서 보기만 해요."

"트윗은 딱히 안 하고?"

"네."

막 시작했을 때, 시험 삼아 업무 관련한 투덜거림을 트윗했다가 전혀 모르는 사람에게 '그건 님 잘못'이라는 멘션이 와서, 진심으로 무서워서 당장 트윗을 지웠다. 그 후로는 계정을 유지하기 위한 발언만 한다. 인스타그램과 페이스북도 등록은 했지만, 친구 사진을 보며 실실거릴 뿐이다. 산포와 달리 친구들은 정기적으로 트윗을 하고 인터넷에 자기 사진을 올리곤 한다.

"본명으로 해?"

"아, 아니요."

"닉네임? 참고로 어떤?"

검색할 셈인가? 또 경계했지만, 찾아서 봐도 트윗을 전혀 안 했으니까 문제없었다.

"네. 무기초코*라는 이름이요."

무기모토와 라임을 맞춘 점을 평가해주길 바라는 마음도 있었다.

"와, 약았네."

바로 후회했다. 이 자식이.

"세, 선배는 해요?"

버벅댈 뻔했다.

"안 하지롱~."

거짓말 같다.

"그래서 산포한테 물어본 거야. 이번에 우리 도서관의 공식 계정을 만든다는데, 평소 SNS에 익숙한 애한테 시킬까 싶어서."

"SNS에 익숙……, 사, 사월은 나비가 나니까 사월이죠. 헤, 헤헤."

"뭐?"

---

* 까맣고 작고 둥근 초콜릿 맛 과자가 잔뜩 든 막과자의 제품명

말장난이 불발로 끝나면 마음이 꺾인다. 계절감이 살짝 안 맞았으니까 별로였던 걸로.

"아무것도 아니에요. 와, 공식 계정."

"응. 요즘 세상에 그 반짝반짝 블로그만으로는 홍보도 안 될 테니까."

반짝반짝 블로그. 그 단어의 의미를 생각하고 알아차리자마자 "에윽" 하고 산포는 소극적으로 웃었다. 머릿속에 이 도서관의 공식 블로그, 그리고 꾸준히 포스트를 올리는 인물의 얼굴이 떠올랐다.

"최근 포스트 읽었어? 이야, 이번에도 완벽하게 반짝반짝하더라~. 얼굴은 그러면서 집에 인형이 잔뜩 있다거나?"

"아, 아니요, 그렇지는."

어쩌면 혼자 살 적에는 그랬을지도 모르지만.

"가본 적 있어? 블로그만 그러면 그것대로 문제가 큰데."

"후배한테 이상한 소리를 주입하지 마시죠?"

돌아보자, 거기에는 어이없다는 표정의 반짝반짝 블로거, 다시 말해 무서운 선배가 있었다. 산포는 반사적으로 혼나겠다 싶어 반납 들어온 책을 펼쳐 낙서를 찾는 척했다. 이 지경까지 와서 나는 관계없다고 주장하는 한심함.

"쓰라고 한 게 누군데요."

이상한 선배는 무서운 선배의 선배에 해당한다. 두 사람의 관계성은 산포도 자세히는 모른다. 사이가 좋은지 나쁜지도 사실 잘 모르겠다. 사무적인 관계 같기도 하고 혹은 전 여친 같기도 하다.

"그래도 그렇게 이모티콘 잔뜩에 흥분도 업업인 반짝반짝 블로그를 하라곤 안 했거든. 이런, 일해야지."

이상한 선배는 그 말을 남기고 카운터에서 나가 열람실 책장 사이로 모습을 감췄다. 도망치지 마! 산포가 곁눈질로 노려봤으나 때는 이미 늦었노니. 무서운 선배는 가볍게 한숨을 쉬고 이쪽을 바라보았다. 큰일 났다! 눈이 마주쳤어!

"무슨 얘기 들었어?"

"브, 블로그만 반짝반짝한 건 문제가 크다고."

"아니, 그게 아니라."

아니었네.

"아, 어, 도서관에서 트위터를 시작한다고, 평소 트위터를 하고 있는지 물어보셨어요."

"하고 있어?"

"보기만 해유."

버벅댔다. 아무리 3년 차라도 긴장감 넘치는 장면에서는 여전히 불필요하게 버벅댄다.

"스언배는 하세요?"

"응, 해."

"엑."

설마 트위터도 반짝반짝할까?

"비공개 계정이지만."

"그쪽이구나."

"뭐야, 그쪽이라니."

"아, 아니요, 그냥, 네."

무심코 입에서 나온 말이어서 설명하기 어렵다. 혹시 비공개 계정에서 험담을 늘어놓지 않을까 신경 쓰였지만 물어봤는데 제대로 얼버무리지 못하는 타입이면 공연히 긁어 부스럼을 만드는 꼴이다. 산포는 어른스럽게 판단해 무서운 선배의 트위터를 캐내지 않기로 했다.

"SNS를 잘 알 것 같은 사람, 누가 있을까?"

"아, 알고 있어요. SNS, 사이코패스 네트워킹 서비스."

"응, 그러게."

아니, 그러니까, 말장난은.

"아무것도 아니에요."

"요즘 젊은 애들처럼 하라고 하면 아무래도 좀."

"그러게요, 젊은 애, 아."

"아."

그다지 나이 차이가 나지 않는 연하를 젊은 애라고 인정해 자신들과 다른 감성을 기대하는, 어른의 교활함을 은근슬쩍 발휘한 두 사람이 표적으로 정한 것은 당연히 직장에서 가장 어린, 올해 막 들어온 신입이었다.

"하고 있어요."

점심시간이 되어 열람실 작업을 마치고 돌아온 성실한 후배에게 말을 걸자, 그녀는 산포의 질문을 듣고 의기양양하게 말했다.

"트위터랑 페이스북이랑 인스타그램을 해요. 또 웨이보라는 중국 SNS도."

"와, 트윗도 하고 사진도 올리고 그래?"

최근 들어 산포는 드디어 후배에게 반말을 할 수 있게 되었다.

"네! 미국이나 유럽에 있는 친구도 있어서 일상 보고를 자주 해요."

"글로버얼!"

그런 소리를 내며 지저귀는 새처럼 산포가 감탄하자, 후배는 "에이, 아니에요" 하고 겸손해했다. 일본인의 겸손해하는 버릇을 익히다니 대단하다는 생각에 산포 쩍쩍이는 또 "아카데믹!" 하고 지저귀었다. 아마도 참새과다.

"산포 선배도 트위터 하세요?"

"아, 응. 등록만 해뒀지만."

"괜찮다면 팔로우해도 되나요?"

마치 제자로 삼아달라는 듯한 후배의 적극적인 자세. 산포는 무심코 '과연 나를 따라올 수 있을까?' 하고 건방지게 대꾸할 뻔했으나 간신히 참았다. 산포도 후배에게 멍청한 모습을 보여주기 싫다는 의지 정도는 있다. 매일같이 보여주고 있잖아, 그 반짝반짝 블로거는 이렇게 말할지도 모르지만. 그래도 굴하지 않는 자세를 평가해주면 좋겠다.

"아, 응, 괜찮아. 무기초코라는 이름으로 하고 있어."

"검색해볼게요."

약았다고 생각하면 어떡하나 걱정했는데, 성실한 후배는 그런 태도를 전혀 보이지 않고 스마트폰으로 검색을 시작했다. 젊은 애는 어딘가의 선배와 달리 마음이 더럽지 않아서 좋구나. 산포의 눈이 흐뭇함으로 가늘어졌다.

"무기초코가 상당히 많네요. 이 중 누구예요?"

스마트폰 화면을 보여줬다. 정말로 트위터에는 똑같은 닉네임을 쓰는 사람이 상당히 많았다. 산포는 부족한 독창성을 아쉬워하며 후배의 스마트폰 화면을 멋대로 내렸다.

"아, 여기 있다. 이거."

인장은 등록했을 때 일부러 사서 촬영한 무기초코의 포장지, 헤더는 붕어빵 근접 샷, 유저명은 '@mugimugi_lib3'

로, 당연히 무기초코도 붕어빵도 촬영을 마친 뒤 산포가 맛있게 먹었다.

"팔로우했어요."

"어디 보자."

산포 스승도 뒤늦게 스마트폰을 꺼내 확인한다. 팔로워 수가 정확히 하나 늘었다. 트윗을 안 하는 계정의 팔로워는 말 그대로 손에 꼽을 정도의 지인뿐이어서 금방 알았다. 바로 맞팔했다.

후배의 트위터 계정은 구경하는 맛이 있어서 산포는 같이 도시락을 먹으며 궁금한 트윗이나 사진을 찾을 때마다 화제로 삼았다. 지금까지도 대충 얘기는 들었는데, 도서관 최연소인 성실한 후배의 일상은 매우 액티브했다. 타임라인에는 등산한 산 정상에서 찍은 경치, 코미티아* 행사장을 거니는 뒷모습 사진 등이 있었다. 촬영자는 친구거나 가족인가 보다.

실문을 퍼붓는 산포에게 싫은 기색 하나 없이 대답해준 후배와 훈훈한 한때를 보내고 나니 점심시간이 금세 끝났다. 산포는 앞치마를 두르고 충실한 시간을 보낸 것에 만족하며 룰루랄라 일하러 돌아갔다.

* 일본의 창작물 중심의 동인 행사

"후배한테 설명 잘 했어?"

이상한 선배가 물어볼 때까지 트위터를 화제로 꺼낸 이유를 정말 완벽하게, 철두철미하게 까먹고 있었다.

"아."

외마디 소리를 들었을 뿐인데 이상한 선배는 미간을 찌푸린 채 양쪽 입가를 끌어 내리고 틀림없이 마음이 더러운 어른이 아니고선 할 수 없다고 산포가 생각하는 한숨을 내쉬었다. 감정 표현이 너무 완벽해서 박수를 보낼까 했는데 역시 그건 그만뒀다. 마음이 더럽지 않으니까.

대신 언젠가 해치워주겠다고 다짐하며 산포는 이상한 선배에게서 등을 돌리고 뒤에 있던 후배에게 이러쿵저러쿵 설명했다.

"아하, 그걸 제가요."

"응, 1년 차인데도 습득이 빠르잖아. 산포랑 다르게."

"발끈."

후배 앞에서 멋있어 보이고 싶은 산포 내면에서 울리고 무심코 소리로 나와버린 커다란 음량의 '발끈'.

"이런 실례, 선배, 어디 계속해보시라."

"어이구, 시건방 떠시네? 전혀 안 먹히거든? 아무튼 주로 이벤트 관련한 걸 트윗해주면 좋겠어."

그래, 언젠가 이 여자와는 결판을 내야 한다. 결전의 날을 생각하며 산포는 후배에게 설명하는 이상한 선배를 방해하지 않으려고 일단 물러났다. 세상에는 물러날 때를 모르는 어른도 많은데 대단하군, 나.

자, 이 선배를 어떻게 해치울까. 경험치를 얻어 마을에서 무기를 사고 던전에서 보물상자를 열어야 한다. 그러고 보니 스마트폰으로 시작한 게임 로맨싱 사가를 방치해둔 게 떠올랐는데, 어느새 눈앞에서 그 성가신 여자가 사라졌다. 옆을 보니 눈을 반짝이는 후배가 한 명.

"산포 선배, 같이 열심히 해요."

같이? 큰일 났다, 안 들었어. 미안해, 다시 말해줘.

지금 들은 지시를 재확인하자는 차원에서 후배가 말하게 만드는 교묘한 수법으로 산포가 얻은 정보에 따르면, 아무래도 이 도서관의 최연소 팀이 기본적으로 트윗을 올리고, 가끔 이상한 선배도 체크를 한다나 보다. 계정은 오늘 중에 선배가 만들어준다. 가끔은 책 이외의 트윗을 해도 좋은데 인터넷 리터러시를 반드시 지켜야 한다고 했다.

"과연."

발음을 버벅댔고 아마도 그 한마디로 듣지 않은 걸 후배에게 들켰으리라. 아쉬워라.

산포의 별 의미 없는 체면은 그렇다 치고, 다음 날 산포와 후배를 포함한 오전반 멤버가 모이자 이상한 선배가 트위터 계정을 만들었다고 발표했다. 당연하게도 이상한 선배가 산포를 부추기는 발언을 했는데, 그런 부추김에 내성이 없는 산포는 양아치가 된 기분으로 가자미눈을 떠 작은 키로 노려보듯 올려다봤으나 딱히 지적받는 일 없이 조례가 끝났다. 자, 일하자, 일.

아침에 할 일을 몇 가지 해낸 뒤 곧바로 산포와 성실한 후배는 트위터 계정 개설을 알리는 인사를 올리기로 했다. 평소 행사 모습을 촬영하기 위해 비치한 디지털카메라로 이용자가 찍히지 않게 열람실을 촬영하고 트윗에 첨부했다.

"이러면 되려나?"

"아, 여기 오타요."

후배가 문장 실수를 지적했고 뒤에서 "글에서도 버벅대냐"라는 소리가 들렸는데, 후배에게 고맙다고 하고 후자는 무시했다. 심술쟁이를 상대할 여유가 있으면 문장을 고치라고 선배도 생각할 테니까. 음음.

오타를 고치고 무사히 첫 트윗에 성공. 물론 팔로워 0이므로 바로 반응이 있을 리 없다. 앞으로 도서관 홈페이지에 URL을 올리고 대학 쪽에도 연락해 공식적으로 홍보할 거라고 들었지만, 그 이외의 홍보 방법은 스스로 생각해서 팔로워를 늘려가야 한다.

"우선 다른 대학 도서관 계정을 팔로우해서 맞팔해달라고 하죠."

"과연."

"또 우리 대학 도서관에 관해 트윗하는 사람을 찾아서 리트윗하거나."

"과연."

"그리고 작가나 책을 내는 학자의 계정을 팔로우하면, 어쩌면 그쪽도 팔로우해줄지도 몰라요."

"과연."

산포가 후배의 의견에 고개를 끄덕이며 '역시 대단한 녀석이야'라는 표정을 지을 뿐인 간단한 일을 하던 중, 이 크고 작은 자매에게 다른 일이 날아와 일단 트위터 이야기는 중단했다.

다시 트위터 이야기가 나온 것은 다정한 선배와 성실한 후배, 그리고 산포 셋이서 점심을 먹으려 할 때였다. 도시락으로 싸 온 밥에 스키야키 후리카케를 뿌리며 맞아 차도 가져와야지, 하고 후리카케 봉지를 거꾸로 든 상태로 일어나 내용물 대부분을 테이블에 쏟아버리는 황당무계한 실수를 저지른 산포. 그걸 본 다정한 선배가 위로하는 것처럼 트위터 이야기를 꺼냈다.

"확실히 작가 중에 책 관련 계정을 맞팔해주는 사람이

있을 것 같다."

"선배, 트위터 하세요?"

산포는 무의미하게 죽은 후리카케들을 휴지로 그러모
았다. 역시 다시 뿌리는 건 위생적으로 좀 그렇겠지.

"응, 하고 있어."

가르쳐달라고 하기 전에 선배가 스마트폰을 꺼내 트위
터를 켜서 산포와 성실한 후배 눈앞에 보여줬다. 그 머뭇
거리지 않는 행동만으로도 다정한 선배는 SNS와의 거리
감이 뒤틀리지 않은 사람이라는 것을 알 수 있었다. 뒤틀
린 게 뭔지는 각자 판단에 맡긴다.

산포는 자기 스마트폰으로 다정한 선배의 계정을 찾아
일단 팔로우해도 좋은지 묻고 허락받았다. 인장은 귀엽게
변형한, 아마도 다정한 선배의 초상화. 헤더는 귀여운 고
양이 사진.

그 계정의 팔로워 수에 산포는 놀랐다.

"어, 어떻게 팔로우한 수의 다섯 배나……."

"책 감상을 트윗하면 팔로우해주는 사람들이 있어."

치킨 샐러드를 먹으며 아무렇지 않게 대답하는 선배의
트윗을 확인했다. 정말로 읽은 책의 감상을 다정하게 말하
고 있었다. 그런데 솔직히 산포의 눈길을 끈 것은 감상보
다도 감상 트윗에 첨부된 사진이었다. 테이블 위에 놓인

귀여운 소품과 함께 찍힌 책 표지, 햇볕을 받은 나무 벤치 위에서 귀여운 모자와 함께 찍힌 책 표지 등등 그 모든 사진에 왠지 모르게, 아니, 왠지 모르는 게 아니고 모든 사진에 하얗고 예쁜 손이 나란히 겹쳐서 찍혀 있었다. 부드러워 보이는 팔뚝까지 찍힌 것도 있었다.

"이 여자……."

"응?"

"아, 아뇨, 죄성합니다."

위험해. 무심코 다정한 선배의 의도를 의심하는 못된 산포가 고개를 들어버렸다. 안 되지, 안 돼.

마음을 다잡고 이번에는 책 감상을 제대로 읽으려 했다. 은근슬쩍 손 노출이야 어쨌든 감상 트윗은 도서관 공식 계정에 올려도 괜찮을지 모른다. 성실한 후배도 산포 옆에서 주먹밥을 먹으며 스마트폰을 들여다봤다. 아직 산포 이외의 선배가 상대면 긴장하는지 세 명 이상이 같이 점심을 먹을 때면 얌전해지곤 한다. 나도 그럴 때가 있었지, 있었어, 산포는 뜨뜻미지근한 눈빛으로 후배를 훔쳐보며 선배로서 화제를 던지는 역할을 맡았다.

"아, 온다 리쿠 씨 새 소설 재미있었죠."

"응, 좋았어."

산포는 후배가 움찔하는 것을 놓치지 않았다. 계획대로

야. 속으로 지은 연한 웃음이 얼굴에 드러날 것 같아 냉큼 닭튀김을 먹어 감췄다. 맛있어.

다정한 선배는 닭튀김을 우물거리는 여자의 계획이나 본심을 몰랐을 것이다. 그래도 역시 다정해서, 기쁘게도 산포가 상상한 대로의 말을 성실한 후배를 향해 해줬다.

"온다 리쿠 작가 좋아했지?"

"아, 네!"

"아직 안 읽었으면, 괜찮다면 빌려줄게."

"와, 그래도 돼요?"

"그럼!"

앉은 상태지만 고개를 숙여 고마움을 제대로 표현하는 후배. 선배와 후배의 교류를 도모한 산포의 대략적인 계획 대로다.

좋아하는 것에 한해서는 훌륭한 기억력을 발휘하는 산포는 예전에 후배가 온다 리쿠를 좋아한다고 말한 것을 똑똑히 기억하고 일부러 말했다. 가끔은 좋은 일도 하는 산포.

"그렇지, 산포한테도 츠지무라 씨 신간 빌려줄까?"

"헉! 부데!"

자화자찬하다가 부디를 부데로 버벅댔다.

"고맙습니다!"

좋은 일을 하면 자신에게 돌아온다. 산포는 기뻐하며

다시 닭튀김을 우물우물했다.

츠지무라 씨란 말할 것도 없이 츠지무라 미즈키다. 산포가 특히 좋아하는 소설가 중 한 명. 다정한 선배는 그걸 기억해줬다.

좋아하는 작가는? 지금까지 이 주제에 대해서는 선배와 후배, 그 외의 다양한 상황에서 말할 기회가 많았다. 그저 즐겁기만 한 화제 같아 보이는데 이게 상당히 어렵다. 뭐든 흥미를 느끼는 산포에게 좋아하는 작가가 너무 많다는 이유가 하나, 가능하면 물어본 사람이 알고 있는 작가인 게 좋겠다는 이유가 또 하나. 상대가 도서관 직원이라면 술술 이름을 늘어놓아도 괜찮겠지만, 우연히 책 이야기를 꺼낸 상대에게 너무 많은 정보를 제공하면 거북해할 테니 엄선해야 한다.

다양한 정보를 감안한 끝에 최근 들어 산포는 자기만의 답을 발견했다. '유명한 작가라면 츠지무라 미즈키 씨나?'이다. 이 '나?'에 산포가 버릴 수 없는, 수많은 좋아하는 작가들을 향한 애정이 담겼고, '유명한 작가라면'에는 최애 작가가 지닌 네임 밸류에 대한 신뢰가 담겼다.

물론 츠지무라 미즈키라는 소설가를 향한 애정도 대답하기 위해 준비한 애정은 아니다. 도라에몽 영화 각본을 이 작가가 쓴다는 대형 뉴스를 길거리에서 학생들이 나누던 대화로 알게 된 산포는 "진짜로?" 하고 크게 외쳐서 근처에 있던 커플을 겁먹게 했다. 바로 사과하고 그 자리를 떠나 스마트폰으로 다시 뉴스를 검색한 산포는 혼자 눈물을 글썽였다.

그렇게 좋아하면 나오는 신간을 전부 사야지, 라고 생각하는 사람도 있을지 모른다. 그러나 도서관 직원으로서 월급이 그리 넉넉하지 않고 좋아하는 작가가 무지하게 많다는 사정이 있다. 따라서 산포는 이렇게 선배들과 상호대여하면서 딱히 부끄럽게 여길 필요 없는 저렴한 문고본 중심의 독서 생활을 구가하는 중이다.

"산포, 트윗을 안 하네."

어제 산 특판 아스파라거스. 버터로 볶은 그것을 토끼처럼 끝에서부터 아작아작하는데, 스마트폰을 보던 다정한 선배가 지적했다.

"네, 좋아하는 사람의 트윗을 보는 용도예요."

"아, 딱 하나 했네. 마이크 체크 원투. 후후훗."

"으악, 지우는 거 까먹었어요……. 트윗을 전혀 안 하면 계정이 삭제된다고 들어서 가끔 그것만, 오늘 아침에."

아, 후배가 마음을 눌렀다.

"음식 사진 같은 거 잔뜩 올릴 줄 알았어."

"그건 사진 찍기 전에 먹어버려서."

"우후후훗."

딱히 재미있는 말을 하려는 의도는 없었는데 산포의 말을 들은 다정한 선배가 둑이라도 터진 듯 웃어댔다. 왜 그러나 싶었는데 예전에 산포와 다정한 선배, 그리고 무서운 선배 셋이 식당에 갔던 때가 생각났다고 계속 웃으며 말했다.

에피소드를 듣자 산포도 기억났다. 그때 마침 대학 식당에서 모 캐릭터와 컬래버레이션을 했다. 산포가 기간 한정에 낚여 컬래버레이션 카레를 시켰는데 유난히 귀여운 캐릭터가 데코레이션된 카레가 나왔다. 그 카레를 들고 테이블에 가 자리에 앉자 그걸 본 다정한 선배가 스마트폰을 꺼내며 "사진 찍어도 돼?"라고 물었는데 그 말이 다 끝나기도 전에 산포가 손에 든 은색 숟가락으로 그 귀여운 캐릭터 얼굴을 도려낸 일이 있었다.

객관적으로 들으니까 먹겠다는 의지만 머릿속에 가득한 에피소드다.

"미안, 미안. 갑자기 생각나서."

"아, 아니요."

후배 앞에서 부끄러웠지만 사실이니까 어쩔 수 없다.

"뭐, 딱히 트윗할 것도 없어서요."

모르는 사람과 얽히는 게 무서운 것도 맞지만, 좀 더 근원적으로 따지면 산포는 자기 말이 거기에 계속 남는 것이 조금 두려웠다. 흠, 소설이나 만화는 무진장 좋아하는데 왜지.

이기적일지도 모르는데, 트위터도 다른 사람이 남긴 글을 읽는 건 좋아한다. 음, 그래도 뭘까, 뭔가 이건, 혹시 조금 약아빠졌나?

꽤 오래전, 어떤 선배가 도려낸 상처가 욱신거렸다.

"산포 선배의 사진이랑 트윗도 기대할게요!"

성실한 후배의 미소가 압박이 되어 산포를 덮쳤다. 다정한 선배는 후배 둘의 대화를 우후훗 웃으며 지켜보았다.

이리하여 산포에게 트위터와 관련된 고민이 두 가지 생겼다.

"그런 이유로."

그다지 설명이 안 되는 말머리였다.

"오늘은 공항에 와봤어요."

누군가에게 현재 상태를 전달하려는 목적이 명백한 그 문장을, 20대 여성이 공공의 자리에서 내뱉은 혼잣말이라고 생각하는 사람은 아무도 없을 것이다.

문장으로 읽으면 따로 묘사가 없어도 옆에 누가 있다고 상상할 수 있고, 설령 직접 목소리를 들어도 핸즈프리 전화라고 착각할 확률이 높다.

그러나 아쉽게도 벤치에 앉은 산포는 혼자였고, 손에는 조금 전에 산 도쿄 바나나를 들었고 귀에는 아무것도 꽂지 않았다. 어디까지나 현재 상태를 자기 내면에 정착시키기 위해 혼잣말했을 뿐이다.

물론 산포에게도 수치심은 있으므로 주변에 아무도 없는지 은근슬쩍 확인했으나, 안타깝게도 등에는 눈이 달리지 않아 뒷자리에서 스마트폰을 보던 남성에게는 또렷하게 들렸다.

모르는 사이에 수상한 인간이 된 산포가 전에 하기노쓰키를 먹었을 때부터 먹고 싶었던 도쿄 바나나를 맛보는 사이, 그녀가 중얼거린 "그런 이유로"에 대해 설명해두자.

얼마 전, 산포에게는 트위터 관련 고민이 두 가지 생겼다.

하나는 도서관 계정의 팔로워를 어떻게 늘릴 것인가. 또 하나는 개인 계정으로 다른 사람의 트윗이나 사진을 보는 이상 자신도 트윗을 하거나 사진을 올리는 게 옳은가. 두 개 다 산포의 머리를 몹시도 괴롭히는 문제였다. 전자는 그래도 SNS에 익숙한 젊은 애(고작 세 살 차이)가 같이 생각해주지만, 후자는 혼자서 정해야 한다.

그런 이유로 산포는 오늘 그 문제를 해결하려고 공항에 왔다. 당연히 이 '그런 이유로'에 관해서도 설명해야 한다. 산포는 공항을 거니는 사람들을 바라보며 "맛나당" 하고 철없이 중얼거리고 있으니 시간은 있다.

그로부터 며칠간, 휴일인 오늘까지 산포는 주로 본인의 트위터 계정에 관해서 고민했다. 트윗을 올려야 하나, 안 하면 안 되나, 일단 시작하면 이번에는 멈추지 못하지 않을까, 뭐가 닳진 않겠지만 만에 하나 뭔가 닳는다면 누가 어떻게 책임을 져주는가, 애초에 대체 뭐야 이 트위터란 건, 사람의 생각이나 의견이 24시간 내내 흐른다고 생각하기만 해도 머리가 터질 것 같은 세계관이네, 인류가 감당할 수 있기나 한가, 하여간 인간이란 이 역사 속에서 얼마나 많은 잘못을, 에이 시끄러워, 다 부숴버려.

그런 이유로 산포는 뭐가 됐든 일단 트윗을 해보기로 마음먹었다. 이 '그런 이유로'란, 한마디로 산포가 최악을 결심하고 한 걸음 내디디려 한 것이다.

인생, 내딛지 않으면 아무것도 시작하지 않는다. 만약 싫어지면 처음부터 다시 하면 된다. 아무것도 안 해도 어차피 1초 전의 나는 이미 사라졌다. 그런 거창한 생각을 품고서, 조금 의미 있는 트윗을 해도 딱히 죽는 것도 아니고 병에 걸리는 것도 아니고 배가 고픈 것도 아니고 주소가 알려지는 것도 아니라고 수없이 되뇌며 산포는 결심했다. 약았다는 말을 더는 듣고 싶지 않았다. 생각보다 뿌리 깊게 남았다.

막상 하려고 마음먹자 이런 일생일대의 결심, 기념할 만한 하루를 혼자 맞이하는 것도 아쉬웠다. 모처럼이니까 같은 타이밍에 여행을 떠나는 동료가 있는 게 좋고, 배웅도 받고 싶다.

그런 이유로 산포는 전철을 갈아타 일부러 공항에 와서 지금부터 용기 가득한 한 걸음을 내디뎌 몇 없는 팔로워의 타임라인에 트윗을 남길 생각이다. 이 '그런 이유로'가 공항까지 오는 수고나 교통비와 어떻게 절충했는지에 관해서는 산포의 머릿속을 자세하게 읽어내야 하므로 설명하지 않겠다. 참고로 바다에 있는 항구도 검토했는데 오늘은 공교롭게도 비가 내린다.

지나가다 들른 가게에서 산 도쿄 바나나도 다 먹었다. 네 개 세트를 샀으니까 사실 아직 세 개 남았으나 이건 싸움을 마치고 먹을 몫.

통로를 향한 벤치에서 지나다니는 사람들을 응시한다. 지금부터 여행을 가는 건지 여행을 마치고 돌아온 건지는 모른다. 어느 쪽이든 그들과 마찬가지로 자신도 여행을 떠난다고 생각하면 마음이 든든하다.

활기찬 목소리가 들려 뒤쪽을 힐끔 보자, 3인 가족이 앉아 있었다. 어린 남자애의 말을 들어보니 외국에 혼자 일하러 나가는 아버지를 배웅하러 왔나 보다. 나도 배웅해줘서 고마워, 하고 산포는 멋대로 남자애의 감정을 나눠 받았다.

산포는 살짝 긴장한 채 주머니에서 스마트폰을 꺼냈다. 터치해 비밀번호를 입력하고 늘 보는 트위터 화면을 띄운다.

맨 처음 트라우마가 생긴 이래 처음 하는 의미 있는 트윗 내용은 이미 정해두었다. 먼저 팔로워 여러분에게 말해야 할 것이 있다.

짧은 한 문장을 다 치고 파란색 트윗하기 버튼을 누를 때 또 살짝 긴장했지만, 각오하고 원터치. 타임라인에 자기 트윗이 표시된 것을 확인했다.

잠시 후 알림이 왔다.

너무 빠른 속도에 놀랐고, 전에 트윗했을 때를 떠올리며 조심스럽게 알림을 확인했다. 화면에는 입을 스탬프로 가린 여성의 사진 인장, 자기 별명에 어떤 아이돌 그룹의 팬인지 드러내는 기호를 단 닉네임의 계정에서 온 멘션이 표시됐다.

'무서워라~ ㅋㅋㅋㅋ'

그 시끄러운 친구다.

"엥."

무심코 소리를 냈다. 방금 쓴 트윗을 확인했다. 솔직하게 트윗해두고자 했던 마음을, 처음이니까 존댓말이 좋겠다 싶어 배려하고 너무 들뜨는 것도 별로겠다 싶어 이모티콘도 없애고 올렸는데.

단 한마디.

'늘 보고 있어요'

음, 듣고 보니 확실히 견해에 따라 조금 사이코 호러틱한 느낌이 없진 않다. 최소한 마침표라도 찍으면 좋았을지도 모른다. 나아가 친구의 더러운 마음도 안 좋았다고 생각하면서, 괜히 더 오해를 사지 않으려고 산포는 트윗을 일단 지웠다. 다시금 무서워 보이지 않게 고려해 트윗을 고쳤다.

'늘 트윗 보고 있어요(@_@) 고맙습니다m(__)m'

이거면 됐다. 친구의 취미 계정에서 금세 브이 사인 이모티콘 멘션이 도착했다. 일단 남이 두려워할 작품은 아닌 것 같아 산포는 어휴 한숨을 쉬었다.

그 호흡과 어우러지듯 산포의 체내에서 쿵쿵하는 진동이 몸 표면으로 전해졌다. 심장이, 문이 닫히기 직전 엘리베이터에 뛰어 들어갔을 때 정도의 리듬으로 울렸다.

자각해보니 그것은 긴장이면서 흥분이기도 했다.

정신을 차리자 산포의 마음에 지금 범상치 않은 해방감이 충만했다.

충만한 마음에 들떠 시끄러운 친구의 트윗을 별생각 없이 거슬러 올라갔다. 옷 사진이나 요리 사진, 몇 번이나 나오는 '최애는 신이다'라는 트윗. 친구의 트위터 계정은 언제 봐도 컬러풀하고 에너지가 넘친다.

도저히 이렇게는 못 하겠다고 생각하며 산포는 이제 고작 트윗 하나 올리는 데 두려움에 떨던 자신이 아닌 걸 자각했다.

해보니까 별것도 아닌 일, 왜 이런 걸 두려워했나 싶은 일이 이 세상에는 많다.

그걸 해냈다.

트윗하지 않겠다는 고집에서 벗어나자 산포가 바라보는 세계는 트윗하는 일상과 트윗하지 않는 일상 두 가지로 넓어졌다.

이렇게 간단히 세계가 늘어나고 넓어진다. 평범한 일상에서도 경험이나 지식 습득이라는 형태로 그런 일이 생기는데, 스스로의 의지로 온전히 넓힌 세계는 마치 광각 렌즈로 촬영한 것처럼, 자기 시야 그 이상의 지점이 보이는 것 같았다.

이 넓어진 세계 어디로든 날아갈 수 있을 듯한 기분이었다.

설마 단 하나의 트윗으로 이런 기분이 들 줄이야.

아예 정말로 어디론가 가버릴까, 하고 산포는 비행기 목적지가 적힌 커다란 전광판을 확인한다. 그때 넓어진 시야가 우연을 놓치지 않았다.

"아."

산포는 일어났다. 지금 막 전광판 아래를 걸어오는 캐주얼한 정장 차림의 여성에게 경계심 하나 없이 종종걸음으로 달려갔다.

상대는 이쪽을 알아차리지 못했다. 그래서 이름을 정확하게 불렀다.

"응?"

돌아본 여성은 여전히 감탄이 나올 정도로 아름다움을 갖춘 용모였다.

"어, 어어! 산포!"

아름다운 친구가 온몸을 이쪽으로 향했다. 오늘도 친구의 무기는 완벽하리만큼 정비되어서 으윽, 눈이 부셔.

"어, 산포. 어? 우연이야? 잠복했어?"

친구에게 어떤 식으로 보인 것이냐, 산포.

"안 했어, 안 했어! 나도 갑자기 네가 걸어와서 놀랐다고!"

"그럼 출발 전에 만난 건가? 엄청난 우연이다! 나는 지금부터 홋카이도에 출장 가는데 산포는?"

"나는 이미 여행을 다녀온 뒤야."

"그럼 돌아온 거구나, 수고했어. 어디 갔었어?"

"아니, 여기 있었을 뿐인데."

"응? 아."

미인은 손목시계를 보는 몸짓도 아름답다. 물론 푸는 몸짓도 차는 몸짓도 아름답고. 둘 다 본 적 있는 산포는 친구가 시간을 확인하는 잠깐 사이에 자랑스러워졌다.

"미안해, 산포. 이제 가야 해서. 재미있을 것 같은 얘기, 다음에 들려줘!"

"아, 붙잡아서 미안! 잘 다녀와!"

"모처럼 만났으니까 선물 사 올게! 또 미팅에서 상대를 일격에 사로잡은 얘기도 들려줘!"

"그런 얘긴 없어! 선물은 필요해!"

그럼 또 봐, 하고 친구에게 손을 흔들며 마침내 나의 개인정보가 조작돼 퍼지기 시작한 것에 공포를 느낀 산포는 어차피 큰 목소리로 얘기를 비약했을 그 녀석에게 '조사위원회 설치할 거다!'라고 위협하기 위한 라인 메시지를 보내고, 그다지 씁쓸하지 않은 침을 삼켰다.

순간적으로 벌어진 일이지만 결과적으로 산포는 친구에게 여행 마중까지 받은 게 되었다. 역시 공항에 오길 잘했다고 혼자 힘차게 고개를 끄덕였다.

홋카이도에 간다는 친구를 부러워하면서도 그래봤자 일이니까, 하고 생각한 산포는 친구에게 '일 열심히 해!' 라고 따로 메시지를 보낼까 하다가 이제 곧 비행기에 타는 사람에게 답변하는 수고를 들이게 할 수는 없으니까 그만뒀다. 대신 산포는 아까 넓어진 세계를 곧장 효율적으로 활용하기로 했다. 트위터에 들어가 '일 열심히 해(·0·)'라고 적었다. 아름다운 친구뿐 아니라 팔로우해준 사회인 모두를 응원하고 싶었으니까 틀리지 않았다.

이런 일도 할 수 있게 됐네.

산포는 다시 머리 위의 커다란 전광판을 바라보았다. 잠깐 생각하다가 오늘 물리적으로 날아가는 건 관두기로 했다. 나는 세계를 넓힐 수 있다. 그 수단을 얻을 수 있다. 그걸 알았으니까 어딘가 가는 것은 최고의 상태일 때, 여행 계획을 꼼꼼하게 세우고 하고 싶다. 가능하면 맑은 날이 좋고, 친구와 함께 갈 수 있으면 더 좋다. 어쩌면 외국도 괜찮을지도, 후배에게 추천 여행지를 물어볼까, 하고 산포는 다음 여행을 꿈꾼다. 사실은 기회가 없어서 여권도 만들지 않은 산포. 이거 큰 모험이다.

마음의 문을 여는 경험을 한 산포는 아직 닫혀 있는 문과 대치하는 일에도 적극적인 자세가 됐다. 트위터로 그저 트윗했을 뿐인데 그 이상의 수확을 얻었다.

세계는 내가 원하면 속공으로 늘어난다.

"아, 이것도 SNS."

무기모토 산포는
도쿄 타워가 좋아

무기모토 산포는 말한다.

"벌써 몇 달도 전 일인데 혼자 도쿄 타워에 올라갔었어. 아, 윽, 아니, 사실은 몇 년 전이고, 이건 좋아하는 노래 가사인데 모처럼 도쿄 타워에 가니까 무심코. 네. 아, 그래요. 대각시, 아니, 그 대학생 때요, 그냥 좀 실연을, 해서요. 아아, 정말로 그냥 별것도 아니었는데요. 그때 저는 충격이 커서 방에서 혼자 엉엉 울었거든요. 이불을 뒤집어쓰고 라디오만 틀어놓고, 이렇게 꾸물꾸물했어요. 라디오라도 듣고 기운을 차리려다가 울기 시작해서 그대로 틀어놨어요. 네, 그래서 엉엉하면서 라디오에서 나오는 노래를 건성으로 들었어요. 그때 나온 노래가 처음 듣는 노래였는데 노래가 아니라 대사 같았어요. 신기한 노래네, 옛날 노랜가 하고 가사를 듣다가 저, 간신히 진정되던 참이었는데 오열했어요. 그게 아까 불쑥 중얼거린 노래예유. 노래 제목은 그대로 '도쿄 타워'."

산포가 자신의 부끄러운 실연 경험을 털어놓기 1시간쯤 전, 그녀는 역 근처 스타벅스에서 혼자 바들바들 떨고 있었다. 그 떨림이 입에 문 빨대를 통해 우유가 듬뿍 들어간 아이스 밀크티에 전해져 파문을 만들었다.

추운 건 아니다. 지금은 7월이고, 스타벅스는 에어컨으로 적절한 실내 온도를 유지하고 있었다. 산포는 오히려 스타벅스의 그런 배려를 무시하는 것처럼 온몸에서 땀을 흘리고 있다. 탈수를 일으키지 않게 대량의 우유와 인건비와 전기 요금을 처넣은 밀크티를 목으로 넘긴다. 꿀꺽, 마셔도 목의 갈증이 해소되지 않는다. 또 한 모금 꿀꺽해도 몸의 떨림이 멈추지 않는다.

산포는 떨고 있다. 앞으로 자신에게 닥칠 고난에, 극복해야 할 시련에, 눈앞을 가로막을 강대한 적에. 아니, 적이라고 하면 실례군. 게다가 슬슬 이곳에 나타날 약속 상대는 절대로 산포에게 적대감이나 혐오감을 품지 않았을 것이다. 어디까지나 어떤 시끄러운 악마에게 입수한 정보지만.

그걸 알고 있어도 산포가 지금까지 남들보다는 조금 덜 고생한 인생을 통해 키운, 비굴함과 낯가림과 시기와 의심, 부족한 자신감은 움츠린 몸을 언제나 잘게 뒤흔든다. 바들바들바들.

도대체 얼마 만일까, 이런 종류의 긴장감은. 일할 때의 그것과도, 추첨 결과를 기다릴 때의 그것과도, 좋아하는 과자인데 이상한 맛의 신상품이 나와서 도전할 때의 그것과도 다르다. 굳이 말하자면 친구의 꼬드김을 거절하지 못하고 무서운 놀이기구에 타기 위해 줄 섰을 때와 비슷하다. 얼마 안 남았다고 겁에 질려 지금이라면 도망칠 수 있지 않을까 타이밍을 재지만, 도망치는 것도 용기가 필요하므로 결국 타고는 "으아아악" 하고 입에서 한심한 비명을 지르기만 하는 그때.

그러고 보니 무서운 놀이기구를 타자고 산포를 신나서 꼬드기는 것도 목소리가 무지막지하게 큰 그 녀석 같은데.

이번에도 그 녀석의 짐안의실에 넘어가지 않았다면. 게살 크림 크로켓이 없었다면.

중얼중얼 입으로 저주를 퍼부어도, 좋아하는 게살 크림 크로켓의 맛을 떠올리면 저주는 침과 함께 넘어가 입 안에서 목 안쪽으로 사라진다. 여느 가게에서 내는 것과도 다르다. 도대체 그건 뭐람, 마약이라도 넣었나.

산포는 숨을 내쉴 수 있을 만큼 한번 내쉬고, 밀크티를 쪼오옥 빨며 주먹을 불끈 쥐었다. 여기까지 와서 이러쿵저러쿵 투덜거려봤자 어쩌겠어, 하고 마침내 결심과 체념의 조합을 마음에 담았다. 정말로 싫으면 거절하면 됐다. 평소보다 공들인 화장까지 하고 와서 투덜거리지 마. 나도 어른이니까 언동에 책임을 져야 한다.

어디선가 '일도 좀 그렇게 해'라는 환청이 들린 것 같아 산포는 주변을 두리번거렸으나 물론 그곳에 그 언니는 없다. 안심하는 것도 잠깐, 뒤를 향했던 시선 너머에 익숙한 사람이 있었다.

오늘의 약속 상대가 시야에 들어왔을 뿐인데 동공이 확장된 산포의 상태 따위 알 턱 없는 그는 산포를 알아보자마자 손을 들어 가볍게 인사하고 이쪽으로 걸어왔다.

으아아아.

"안녕하세요. 미안해요, 오래 기다렸죠."

"으으으, 아아아뇨, 아뇨 아뇨 아뇨, 지금 왔써유."

거짓말쟁이. 30분 전에 와서 떨고 있었다.

"그럼 다행이에요. 저도 커피 사와도 될까요?"

"무, 물론 좋을 대로."

그는 입가에 싱긋 미소를 짓고는 산포의 묘한 말투를 지적하지 않고 주문하러 갔다. 산포는 이제 겨우 2랠리를 주고받았으면서 숨을 헐떡였다.

여름 느낌의 푸른빛 셔츠와 감색 바지, 또한 왠지 모르게 부드러운 분위기를 풍기는 그. 오늘의 약속 상대가 커피를 사러 간 동안, 산포는 조금이라도 숨을 고르려고 아이스 밀크티를 꿀꺽꿀꺽 마셨다.

오늘 산포는 지금 막 나타난 남성과 데이트를 하러 왔다.

산포에게 데이트인지 물으면 아니 아니 아니 아니 하고 고개를 저으며 부정하겠지만, 미팅이라는 설정의 자리에서 만나 한 번 더 만나고 싶다는 그의 말을 수락해 그 자리에 나간 거니까 그건 데이트라고, 그 시끄러운 친구가 단언했다.

그렇다. 산포의 시선 너머 음료 주문을 마치고 나오기를 기다리는 형씨는 지난번 피크닉에서 만난 그 사람이다.

산포도 어른이니까 안다. 친구도 아닌 이성에게 일대일로 만나자 하는 것에 어떠한 의미가 있는 것쯤은. 그러나 데이트는 아니라고 생각한다. 정확히는 아직 데이트라고 확정되지 않았다고 생각한다. 이게 상대의 호감을 이유로 한 데이트가 아닐 가능성을 여전히 고려하고 있다. 벌칙 게임이나 그냥 단순한 놀이나, 뭔가 권유나 강매나, 이를테면 그런 종류의 것에 걸렸을 가능성도 있다. 지금까지 그런 것에 걸린 적은 없지…… 아니지, 몇 번인가 길에서 우연히 어떤 모임의 권유를 받긴 했네. 아무튼 상대의 목적은 오늘 하루가 끝나기 전까지 확정이 아니니까 아직 데이트는 아니다. 데이트라고 단정하면 상대에게 실례라고 산포는 생각한다.

"오래 기다리셨죠."

"아뇨 아뇨 아뇨 아뇨."

돌아온 그가 맞은편에 앉는다. 이제 어떻게 하면 좋나. 지금까지 라인으로 몇 번 대화를 주고받았으나 직접 만나는 것은 그날 미팅 이후 처음, 즉 둘이서 만나는 것도 처음이어서 대화를 어떻게 시작해야 할지 곤란하다.

그래도 눈앞의 형씨가 역시 세 살 연상답게 먼저 말을 시작해줬다.

"오늘 고마워요. 일정도 나한테 맞춰주고."

"아뇨 아뇨, 도서관은 그, 근무일을 신청해서 쉬는 날을 정할 수 있으니까 맞추기 쉽다고 할까, 네."

몇 번인가 라인을 주고받으며 그는 산포에게 반말을 섞은 반존대를 쓰기 시작했다. 아마도 그의 이런저런 배려심이 나타난 것임을 산포도 알고 있다.

부드러운 분위기의 형씨는 명랑하게 웃으며 커피를 한 모금 마신다.

잠깐만, 뜨거운 커피네? 가끔 있다. 한여름에 뜨거운 걸 마시는 사람. 아무리 냉방이 좋은 가게라도 산포는 그들의 기분을 이해하지 못한다. 혹시 긴장해서 알아차리지 못했을 뿐이지 여기 사실 시베리아급으로 추웠나? 아니다, 옆자리에 앉은 사람은 프라푸치노를 마시고 있다.

아, 그렇지. 이걸 대화에 조금 써먹어볼까.

"더, 덥지 않아요?"

"아아, 커피는 뜨거운 게 좋아서 1년 내내 뜨거운 걸 마셔요."

"아, 아아 네."

대화의 실마리로 삼으려고 용기를 내 물어봤으나 그렇게 끝났다. 취향을 지적해서 죄송합니다, 라는 기분만 남았다.

"어떻게 할까요? 이렇다 할 예정도 안 정하고 오늘이 와 버렸는데."

"그, 그러게유."

그의 말대로 두 사람은 오늘 뭘 할지 특별히 정하지 않고 만났다. 일단 어디든 갈 수 있게 역 근처를 약속 장소로 지정했는데, 이후의 일정은 딱히 없다. 그런 사정도 있어서 산포는 이 만남을 데이트라고 이름 짓는 것에 저항을 느꼈는데, 딱히 예정은 없으나 같이 외출하기로 했다고 그 시끄러운 친구에게 전하자 "제일 야한 데이트잖아"라는 영문 모를 답변이 와서 현시점에서는 읽고 씹었다.

오늘까지 몇 주 동안, 산포가 형씨에게서 다시 만나고 싶다는 희망 사항을 듣고부터 지금까지, 앞서 말한 대로 두 사람은 라인으로 몇 번인가 대화를 나누었다. 그리고 산포는 자신과 만나고 싶다는 그가 도대체 뭐 하는 사람인지 최대한 고찰했다. 물론 직업이나 나이, 주위 평판 등은 시끄러운 친구를 통해 듣긴 했지만 딱 한 번 만났는데 (어떤 형태든) 자신에게 긍정적인 흥미를 품는 이 기이한 인물, 도대체 어디까지가 세상눈을 속이는 가짜 모습일지 알수 없다. 어쩌면 프리메이슨일지도 모른다. 프리메이슨의 아지트는 도쿄 타워 지하에 있다는 소리를 들은 적 있다. 그의 직장은 가미야초역에서 전철 한 번에 갈 수 있는 곳에 있다니까 확률이 없진 않다.

산포가 생각하는 프리메이슨이 왜 출근하다 아지트에 들르는 설정인지, 또한 그가 프리메이슨이어도 산포와 무슨 관계가 있는지는 일단 제쳐두고, 그녀는 그런 생각을 할 정도로 부드러운 분위기의 그를 의아하게 여겼다. 그렇게 뺀질뺀질이 아니라 꾸물꾸물 상대의 태도를 살피다가 일단 어디든 가자는 흐름이 됐다.

"혹시 무기모토 씨, 먹고 싶은 게 있으면."

"끄윽."

이쪽은 아직 상대를 파악하지 못했는데 가고 싶은 곳이 아니라 먹고 싶은 것을 먼저 묻는 걸 보면 산포의 정체성은 일찌감치 들통났다. 당황스럽다.

먹고 싶은 거라, 연중 뭘 먹고 싶은지만 생각하니까 그걸 말하려면 길어질 것이여, 형씨, 하고 산포는 속으로 히히히 웃는다. 현실에서도 조금 웃음이 나와서 밀크티에 거품을 세 개 만든다.

일단 말할 차례가 왔으니까 일단 대답을 준비하려 했다. 산포에게도 그 정도의 사교성은 일단 있으니까.

"뭐, 뭐든 앞에 있으면 먹고 싶어요."

있다고 생각할 뿐이다.

말하고 나서 혹시 '오늘 너를 먹어버리겠다'는 말로 들린 게 아닐지 걱정되었다. 그렇게 들릴 리가 없다.

형씨는 자신의 분위기를 입에서 흘리는 것처럼 부드럽게 피식 웃었다.

"그럼 괜찮다면 나중에 내가 가끔 가는 밥집에 갈래요? 고기 좋으면 마침 괜찮은 데가 있어서. 일찍 집에 가는 게 좋으면 다음에 가도 당연히 괜찮고."

"흐에."

배려 가득 담긴 유창한 제안을 듣자, 산포 마음속에서 울리던 말도 아니고 의성어 비슷한 것이 결국 밖으로 나와

버렸다. 고기는 좋다. 정말 좋다. 언제든 좋다.

조금 늦게 깨닫는다. 아무것도 정하지 않았다고 말하면서 사실은 생각하고 온 걸지도 몰라. 흐에.

"어때요?"

"아아, 으에, 어, 괜찮다면 부디!"

느닷없이 목소리 톤을 실수하는 커뮤니케이션 하수가 여기 있네.

"다행이다. 그래도 아직 3시니까 배가 고플 때까지 뭘 할까요?"

"으음."

산포의 신음에는 두 가지 의미가 있었다. 하나는 '자신은 언제든 먹을 수 있는데 상대가 배고프지 않다면 과연 어쩌면 좋지'라는 의미의 으음. 또 하나는 '부디, 라며 이형씨의 금전 감각이 어떤지도 모르면서 고개를 끄덕였는데 자기 지갑이 고기 요리를 버틸 수 있을지'라는 의미의 으음. 적어도 후자의 문제는 지금 해결해둬야 한다고 생각했다.

"잠시 실례하겠소만, 형씨."

어떻게 말을 꺼낼까 고민한 끝에 가끔 쓰는 묘한 사극 말투의 산포가 고개를 내밀었다. 형씨라고 부른 건 어쩌다 보니. 라인에서는 성씨 뒤에 '씨'를 붙여서 불렀다. 산포도 사회인이니까.

산포의 호칭에 그는 불쾌함이라곤 전혀 드러내지 않고 환하게 웃으며 "말씀하십쇼" 하고 맞장구를 쳤다.

"죄송해요, 아니, 어어, 면목 없지만 그러니까 그, 고기는 정말 기쁜데요, 거기가 가성비 좋은 가게면 좋겠는데, 사실은 그다지, 그, 가진 돈이 많지 않아서, 저저저녁을 먹는 건 문제없는데요."

형씨는 당연하다는 듯이 고개를 저었다.

"아니, 내가 가자고 했으니까 내가 낼 테니 걱정하지 말아요."

"아아, 아뇨 아뇨 아뇨, 왜, 왠지 그렇게 말씀하실 것 같다고도 사실은 생각해서, 아, 그게, 죄송합니다."

이상한 데서 솔직한 인간 산포. 뭐, 연상이니까. 좋은 회사에서 일하는 것 같고, 무엇보다 배려심이 넘치는 것 같으니까. 왠지 그럴 것 같았다.

"다만 그건 조금, 그, 건전하지 않아서."

말하고 나서 건전하지 않다는 표현은 좀 아닌가 싶었는데, 산포가 말을 정정하기 전에 부드러운 형씨가 여전히 부드럽게 한 번 더 고개를 저었다. 얼굴은 조금 전보다도 더욱 미소가 깊어졌다. 말을 잘못했다고 비웃는 건가 산포가 의심했는데, 형씨는 "건전하다는 말 좋네요"라고 말했다.

"그래도 아니에요, 정말로 걱정하지 마세요. 사실 그렇게 비싼 곳도 아니고, 내가 가고 싶을 뿐이니까요."

"어, 아니이."

"정말로 괜찮아요."

"으으음."

자기가 말을 꺼냈으면서 정답의 적절한 도착 지점을 모르는 산포는 신음한다. 차라리 솔직하게 잘 먹겠다고 말하는 게 좋을까. 적어도 상대를 물고 늘어지다가 번거로운 인간이라고 여겨지진 않을 것 같다. 아니면 어디까지나 자신의 윤리관에 따르는 게 좋을까. 너무 고민하는 것도 대화가 끊기니까 면목 없어서 힐끔 형씨를 살피자, 그는 산포의 시선을 받고 "아, 그럼" 하고 뭔가 제안하려고 했다.

"아무래도 마음에 걸리면 메뉴 전부 내가 좋아하는 걸로 시키면 어때요?"

"으잉?"

그의 제안이 어떻게 지금까지 대화의 골인 지점이 되는지 이해하지 못해서, 산포의 머릿속에 기호가 잔뜩 적혀 대체 뭘 썼는지 모를 계산식이 떠올랐다. 그러니까 어려운 영화에서 종종 보는 그거다.

"내가 좋아하는 걸 무기모토 씨가 같이 먹어주는 것, 그러면 내가 돈을 내도 건전하지 않나 해서."

"……."

"어때요?"

"헤헤헤, 아, 죄송합니다."

모처럼 해준 제안인데 웃어버렸다. 산포는 사과한다.

형씨의 말이 도무지 이해가 안 갔고, 고찰해봤지만 역시 알 수 없어서 산포는 웃어버렸다. 어른스러운 느낌인 형씨가 이상한 소리를 다 하네.

웃어서 미안하다고 생각했으나, 그 웃음이 결과적으로 산포의 정신에 긍정적인 영향을 끼쳤다.

"음, 그, 그런 걸로 괜찮아요?"

"물론 내가 고집을 부린 거지만 만약 그걸로 괜찮다면."

"그, 그럼 이번에는 그걸로 괜찮다면."

산포는 가슴 앞에 손을 모아 고개를 꾸벅 숙였고, 잔에서 길게 뻗은 빨대에 이마를 찔렸다. 아파.

지금 흐름을 보고 저 좋을 대로 얻어먹으려고 유도한 거 아니냐고 생각하는 사람이 있을지도 모른다. 산포, 되게 약아빠졌다고.

그러나 정말로 한 번 만나고 끝일지 모르는 상대에게 이유 없이 얻어먹겠다고 결심하는 것은 산포에게 있어 결코 쉬운 일이 아니다. 산포 안에 그런 상식은 없다.

형씨가 즐겁게 이유를 붙여줬기에 결심할 수 있었다.

그가 산포에게 효과적인 대화 흐름을 만들어준 게 컸다. 따라서 솔직하게 빨대에 이마를 박을 수 있었다.

여기에 더해 산포가 고개를 끄덕인 이유는 그것만이 아닌데, 산포 본인이 알아차렸을지는 모른다.

다른 하나, 자기 자신에게 제대로 된 변명이 생긴 것도 산포에게는 컸다. 산포는 한 번 만나고 끝일지 모르는 상대에게 "이번에는"이라고 말했다. 그걸 산포가 알아차렸는지는 알 수 없다.

현재 산포의 표층에는 게살 크림 크로켓을 맛있다고 한 형씨의 추천이라면 신용해도 괜찮다는, 얻어먹겠다고 결심하자마자 갑자기 거만하게 구는 먹보만 있다. 건방지기는.

"그럼 다시 하던 얘기로 돌아가서, 배가 고파질 때까지 뭘 할까요."

아아, 그렇지, 그런 대화의 허리를 자신이 우지직 분질러버렸다.

"뭘 하면 좋을까요."

"흠, 보통은 영화일까."

영화는 조금 진입장벽이 높지 않나. 그리고 뭐가 보통이지.

"이 근처에 서점도 있었지. 아, 무기모토 씨, 쉬는 날까지 책에 둘러싸이는 건 싫을까요?"

싫기는 무슨, 서점이라면 대박 좋아하니까 서점 데이트
도 괜찮을지도. 아니, 데이트인지 아닌지 아직 모르지만.

"무기모토 씨, 어디 가고 싶은 곳이 있으면."

잠깐, 혹시 아까 말한 보통은 데이트로서의 보통인가?

형씨가 제안하는 와중 이런저런 생각으로 신음하다 보
니 마침내 자신의 의견을 낼 차례가 돌아왔다. 아무래도
무시할 수는 없으므로 산포는 진지하게 생각한다.

자신도 흥미가 있고 상대도 지루하지 않을 곳. 지금까
지 대화나 라인에서 오갔던 말을 되새겨보았다. 그러다 보
니 문득 한 단어가 머릿속을 스쳤다.

"도쿄 타워……."

말하고 나서 아니지, 그건 이 형씨가 프리메이슨일 경
우 거기에 기지가 있을 뿐이라고 산포는 생각을 고쳤다.
산포 안에서는 어째서인지 그곳에 기지가 있는 게 확정이
었다.

곧바로 다른 의견을 내려고 했는데 형씨가 예상 밖의,
어쩌면 예상대로의 반응을 보였다.

"좋은데요, 도쿄 타워."

산포는 놀란다.

"역시 프리메이슨."

"네?"

"아아아, 아니요. 아무것도 아니에요."

무심코 입 밖으로 나왔다. 만약 정말 프리메이슨이더라도 말해주진 않을 테니 얼버무렸다. 그래도 가능성은 커졌으므로 산포는 경계했다. 무의미한 경계다.

"여기에서 가깝기도 하고, 생각해보니 나 올라간 적이 없는 것 같네."

"호오."

프리메이슨 멤버라면 바로 위일 텐데.

"무기모토 씨, 도쿄 타워 좋아해요?"

"좋아……해요."

태도가 미적지근한 것은, 물론 싫어하지 않고 밤에 보면 예쁘고 높은 곳도 좋아하지만 애초에 타워를 좋아한다는 게 대체 어떤 상태지? 하고 생각했기 때문이다. 몇 미터 이상은 좋지만 그 이하라면 별로라거나, 그런 게 있나?

타워 애호가에 관해 확실한 결론은 내지 못했으나, 부정적인 감정은 없고 좋아한다고 해서 누가 곤란하지도 않다고 판단한 산포는 고개를 끄덕였다. 좋아하는 요소가 부족하면 나중에 덧붙이면 된다.

"어, 그런데 정말 도쿄 타워로 괜찮으세유?"

이제 몇 번째인지도 모르겠다. 버벅댔다.

"응, 무기모토 씨가 좋으면."

"나, 나는 네, 좋아요."

자기가 말을 꺼내기도 했고 오랜만에 가까이에서 보는 것도 즐거울 것 같았다. 오늘은 날씨가 좋다. 덥기는 해도. 그런데 정말 괜찮을까.

만약 이 사람이 아무런 의도 없이 정말로 데이트라고 생각하고 있다면, 자신의 즉흥적인 변덕도 아닌 돌발적인 발언으로 첫 데이트 장소를 정해도 괜찮을까.

생각에 잠긴 산포는 고개를 살짝 옆으로 흔든다. 아직 몰라, 아직 몰라.

그럼 일단 가보자는 말이 나와 형씨는 아직 절반쯤 남아 있던 뜨거운 커피를 단숨에 마셨다. 땀 한 방울 안 흘리는 모습을 보고 몸에 냉각 기능이라도 달렸수? 하고 산포는 머릿속으로만 트집을 잡고 몸으로는 잔에 남은 녹다 만 얼음을 입에 넣고 깨물었다. 등이 여전히 땀에 젖어서 그랬는데 효과는 없었다.

전철을 탄 두 사람은 자리에 앉지 않은 채 딱히 의미 없는 수다를 떨었다. 아침에 뭘 먹었는지, 술은 뭘 좋아하는지 따위. 세간의 일반 상식에서 전혀 어긋나지 않는 평범한 대화였다.

도쿄 타워에 가기로 한 것은 두 사람이 만난 역에서 접근이 쉬웠기 때문이기도 했다. 이렇게 결정을 내릴 때 중요한 요소인데 명확하게 언급하지 않는 게 있다고, 모든 라면 가게가 차슈의 프로필을 명시해주길 바라는 산포는 생각했으나 이번이 두 번째 만남인 사람에게 그런 소리를 할 용기는 없었다.

괜한 말을 주저하는 판단력은 갖췄으면서 문득 대화가 끊겼을 때.

다음 역을 알려주는 전광판을 본 타이밍에 정말로 아무 의미 없이 산포의 입에서 무심코 그 말이 나왔다. 콧노래를 흥얼거리는 것처럼 가볍게.

"벌써 몇 달도 전 일인데 혼자 도쿄 타워에 올라갔었어."

전철 안에서 콧노래를 가볍게 부르는 것 자체가 이상하다는 건 일단 제쳐두고.

속삭이는 목소리였지만 완벽한 문장을 이룬 그 말을 다정한 형씨가 무시할 리 없었다. 당연하게도 거기에서 대화가 이어져 서두의 부끄러운 실연 이야기가 나온 것이다.

이러느니 차슈 얘기를 떠벌리는 게 나았다고 산포는 죽고 싶은 기분으로 후회한다. 게다가 상대는 아무래도 이쪽이 마음에 들어서 만나자고 한 것 같은데 갑자기 과거 연애사를 늘어놓다니 대체 뭐 하자는 거야, 나.

"아, 으, 그래도 그게 다예요. 잊어주세요."

부끄럽고 면목 없어서 산포는 소금에 절인 잎채소처럼 쪼그라들었는데 형씨는 어째서인지, 정말로 어째서인지 여전히 웃고 있었다. 이건 비밀인데, 순간적으로 '옹? 임자 있는 사람과 놀아나는 취향?' 하고 생각한 산포지만 명예를 위해 잊어주자.

"아하, 바로 알아차리지 못했네. 플라컴*이구나."

"흐엥?"

이쪽이야말로 형씨의 입에서 나온 단어가 순간 뭔지 이해가 되지 않았다. 처음에는 훌라 댄스가 생각났고 다음으로 플라밍고가 생각났으며, 이어서 서너 개쯤 다른 걸 떠올린 다음에야 산포의 머릿속에 플라워 컴퍼니즈라는 단어가 나타났다.

"혹시 아세요?"

잘 생각해보면 이런 질문은 좋아하는 밴드에 대한 큰 실례라는 걸 나중에야 떠올린 산포지만, 이제껏 주변에 플라컴의 노래와 가사를 아는 이가 없었기에 무심코 물어봤다.

"네, 들어요. '아웃사이더 찬가'가 제일 좋아요."

"우오! 아아, 으아아, 죄송합니다."

---

* 산포가 부른 노래 '도쿄 타워'를 부른 일본의 록밴드 플라워 컴퍼니즈의 줄임말

흥분해서 큰 소리를 낸 산포는 사과했다. 이는 주변에 있는 사람들에게 하는 사과이기도 하다. 꾸벅 숙인 고개는 형씨에게, 그리고 근처에 선 회사원 쪽으로도 살짝 기울어졌다.

불편을 끼친 것이 부끄러워서 일단은 얌전해진 산포. 그러나 타고난 태평한 성격으로 홀홀 털고 일어나 플라컴을 좋아하다니 형씨, 점수가 올라가는데! 하고 흥분했다.

"저도 좋아해유, 윽."

버벅댄 게 아니다. 형씨에 대한 평가를 점수로 표현하려고 한 자신을 깨닫고 질겁한 것이다. 산포의 마음속은 본인의 언동 못지않게 분주하다.

내가 당하면 싫은 일을 남에게 하면 안 돼. 마음속으로 세 번 되뇌는데, 형씨는 자기가 말할 차례라고 생각했는지 "그때 도쿄 타워에 실제로 올라갔어요?" 하고 물어봤다. 생각이 지나치게 많은 주제에 불필요한 소리를 지껄여 결과적으로 커뮤니케이션이 어색해지는 산포 같은 인간에게 질문으로 대화 방향을 제시해주는 사람은 감사한 존재다. 그렇지만 산포는 밉살스럽게도 플라컴 이야기를 더 하고 싶은데 도쿄 타워 쪽으로 대화가 가버렸다고 생각했다.

"아, 아니요, 실제로 처음 올라간 건 도서관에서 일하기 시작한 후예요. 일하고 바로니까 2년 전인가. 그래도 플라컴은 계속 들었어요 처음 라이브하우스에 간 것도 대학생 때 플라컴을 보러 간 거였고 CD도 라디오에서 듣고 다음 날 바로 쓰타야에 빌리러 갔었고ㅇㅇㅇ."

버벅대며 마침표도 찍지 않고 억지로 대화 흐름을 바꾸려고 하는, 오로지 자기만 아는 산포와 어울려주지 않아도 되는데.

"오, 공연도 보러 가는구나. 그때 그 공연에서 '도쿄 타워'도 불렀어요?"

와아.

산포의 혀가 입 안에서 덩실거렸다.

모처럼 취미가 같은 인간과 만났으니까 이때다 싶어서, 산포는 여전히 버벅대고 더듬었지만 좋아하는 음악 얘기를 마음껏 했다. 형씨의 말도 들어보니 플라컴 이외에도 좋아하는 밴드가 몇 개쯤 겹쳐서, 산포는 전철에서 내려서도, 도쿄 타워를 바라보면서도, 도쿄 타워에 올라가서도, 심지어 내려와서도 계속 음악 얘기를 하려고 했다. 형씨는 그걸 받아줬다. 도서관에서 근무하는 산포이니 책 쪽에서 공통된 취향을 가진 사람과의 만남은 드물지 않다. 올해 들어온 성실한 후배와도 얼마 전 좋아하는 작가의 책에 대해 실컷 대화를 나눈 참이었다. 그러나 지금까지 음악 취향이 통하는 상대와는 거의 만나지 못했다. 팬 모임에 참

석할 용기도 없으니까 이렇게 허심탄회하게 음악 얘기를 할 수 있어서 기뻤다. 형씨는 본인이 잘 모르는 랩 그룹 얘기로 산포가 열변을 토할 때도 흥미롭게 들어줬다.

이래도 괜찮나. 해가 저문 후에 간신히 정신을 차린 산포는 꽤 얌전해졌다.

그래서 형씨가 사준다는 밥집에 도착한 후부터는 산포도 음악 얘기는 자제하고, 형씨가 추천하는 맛있는 요리에 모든 신경을 집중했다.

전부 다 산포의 혀를 완벽하게 사로잡는 맛이라 요리와 진지하게 마주할 수 있어서 좋았다. 너무 진지하게 대하다가 종종 형씨의 발언을 무시한 점은 반성해야 한다. 가게 메뉴가 비교적 가성비가 좋다는 걸 알고, 이 가격이라면 더치페이도 괜찮겠다며 다음 기회에 먹고 싶은 요리 고르기도 잊지 않았다. 핫핫핫. 조금 취했다. 젓가락을 떨어뜨리거나 잔으로 착각해서 테이블 위의 간장 용기를 기울이기도 했지만 그건 취한 것과는 상관없다.

배도 가득 찼으니, 아니 솔직히 말하면 조금 더 들어갈 수 있지만 산포도 보유한 미묘한 소녀의 마음으로 사양하고 마지막으로 디저트를 시켰다.

차가운 아이스크림을 작은 스푼으로 떠먹으며 산포는 어른답게 이제 헤어진다는 분위기를 느꼈다. 아무리 그래도 이쯤은 안다. 술이 들어가 헤실헤실한 시간 속에서 오늘 하루 괜찮았다고 문득 생각했다.

그러고 보니 아직 수상한 권유를 받지도 않았고, 뭔가 강매하려 들지도 않았고, 벌칙 게임이란 얘기도 없네.

그렇다면 아마도, 분명, 필시 백 보 양보하고 관용적으로 보아, 또 조금 우쭐한 기분으로 오늘 외출은 정말로 그가 제안한 데이트였던 걸로 해두자. 산포가 거의 처음 만나는 것이나 마찬가지인 남자와 외출한 것을 데이트라고 인정하려면 이 정도의 보험이 필요했다.

그렇다고 치면, 그렇다고 친다면 말이다.

다시 한번 생각한다.

이걸로 정말 괜찮나.

산포는 취기가 싹 가시는 것을 느꼈다.

오늘 자기 행동을 대충 돌아봤다.

산포의 심정은 부산하다.

나는 오늘 허둥거렸고, 내가 좋아하는 것만 말했고, 실실거렸지.

형씨는 오늘 하루가 시시했다고 생각하지 않을까.

이 자리를 마무리하면 헤어지는 단계가 되어 갑자기 불안해졌다.

불안감 속에는 그가 자신에게 실망하지 않기를 바라는

마음도 물론 있었다.

하지만 진심으로 걱정한 것은 자기 자신에 대한 평가가 아니라, 형씨의 오늘 하루 그리고 이성과 단둘이 놀자고 제안하면서 했을 마음의 노력을 헛되게 만들진 않았을까 하는 것이었다.

갑자기 아이스크림이 이에 차갑게 스며드는 느낌이 들었다.

산포의 표정 근육에 힘이 들어갔다.

"차라리 프리메이슨 권유였다면."

"네?"

"아아뇨 아뇨 아뇨, 아무것도 아니에요."

생각한 걸 곧장 말로 하는 이놈의 입! 어? 성대? 나쁜 건 어느 쪽?

산포가 하려는 말은 이렇다. 데이트 같은 말랑말랑한 것이 아니라 상대에게 오늘 명확한 목적이나 이득이 될 만한 의미가 있었다면 내가 아무리 재미없는 인간이어도 상관없으리라 생각한 것인데, 그걸 형씨에게 전하려면 대체 왜 낮부터 프리메이슨에 집착한 건지를 먼저 설명해야 했기 때문에 이제 디저트만 남은 이 단계에서 할 얘기는 아니었다. 그러니 역시 입도 성대도 아닌 산포가 나쁘다.

시선이 마주쳤다. 여전히 다정한 분위기인 형씨는 산포

의 사악함은 전혀 모른 채 후후후 웃었다.

"갑자기 웬 프리메이슨?"

"들렸구나, 미안하구나!"

예상치 못하게 프리메이슨을 받아줘서 비슷한 느낌으로 흥겹게 반응하고 말았다. 웃어줬으니까 다행이지만 이렇게 됐으니 설명해야겠다고 생각해 산포는 필사적으로 상황을 정리했다.

"그게 오늘, 프리메이슨 가입을 권유하려고 부른 게 아닐까 해서, 어물어물."

자기가 생각해도 말도 안 되는 진술인 걸 아니까 무심코 '어물어물'까지 말해버렸다. 이 입이 나빠, 이 입이!

산포가 자기 이와 혀와 입술을 질책하는 사이, 형씨는 스푼을 든 채 놀라서 눈이 휘둥그레졌다. 음, 그야 그렇겠지. 산포가 수긍하며 알 수 없는 이해심을 보이는데, 잠시 후 그가 오늘 중 가장 호쾌하게 웃었다. 그 후로 "과연" 하고 말했다.

산포는 남 말 할 처지가 아니면서도 생각했다. 감정을 도무지 따라가질 못하겠네.

그래도 웃음이 나올 부분이 있었다면 즐겨줬다는 거니까 다행이다. 괜찮다면 그 추억만 용기에 담아 테이크아웃 해주세요.

"프리메이슨은 아니에요."

"어어, 그거야 그렇겠죠."

단순히 직장이 도쿄 타워에 접근하기 좋은 곳이라는 정보에서 연상했을 뿐이다.

"저기, 전에도 라인으로 살짝 언급하긴 했는데, 나는 원래 그런, 단체 미팅 같은 자리에 잘 안 나가요. 좀 거북해서. 뭐, 전의 그건 그냥 피크닉이어서 즐거웠지만."

그러고 보니 그런 말을 들었다. 듣기 전부터 왠지 모르게 그런 느낌은 있었다. 말이 더 이어질 것 같아서 산포는 가만히 있었다. 형씨가 숨을 고르는 동안 옆자리의 대화가 들려왔다.

"그리고 이건 처음 말하는 건데, 무기모토 씨도 그렇지 않나 생각했어요, 그때."

"지, 지루해 보였나요?"

"아니요, 아주 맛있게 먹는 것 같았어요. 게살 크림 크로켓을 먹을 때는 오로지 그것만 보인다는 느낌."

부끄럽구나! 그래도 정말 먹기만 했으니까. 이 입과 식욕!

"음, 미팅에 잘 안 나갈 것 같다고 생각한 건, 그게, 식사도 그렇지만 좋아하는 것에 대한 반응이 그렇게 노골적이라면 간사를 맡은 사람도 부르기 어렵겠다 싶어서요."

형씨는 면목 없는지 "실례되는 말이라면 미안해요"라는 말을 덧붙였다.

"그, 그렇구나, 무슨 의미인지 알겠는데요, 밥 이외에도 그 시끄러운 애가 친구이고, 개 요리를 정말 좋아하긴 하지만, 그것 이외에 뭔가 내가 노골적인 짓을 했어요?"

"응, 그럴 의도는 없었던 것 같지만."

뭐였지.

"내 친구가 무기모토 씨 친구의 옷을 두고 좀 더 남자들이 좋아할 옷차림이 낫다느니 했을 때, 무기모토 씨 되게 화났었죠?"

소리 없이 웃으며 형씨가 오늘 중 가장 어려운 질문을 던졌다.

"으허억."

산포의 표정이 굳어졌다. 어렵다는 것은 대답을 찾기 어렵다는 의미가 아니다. 대답은 안다. 그걸 마음속에서 찾아내는 것은 오늘 임무 중에서 제일 간단한 일이라 해도 좋다.

어려운 것은 그걸 대답해도 좋을지다.

"미안해요, 이상한 걸 물어서."

"아뇨, 저기, 왜."

"딱 봤을 때 그런 느낌이었고, 아, 그것도 뭐라고 해야 하나, 말하자면 분노가 먼저 전해진 건 아니고 그 옷차림이 화려한 친구를 진심으로 좋아하는구나 싶어서."

"그야 그렇죠."

본인 이외의 남들 앞에서 부끄러워할 이유가 없다.

그러니 분노라는 표현이 옳은지는 모르겠으나 아무리 악의가 없어도 아주 조금이라도, 긁힌 상처나 어깨가 부딪치는 정도라도 친구가 다치는 일이 생기면 친구를 극단적으로 편들고 나설 거라는 걸 산포도 잘 알고 있었다.

그래도 그 분노(가칭)가 향한 사람의 친구(형씨) 앞에서 긍정하긴 그렇지 않아?(긍정 못 하지?)

"라임스터 얘기가 나왔을 때도 생각했어요. 그립다는 소리가 나왔을 때 요즘 노래도 좋다고 조용히 말했죠. 누가 들어주지 않더라도 무기모토 씨는 그렇게 말해두고 싶었나 보다 생각했어요."

"드, 들렸구나……."

산포는 마지막 남은 아이스크림 한 입을 바라보지도 않고 혀 위에 올렸다. 뒤늦게 알아차렸다, 유자 셔벗. 달콤새큼하다.

"응. 좋아하는 것이나 예전에 좋아한 것, 앞으로 좋아하게 될 것에 절대 타협하지 못하는 사람일 것 같았어요. 적절하게 표현하기 어렵네. 익숙하지 않은 자리에서, 그냥 친구가 불러서 왔을 뿐인 그런 자리에서 행동하는 건 조금 서툴 수도 있지만, 소중하게 여기고 싶은 감정을 자기 안에서 표현하는 것처럼 보였다고 해야 하나."

그 정도로 훌륭한 건 아닐 것이다. 그래도 만약 그렇게 보였다면 기쁘다.

그런데 이게 무슨 얘기였더라.

산포가 혼란스러운 머리로 생각하는 동안 형씨도 아이스크림의 마지막 한 입을 먹었다. 이제 점원을 불러 계산을 마치면 오늘은 끝이다.

"그래서."

"네."

"다시 하던 얘기로 돌아와서, 나도 평소 그런 자리에는 안 가고 약간 서툴러서."

할 일이 없어진 두 사람은 완벽하게 마주 보는 자세가 됐다. 이 대화가 어떻게 끝날지 몰라 산포는 일단 그의 말을 기다렸다.

"그러니까."

"네."

"내가 용기를 쥐어짜서 표현하려고 한 건 프리메이슨 권유를 위해서가 아니에요."

산포는 그러네 프리메이슨 얘기였지, 용기를 쥐어짰다

는 게 도대체 뭐지, 하고 형씨의 말을 제대로 이해하려고 노력했다. 일단 조금 남은 하이볼을 한 모금 마셨다.

그러다가 퍼뜩 이해해서, 그렇다면 아마도, 분명, 필시 백 보 양보하고 관용적으로 보아, 또 조금 우쭐한 기분으로, 각종 보험까지 든 상태로 산포는 지금 자신의 마음속 제일 위에 올라온 단어를 입 밖으로 냈다.

"우와아아."

"하하하핫."

웃을 때가 아니야!

"저기, 그러니까 괜찮다면 또 밥 먹으러 가요. 그리고 아까 말한 공연도."

"아, 아아아, 아!"

그야 아까 공연에 같이 가자고 말하긴 했지만.

설마, 갑자기, 그날 만난 후로 연락을 주고받고 오늘 같이 놀러 나가자고 말한 이유를 들을 줄은 몰라 산포는 눈을 희번덕거렸다. 너무 혼낸 탓인지 입이 제대로 움직여주지 않았다.

아니, 잠깐잠깐. 방심한 때를 노리는 패턴도 있어. 단순히 그런 식으로 말해서 상대를 비행기 태우는 능력이 뛰어난 놈일지도, 진정해, 속지 마, 네가 만나고 몇 시간 만에 누군가에게 그런 감정의 예감이라도 품게 할 인간이라고 생각하지 말라고, 바보, 멍청이.

산포가 혼란스럽다 못해 머릿속의 미니 산포들에게 욕설의 대합창을 듣는 사이, 형씨는 계산을 마쳤고 둘은 서로 고마웠다고 말한 뒤 다음에 또 보자고 약속하고 가게를 나와 귀갓길에 올랐다.

형씨와 다른 노선의 전철을 타 혼자가 된 후로 산포는 계속 오늘 하루를 되새김질했다. 나는 즐거웠어. 다음에 또 만나자고 했으니까 형씨도 즐거웠을지 몰라.

어쩌지. 진심일까, 본심일까.

정답을 모른 채 계속 생각한 끝에, 산포는 낮에 만났을 때 있었던 일을 또 반복해서 떠올렸다.

"헤헤헤."

기억 속, 형씨가 좋아하는 것만 시키겠다고 말하는 장면에서 그게 무슨 소리냐고 딴지를 걸면서도 매번 웃고 마는 것을 산포가 깨달았을지는 알 수 없다.

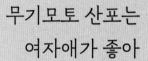

무기모토 산포는
여자애가 좋아

무기모토 산포는 모르는 사람을 빤히 쳐다보곤 한다.

기본적으로 악의는 일절 없고 그저 습관이다. 무지무지 아름다운 사람이나 노출 많은 사람, 근골 우람한 사람이나 코스튬 플레이를 한 사람. 산포 본인에게 없는 특징이나 취미를 가진 인간의 존재를 알아차리면, 시선을 돌리고 하면 될 텐데 '이런 사람도 있구나' 생각하면서 빤히 쳐다본다. 가끔 상대가 돌아보면 미안해서 후다닥 시선을 피한다. 그리 바람직하지 않은 습관인 걸 알지만 이를 고치는 건 쉬운 일이 아니다. 악의는 없다.

정말로 악의는 없는데, 사실 습관이 원인이 아닐 때도 있다. 때때로 산포는 엄연한 자기 취향이나 흥미, 취미에 따라 의도적으로 사람을 빤히 바라보기도 한다. 이때는 집착이 있다.

산포가 열광적인 시선을 보내는 사람들의 공통점. 그들의 몸에는 반드시 하나 이상의 특징이 새겨져 있다. 다름 아닌 타투다.

타투와 처음으로 만난 건 좋아하는 래퍼나 밴드 멤버의 몸을 봤을 때였다. 공연 영상을 보다가 그들 몸에 새겨진 그 아트를 멋있다거나 아름답다고 느끼는 감성이 산포 안에 생겼다. 인터넷으로 아름다운 타투를 검색하기도 하는데, 역시 현실에서 타투를 한 사람을 봤을 때는 흥분도가 다르다. 물론 최대한 빤히 쳐다보지 않고 힐끔 엿보지만, 너무 본인 취향이면 시선이 붙들리곤 한다. 친구 중에 타투를 한 사람이 있으면 마음껏 봐도 될 테니까 아쉬운 마음에 산포는 패션을 좋아하는 그 시끄러운 친구에게 타투를 할 생각은 없는지 물어본 적도 있다.

"없어! 사고방식의 문제긴 한데, 개인적으로 타투는 지우지 못하는 화장이나 벗지 못하는 옷 같은 느낌이야. 나는 욕심이 많아서 안 맞아."

그렇다고 한다. 여전히 목소리는 불필요하게 컸으나 산포는 친구의 생각을 이해했다. 물론 화제를 제공한 자로서 역으로 질문도 받았다.

"하고 싶어?"

솔직히 말해서 흥미는 있었다. 지금도 있다. 산포는 남의 몸에 새겨진 타투를 보는 것을 좋아하는 감정과 나도 해보고 싶다는 욕구를 완벽히 분리하지 못했다. 언젠가 자기 전용 프로레슬링 마스크를 갖고 싶다고 생각하는 것과 비슷하다.

다만 그때 산포는 "응" 하고 똑 부러지게 대답하지 못했다. 아마 지금도 대답하지 못할 것이다.

"죽기 전 언젠가는 해보고 싶어."

"내일 죽으면 어쩔 건데?"

심술궂게 묻는 시끄러운 친구에게 "그럼 너는 매일 몇 시 몇 분 몇 초에 죽어도 괜찮게 하고 싶은 일 전부 하면서 살고 있냐? 아앙?" 하고 반격해도 좋았겠지만 산포는 그러지 않았고, 지금 할 수 없는 가장 큰 이유를 대답했다.

"온천이 우선순위가 더 높걸랑."

말투야 어쨌거나 진지했다. 당연히 산포도 회사에 다니는 어른이니까 온천 이외에도 아직 몸에 타투를 하지 못하는 이유야 잔뜩 있다. 직장에서 허락할까, 가족이나 친구가 뭐라고 말할까, 앞으로 긴 인생을 살아가며 후회하지 않을 각오가 있나. 일본에서 타투에 던져지는 각종 시선의 존재도 정보로서 알고 있다. 그 전부를 이유에 포함하고서도 최고의 딜레마가 온천이다. 타투가 있어도 들어갈 수 있는 온천이나 목욕탕도 찾으면 많이 있겠지만 그래도 선택지가 줄어든다. 앞으로 세상이 달라져서 모든 목욕탕에서 타투를 금지한다는 알림 종이가 사라지는 시대가 올지도 모르지만, 일단 작년에 간 온천 여관에는 붙어 있었다. 지금은 여기저기 온천에 가고 싶은 욕구가 산포 안에서 훨씬 더 컸다.

그렇다면 지금 시점에서는 타투를 할 생각이 없다고 단언해도 될 텐데 그러지 못하는 건 꿈꾸는 미래 자신의 모습, 가능하면 이런 식으로 보이고 싶다는 마음을 구체화한 사례가 비교적 가까이에 있어서 산포의 선망하는 감정이 정기적으로 충전되기 때문이다. 거짓된 감정을 말할 순 없다.

산포는 휴일에 이따금 문방구에 가곤 한다.

주택가에 오도카니, 마치 그 부분만 시간 여행 한 것 같은 분위기인 작은 문방구는 산포 집에서 도보 30분 정도 걸리는 곳에 있다. 오후 5시에는 문을 닫으니까 일하는 날에 가는 건 어렵지만, 아무런 예정 없는 휴일이면 산포는 돌발적으로 문방구를 목표로 외출하곤 한다.

오늘도 역시 갑자기 종이접기가 하고 싶었다. 사실 슈퍼에도 팔지만 굳이 작은 문방구에 가려고 한 것은 어제 퇴근하면서 어깨에 꽃을 타투한 여자를 봤기 때문이다. 한가하기도 했고.

터벅터벅 걸어 문방구에 도착한 시각은 오후 1시 반. 귀에 꽂은 이어폰에서는 펌피의 노래 '우주에 간다'가 흐르고 있었다.

도로변, 1평 크기의 녹슨 철판을 지난 앞에 그 문방구가 있다. 귀에서 이어폰을 쏙 빼고 주머니에 넣은 뒤 요즘 세상에 자동문이 아닌 세월감 느껴지는 슬라이드 문을 덜컹덜컹 열면 건물 자체에 스며든 듯한 잉크와 종이 냄새가 환영해준다. 산포는 이 냄새가 좋았다. 약한 조명을 받아 어스름한 가게에는 갖가지 문구가 비좁게 놓여 있고 안쪽 계산대에는 자그마한 할머니가 혼자 앉아 있다. 초등학생이나 중학생이 주 고객이어서 그들이 학교에 있는 이 시간, 작은 문방구에는 산포와 할머니 단둘뿐이었다.

아, 형광등이 하나 나갔네.

"안녕하세요~."

아무도 없으니까 인사쯤은 해야지 싶어 상당히 절제한 목소리로 산포가 말을 걸자, 아이패드를 능숙하게 다루던 할머니가 고개를 들었다.

"아아, 어서 와요."

미소와 목소리가 참 다정다감한 할머니다. 이렇게 설명하면 산포가 자기 할머니에게 귀염받던 시절이 그리워 온기를 느끼고자 30분이나 투자해 이 먼 곳까지 찾아온다고 생각할지도 모르지만 그렇지 않다.

산포는 이 문방구에 들어오면 제일 먼저 할머니의 손을 주시한다. 지금은 가을이지만 여름과 겨울에도 적절한 냉난방으로 쾌적한 온도를 유지하는 이곳에서 긴소매를 입은 할머니의, 이 가게를 오랜 세월 지켜왔을 주름 자글자글한 손을 확인한다.

그리고 매번 흥분한다.

오늘도 동글동글한 분위기인 할머니의 소맷부리부터 손등에 걸쳐 담쟁이덩굴 타투가 보였다가 안 보였다가 한다. 산포는 반쯤 이걸 보려고 이 가게를 찾는다.

대체 몇 살 때 어떤 기분과 결심으로 타투를 한 걸까. 할머니와 타투의 관계성을 상상하기만 해도 산포는 가슴이 뛴다. 언젠가 타투 전체를 보고 싶은데 부탁할 용기는 아직 없다.

이 가게에 오는 아이들 사이에서도 타투는 화젯거리인지, 할머니가 자주 태블릿을 다루는 모습도 한몫해서 사실저 할머니는 어느 암살 집단의 일원이고 사이버 세계를 담당하는 위험한 사람일지도 모른다고 남자애들 무리가 속닥거리는 걸 들은 적 있다. 불가능한 얘기도 아니라고 생각한 산포의 마음은 초등학교 남학생과 같다.

산포가 초등학생들과 다른 건 타투가 새겨진 손을 동경한다는 것이다. 덧붙여서 나이 먹은 뒤 초등학생들로부터 '위험한 할망구'라는, 그들의 경외심이 느껴지는 호칭으로 불리고 싶다. 할배나 할망구라는 말도 때에 따라 존경 표현이 될 수 있다.

또 흥분해서 빤히 쳐다보고 말았다. 영원히 할머니 손만 말똥말똥 쳐다볼 수는 없는 노릇이니 산포는 색종이를 찾았다. 너무 쳐다보면 암살당할지도 모른다. 일대일이면 상대에게 유리한 필드, 도망칠 곳이 없다.

문방구엔 매력적인 상품이 가득하다. 오늘도 색종이 탐색 중에 귀여운 지우개와 만났다. 내친김에 이것도 사려고 상자에 꽉꽉 채워진 것 중 하나를 억지로 꺼내자, 지우개 대여섯 개가 더 날아올라 바닥에 떨어졌다. 심지어 허둥지둥 주우려고 손을 내밀다가 팔꿈치에 옆의 지우개 상자가 부딪쳐 바닥을 지우개 대잔치로 만들었다. 산포가 전부 주우려고 쪼그려 앉았을 때 무릎 높이에 진열된 색종이를 발견했다. 인생은 새옹지마~ 인생은 새옹지마~ 하고 머릿속으로 중얼거리며 산포는 부지런히 지우개를 주웠다.

종이접기를 하고 싶다는 충동은 갑작스레 찾아왔다. 교육 방송에서 본 것도 아니고, 읽던 소설에 나온 것도 아니다. 그저 손에 쥔 티슈를 습관적으로 이리 접었다 저리 접었다 하다가 불현듯 종이접기가 떠올라 "하늘의 계시다"라고 혼잣말하며 외출 준비를 시작했다. 하늘을 참 호락호락하게 보는구나.

지우개 수습을 마친 후 다시 쇼핑 재개. 몇 개나 되는 색종이 상품들을 다시금 살펴보며 산포는 고민한다. 상품에 따라 들어 있는 색이 미묘하게 다른가 보다. 빨강이나 파랑이나 노랑은 대체로 들어 있는데, 금색이나 은색, 하늘색은 들어 있는 것도 있고 안 들어 있는 것도 있다. 어른이니까 아예 금색이 들어간 300장짜리 색종이 세트를 살까. 많이 만들어서 놓을 데가 없으면 도서관에 기증하자. 도서관에 필요할지 안 필요할지는 모르겠지만.

"안녕하세요."

조용한 가게 안, 슬라이드 문에서 난 소리와 인사가 새로운 손님의 등장을 알렸다. 쪼그리고 앉아 색종이를 물색하는 산포에게는 보이지 않지만, 짐작하기로 성인 여성인 것 같다. 자식을 위해 문방구에 온 동네 엄마겠군요, 오호호. 이렇게 평소 쓰지 않는 순정만화 속 숙녀 같은 말투를 생각의 흐름에 붙이며 색종이를 집었을 때였다.

"아, 산포."

"끼약."

만화 같은 소리가 나왔다.

산포의 귀 바로 옆에서 누군가가 소리를 냈다. 언제 이렇게 가까이 왔지? 설마 암살자? 망상의 힘 때문에 아주 조금 두려웠는데 뒤늦게 이름이 불린 걸 알아차렸다.

목소리가 난 위치로 미루어 자신과 키가 비슷한 무서운 선배가 생각나서 또 혼나는 패턴인가 싶어 제대로 정비받지 않은 로봇처럼 끼이익 고개를 돌렸고, 그제야 자신이 쪼그려 앉아 있다는 걸 떠올렸다.

그곳에 있던 건 어린 여자애였다.

철썩철썩 파도 타듯 기억을 거슬러 올라가 도착한 시기는 약 1년 전.

"아, 아아아, 아!"

산포는 무심코 일어났다.

모든 것에 놀랐다. 산포는 이 여자애를 알고 있었다.

설마 여자애도 자신을 기억하고 있을 줄이야. 더군다나 말을 걸 줄이야.

산포가 갑자기 일어나 큰 소리를 낸 탓에 여자애도 놀랐나 보다. 움찔하며 한 걸음 물러서는 모습을 보고 산포는 얼른 시선을 여자애와 평행해지도록 자세를 되돌렸다.

"무릎 위의, 여자애."

자기도 모르게 지브리 애니메이션 제목처럼 여자애를 부르고 말았다. 어른으로서 이래도 되나 싶지만 본명을 모른다는 점을 고려해주자. 그리고 1년이 지났지만 여전히 어린이를 어떻게 대하면 좋을지 모른다는 점도.

"도, 도서관에서 종이 연극할 때 만났었지."

여자애가 말없이 고개를 끄덕였다.

"기억하여줘었네."

이상하게 버벅댔지만 여자애는 또 한 번 고개를 끄덕여 줬다.

한 명의 어른과 한 명의 어린 여자애의 만남은 앞서 말한 대로 대략 1년 전에 있었다.

모 도서관의 종이 연극 구연동화 자원봉사에 모 다정한 선배에게 데이트 명목으로 끌려간 산포. 종이 연극을 진행하는 동안 무릎 위에 털썩 앉아서 아마도 산포에게 용기를 주려고 했던 애가 지금 눈앞에 있는 여자애다.

사실 그날 이후 산포는 몇 번쯤 사적으로 그 도서관을 찾았다. 다만 타이밍 문제인지 이 애와 한 번도 만나지는 못했다. 이 문방구에서도 만난 적은 없다. 그런데도 이 1년 간 산포의 존재뿐 아니라 이름까지 기억하고 있었다니 어른 산포는 아주 조금 울고 싶었다.

눈이 일렁거리는 산포가 어른으로서 이어가야 할 대화의 끈을 방치한 사이, 어느새 여자애 옆에 산포도 기억하는 어머니가 서 있었다. 어리둥절한 표정인 어머니, 아무래도 이쪽은 기억하지 못하는 듯하다. 의심을 사면 말을 걸어준 여자애에게도 미안하다. 산포는 일어나 고개를 꾸벅 숙이고 자기소개를 시도했다.

"따, 따님이 도서관에서, 무, 무릎에 앉은 적이 있어서."

완전히 틀렸다. 위험 분자로 직진.

미간을 찌푸린 어머니에게 판단을 내리는 건 조금만 기다려달라고 간절히 바랐으나 뭐라고 말해야 정확하게 이해해줄지, 신고하지 않고 넘어가줄지, 적절한 말을 선택하지 못하는 중 도움의 손길이 둥실둥실.

"산포."

이름을 대는 것도 까맣게 잊은 본인 대신 누군가가 이름을 불러줬다. 고개를 내리자 여자애가 산포를 가리키며 어머니에게 소개해줬다. 산포는 또 눈물이 글썽글썽하다.

"산포……."

어머니는 아무래도 그 말이 사람 이름이라는 생각이 들지 않았나 보다. 맞아 맞아, 있지 있지. 이 이름과 살아온 지 20년 남짓, 이런 반응은 익숙하다. 그렇기에 산포는 해결 방법을 알고 있다. 어깨에 걸친 가방에서 지갑을 꺼내 근무처인 도서관의 사원증을 꺼냈다. 대출 기능도 포함이라 산포는 이걸 써서 도서관에서 책을 빌린다.

"이, 이런 사람입니다."

어머니는 산포가 내민 신분 증명용 사원증을 받고 "아, 산포 씨라는 이름이시군요" 하고 신기하다는 듯이 고개를 몇 번 끄덕였다.

"전에 도서관에서 종이 연극 자원봉사에 참가한 적이 있는데, 그때 따님과 만났습니다."

그렇지, 하고 그 따님에게 도움을 청했지만, 그 애는 살며시 웃더니 고개를 휙 돌렸다. 동지를 잃은 산포였지만 어머니가 "아하, 그러시구나" 하고 이해해줘서 다행이었다.

사원증을 돌려받고 "놀라게 해서 죄송합니다" "아니에요, 이 애가 갑자기 말을 걸어서" 하고 주고받는 어른의 인사에 마침표를 찍는 것처럼 "있잖아" 하고 낮은 위치에서 목소리가 들렸다.

"왜 여기 있어?"

동년배가 던졌다면 공격력을 동반했을 말도 약 스무 살이나 차이가 나면 순수한 질문으로 받아들일 수 있다. 산포는 최대한 진지하게 여자애에게 대답하려고 노력했다.

"조, 종이접기를 하려고 색종이를 사러 왔어. 오늘 쉬는 날이라 시간이 있어서, 종이접기를 하고 싶었고 걷고 싶었고 날도 화창하니까."

여자애가 어떤 대답을 원할지 몰라서 일단 전부 말했다. 타투 관련해서는 일단 잠자코 있었는데, 정보를 조금 더 정리해서 말하는 게 좋았는지 여자애가 고개를 갸우뚱하며 어머니를 올려다보았다. 가만히 기다리기만 하면 여자애의 마음이 멀어질지도 모른다는, 지금까지 인생에서 몇 번인가 경험한 공포를 느낀 산포가 다급하게 입을 열었다.

"하하, 학교, 유치원인가, 오늘 쉬니?"

"······개교기념일."

단어의 의미 구분이 어떻게 되는지 잘 모르는 티가 나는 발음에 산포는 조금 아찔했다. 귀, 귀여워. 평소 생활하며 만나지 못하는 종류의 귀여움이다.

산포가 턱 끝을 꿰뚫는 뇌진탕 비슷한 것을 느끼는 사이, 아이가 올해 초등학생이 되었고 이 근처에 살아서 이곳에 가끔 오며, 그 도서관은 친척 집 근처여서 1년에 몇 번만 간다는 정보를 어머니가 말해줬다. 과연, 그 몇 번 중에 만났다니, 산포는 공주님을 우연히 뵙고 기뻐하는 왕국의 국민 같은 기분을 느꼈다. 동시에 그런 공주님이 조금 전 자신의 발언에 상처를 받았을까 봐 걱정했다.

"초등학생이 됐구나. 저, 전보다 언니가 된 것 같아어."

준비한 대사를 삼류 연극처럼 더듬거리는 산포의 어설픈 말을 듣고도 여자애는 딱히 대꾸하지 않고 눈앞의 색종이에 손을 내밀었다. 헛짓한 산포는 왠지 모르게 어머니와 시선을 마주치고 에헤헤 건조하게 웃었다. 여자애의 기분도 대충은 알았다. 산포도 어렸을 때 낯가림이 심했다. 지금도 그렇지만. 그러니 여자애가 무시한 게 아니라는 것을 알 수 있었다.

수줍음 타는 여자애는 조금 전 산포가 그랬던 것처럼 색종이 세트 몇 개를 비교했다. 두 명의 어른이 부하처럼 한 걸음 물러나 그 모습을 지켜보는데, 공주님이 상품 하나를 집더니 내밀었다. 어머니가 아니라 산포에게. 사달라는 것일까. 아무리 박봉이라지만 산포, 색종이 정도야 얼마든지 사줄 수 있는데.

"나도 하고 싶어."

엑, 그거 설마 같이 종이접기를 하자는 거? 뭔데 그거, 뭔데 그 말투, 공주님이 아니라 귀여운 악마잖아. 사줄래.

쉬운 어른 산포가 헤실헤실하는데, 여자애 뒤에서 "집에 많이 있잖아?" 하는 냉정한 제지가 들어왔다. 그렇지, 그렇지, 가정의 사정이란 게 있으니까 지금은 어른으로서 본보기가 되게끔 분별력 있게 대처해야지.

여자애는 엄마를 돌아보고 고개를 저었다.

"산포랑 같이 할 색종이."

뭣이, 어머니 앞에서 연상 여자를 꾀겠다고? 이 애, 참으로 무섭도다.

뇌 속 이미지로는 입에서 피를 철철 흘리며 비틀거리지

만, 실제로는 우뚝 서서 울근불근한 시선을 여자애에게 향한 위험한 어른 산포는 거칠어진 호흡을 들키지 않게 입술 끝으로 숨을 쉬었다. 지금까지 살면서 주로 이성은 연상, 동성은 연하에게 넘어가곤 했다. 아니지, 아직 그쪽은 넘어가지 않았거든! 산포라면 이렇게 걸고넘어지겠지만. 아직이라니? 그쪽이라니?

"언니는 바쁘잖아." 어머니의 목소리를 녹아웃 일보 직전 상태로 들으며, 그래도 간신히 남아 있는 사회성으로 "그, 그럼" 하고 산포가 제안을 하나 하려고 했다.

"내가 사서 좋아하는 색을 한 장 줄게."

그 제안이 좋은 해결책이 된다고 할 수는 없다. 특히 산포는 자기 머릿속에서만 문맥이 통해서 듣는 상대의 머릿속에는 물음표를 띄우는 것이 특기나 마찬가지다.

그래도 앙증맞은 눈을 가진 수줍음 타는 여자애는 그런 산포에게 다정해서, 의미를 있는 그대로 받아들였다.

"그럼 그렇게 할래."

"어머, 아니에요. 그렇게 안 하셔도 괜찮아요."

"아뇨 아뇨 아뇨 아뇨."

어른끼리 아니에요 대전이 시작하겠다 싶어서 산포는 일찌감치 물리 공격에 나섰다. 고민하던 참인데 모처럼 좋은 기회를 얻었다고 여겨 300장짜리 색종이 세트를 집어

어머니에게 보여주었다.

"저는 이걸 살 거라서요."

표정이 과하게 우쭐거렸으려나 하는 산포의 걱정은 정확하게 맞아떨어져서, 어머니는 순간 멈칫하더니 딸과 갑자기 나타난 이상한 여자를 번갈아 바라보았다. 산포는 잠시 후 후회했으나 역시 어머니는 자식을 둔 훌륭한 어른이었다.

"그럼 그렇게 할까? 언니한테 고맙습니다, 해야지."

"고마워……."

기어드는 목소리로 말하고 수줍음 타는 여자애는 엄마 뒤로 숨었다. 고맙다고 말하는 행위가 부끄러운 거겠지. 그래도 1년 전에는 그런 말 자체를 거부했었다. 그러니 아무리 작은 목소리라도 산포는 1년을 지나 받은 고마움의 표현에 매우 감동했다. 자식이 있다는 건 이런 일에 일일이 감동하는 것 아닐까.

산포는 가슴 한복판을 무심결에 툭 건드렸다. 정말로 무심결이었는데, 아마 거기에 마음의 어떤 스위치가 있어서 이때 누른 스위치로 미래의 선택지가 하나 늘어났을지도 모른다고 나중에 산포는 생각한다.

그렇게 하자고 정했으니 산포는 얼른 색종이를 샀다. 계산대에 앉아 아이패드를 쓰고 있던 할머니에게 계산을 부탁했다. 천 엔 지폐를 내고 거스름돈을 받을 때, 손목 위에서 시작하는 타투를 잠깐 보고 멋있다고 감탄. 구매 완료 스티커가 붙은 300장 세트 색종이를 들고 산포는 어린 여자애에게 허둥지둥 돌아왔다.

"무슨 색이 좋아"

"……파랑."

파란색을 좋아하는구나, 귀여워라. 모르는 애가 귀여워 어쩔 줄 모르는 건 무슨 바보라고 해야 하나.

"으음, 파랑도 다양하게 있나 봐."

산포는 세트 앞에 실린 색상표를 보여줬다. 파란색 계열에는 파란색, 하늘색, 기타 비슷한 색들이 있었다. 꽤 오랜 시간 빤히 바라보던 여자애는 마침내 '이것이야말로 파랑'인 파란색을 가리켰다. 산포는 얼른 색종이 세트를 끌러 공주님에게 헌상하는 것처럼 한 장을 내밀었다.

"고마워……."

"천만의 말씀, 으흠."

또 고맙다는 말을 듣고 기뻐서 자기가 생각해도 징그러운 간드러진 목소리를 냈다. 그래서 일단 헛기침을 해둠으로써 어른스러움을 유지하려고 했다. 헛기침이 어른스럽다는 알 수 없는 감각. 산포는 언젠가부터 이런 감각을 지녔는데 반드시 버려야 할 만큼 남에게 피해를 주는 것도 아니니까 여전히 유지하고 있다.

색종이도 줬으니까 이제 작별이네. 또 만날 수 있지? 전쟁터에서 공주를 도망치게 하고 자신은 후미에서 적을 막는 (신분의 차는 있지만 예전에는 소꿉친구이고 절친이었던) 전사, 이렇게 머릿속에 복잡한 설정을 품은 산포의 마음은 여자애에게 딱히 통하지 않았고, 어머니의 "자, 이제 공책 사야지" 하는 목소리에 깔끔히 지워졌다. 이거면 된다. 이게 도서관이라는 전쟁터에서 살아가는 나만의 규칙이다. 공주님을 잘 부탁합니다.

평행세계의 전사 산포가 자기 혼자서 감동하는데.

"산포, 잠깐만 기다려."

반드시 구하러 올게, 이렇게 이어질 듯한 공주님의 말에 두 개의 평행세계가 교차해 산포 안에서 꿈과 현실의 구별이 모호해진다. 그런 위험한 어른을 두고 수줍음 타는 여자애는 통통통 가게 안으로 이동하더니 금방 어머니에게 돌아와 공책 한 권을 "여기" 하고 내밀었다. 그리고 산포를 봤다.

"종이접기 하자."

"……지금 하자고?"

수줍은 여자애가 하려는 말을 짐작해 묻자, 여자애가 힘차게 고개를 끄덕였다. 지금까지 없던 강렬한 의지가 느껴졌다.

아~항, 아항, 아항. 그럼 어쩌면 좋을까. 물론 이쪽은 참말로 손톱만큼도 싫지 않고 오히려 종이접기 데이트를 하자고 말해줘서 이루 말할 수 없이 영광이지만, 그래도 상대는 어머니와 함께 쇼핑 중이다. 이런저런 사정이나 시간적인 제약도 있을 것이다. 그리고 어디에서 하지. 이 아이의 집을 찾아갈 수도 없고 우리 집에 데려갈 수도 없어. 응? 밖에서? 밖에서 해? 이렇게 파란 하늘 아래에서?

혼자 더 생각해봤자 이상한 사고 회로로 돌입할 것 같아서 산포는 어머니에게 시선을 돌렸다. 의식적으로 '어떻게 할까요'라는 뜻이 담긴 미소를 짓고, 그래도 여자애가 그걸 곤란한 표정이라고 여기지 않도록 노력했다. 실제로 산포는 전혀 곤란하지 않았는데, 사람을 대하는 게 서툴러서 의도와 다른 표정을 지을 때가 있으니 조심해야 한다.

어머니는 대충 알아차렸나 보다. 그러니까 어머니의 허가만 나면 괜찮습니다, 라는 산포의 마음을. "언니는 바쁘잖아"라고 딸을 타일렀던 지금까지와는 태도가 달라져서 "하여간~" 하고 너한테는 못 이기겠다는 느낌의 미소를 지었다. 이때다 싶어 산포가 냉큼 말했다.

"그, 그럼 아까 파란 종이로 뭔가 접을까?"

"응."

"죄송해요. 자, 언니한테 고맙습니다, 해야지?"

어른끼리의 담합이자 어떤 의미에서는 알고리즘. 어린 시절, 산포의 희망도 이런 식으로 이루어졌겠지. 누군가가 이뤄줬던 만큼을 지금 눈앞의 이 애에게 해줄 수 있어서 산포는 정말 기뻤다. 색종이를 줬을 뿐인데 이런 감정을 선물받다니, 여자애와 어머니에게 감사했다. 현실적으로 생각하면 대학 도서관 사원증을 가지고 있었던 게 큰 도움이 됐다. 뭐 하는 인간인지도 모르는 여자와 자식을 같이 놀게 하진 않을 테니까. 어른이니까 그런 현실도 안다. 가지고 있길 잘했다, 신분증명서.

그럼 장소는 어떻게 하지. 가까이에 도서관이라도 있으면 좋겠지만 그렇게 운 좋은 일은 없다. 아예 공원 벤치도 괜찮으려나. 혹은 슈퍼마켓이 있으면 그쪽 휴게 공간이라든가.

산포가 고민하며 모녀에게 장소 제안을 받으려 했을 때, 생각지 못한 곳에서 목소리가 들렸다.

"여기 써도 돼요."

돌아보자 계산대 안에 있던 할머니가 구부정하게 서 있었다. 어느새 소리도 없이 뒤를 잡혔다. 역시 암살자……. 산포는 속으로 어쌔신이라고 중얼거렸다.

할머니가 가리킨 것은 가게 구석에 놓인 세 개의 둥근 의자였다. 산포는 부자연스러운 움직임으로 눈을 비빈다.

저런 의자 원래 없었을 텐데. 이 가게는 밤에 침대에 누워서 상상으로 걸어 다니기도 하니까 정확하게 기억한다. 자신들이 대화를 나누는 동안 할머니가 재빨리 놓은 걸까. 대단한 솜씨다. 혹시 닌자 아니야? 쓸 수 있는 닌자 술법의 문장이 타투처럼 피부에 새겨지는 걸 수도 있다. 산포, 그런 만화를 읽은 적 있다. 부탁하면 가르쳐주려나, 닌자 술법.

단순히 자신들의 대화가 고요한 가게에서 고스란히 들렸고, 가게 안에서 놀고 싶은 애들을 위해 바로 꺼낼 수 있는 곳에 준비해놓은 의자를 알아차리지 못했을 뿐이라는 가능성을 무시하고 상상의 날개를 펼치는 산포의 뇌는 내버려 두고, 종이접기 부대는 감사하게 그 자리를 이용하기로 했다.

"고맙습니두."

버벅댔지만 할머니는 웃으며 "아니에요"라고 말하며 수줍은 여자애의 어머니를 바라보았다.

"내가 보고 있을 테니까 얼른 장 보고 와요."

"아아, 매번 감사합니다. 그럼 옆에 갔다가 바로 돌아올게요."

어머니는 고맙다고 인사하고 여자애에게 뭐라고 말을 걸더니, 이어서 산포에게 "잠깐만 다녀올게요, 미안해요"

라고 사과했다. 할머니와 어머니의 대화를 듣고 애초에 모종의 관계가 있다는 걸 깨달은 산포는 의기양양한 얼굴로 "따님을 맡겨주세요"라는, 부모가 되려 불안해질 대답을 했다. 다행히도 의심하는 일 없이 어머니가 문방구를 나가서 드디어 여자애와 데이트 시작이다. 헷헷헷, 드디어 단둘이 됐구나.

"뭐 접을까?"

둥근 의자에 오도카니 앉아 파란 종이를 바라보는 여자애에게 희망 사항을 물었다. 학일까, 게일까, 풍뎅이일까. 초등학교 1학년이니까 간단한 거면 되겠지.

산포는 자기가 접을 노란 종이를 꺼냈다.

"공작."

아, 공작. 그래그래, 공작이면 아마 처음에.

"고, 공작?"

그런 게 있었나. 산포는 자기 머릿속의 종이접기 사전을 펼쳐 공작을 찾았다.

어디 보자. 개구리, 아니야. 고릴라, 아니야. 고래, 아니야. 혹시 놓쳤나, 다시 처음부터 머릿속을 잘 살펴봤지만 공작을 접는 방법은 없다.

아, 그럼 혹시.

"공작 접는 거 좋아해?"

여자애가 알고 있을 가능성을 기대했으나, 여자애는 소극적으로 고개를 저어 의사를 표시했다. 좋아하지 않는다는 의미는 아니겠지. 그렇다면 공작을 만들자고 하지 않았을 것이다. 즉, 모른다는 의미다. 접는 방법을. 그래도 공작을 좋아하니까, 또 지금 같이 있는 여자는 어른이고 300장색종이 세트를 산 걸로 보아 분명 종이접기 달인일 테니까 뭐든 접을 줄 안다고 생각했을지도 모른다.

어쩌지, 헉, 어쩌지. 불찰이다. 엄청난 불찰이다. 데이트 상대를 좋아하는 곳에 데리고 가던 도중 오늘 그곳이 정기 휴무인 걸 깨달은 기분이었다. 어쩌지, 인제 와서 역시 그만두자는 말은 못 한다. 그러나 상대의 기대치를 한참 밑도는 제안을 하는 것도 서로 상처가 되니까 피하고 싶다. 또 그것도 있다. 귀여운 여자애 앞이니까 허세를 좀 부리고 싶다. 공작, 공작, 상상으로 어떻게든 접을 수 없을지 실물을 머릿속으로 그렸으나, 산포는 그런 복잡한 외형의 생물을 단순화해 종이로 만들어 낼 능력이 없다.

그렇지, 스마트폰으로 검색해서 '접을 줄 아는데 이렇게 하면 같이 보기 쉽지, 아주 좋지'라고 말하며 같이 접으면 되잖아. 문명인으로서 스마트폰을 집에 두고 왔을 리 없다고 생각하며 주머니에 손을 넣었다. 감촉으로 알겠다, 이건 아이팟. 그럼 다른 주머니를 찾았다. 이번에는 프리스크가 나와서 한 알 먹겠냐고 여자애에게 권했으나 거절당했다. 그렇다면 여기는, 여기는, 하는 사이 손을 집어넣을 주머니가 사라졌다. 가방도 일단 봤지만 스마트폰을 가방에 넣는 습관은 없다. 집에 두고 왔잖아.

이럴 줄 알았으면 현대인답게 스마트폰 중독이 될 걸 그랬다. 이 여자애를 위해서라면 그쯤은 두렵지 않아.

진짜 어쩌지, 솔직하게 사과할까. 여자애를 바라보는데, 여자애가 고개를 갸웃거렸다. 그야 그렇겠지, 어른이 이렇게 허둥거리는 걸 본 적 없을 테니까.

"애야."

살짝 패닉 상태에 빠져 산포가 엉뚱한 생각을 하는데, 계산대에서 목소리가 들렸다.

"할머니도 같이 해도 될까?"

동요하던 산포는 바람이라도 일으킬 듯한 속도로 고개를 그쪽으로 돌려 "어, 어어, 아, 네, 물론이요" 하고 어른답지 않은 태도를 보였다. 여자애는 차분하게 "응"이라고만 대답했다. 어른이란 대체 뭔지 고민하게 하네, 같은 생각을 할 여유가 있으면 의자를 하나 더 가지고 오는 할머니를 도와야 한다.

영차, 하고 의자에 앉는 할머니.

"가게는 괜찮아?"

여자애의 질문. 어쩜 다른 사람을 생각할 줄 아는 다정한 아이냐며 산포는 감탄한다. 그와 비교해 자신은 예기치 못한 사태 하나에 쩔쩔매느라 멋진 모습이고 뭐고 다 날아갔다.

"그럼, 손님이 오면 다시 가면 되니까. 그럼 미안하지만 아가씨, 종이를 하나 받아도 될까?"

할머니의 손이 산포에게 다가왔다. 처음에 산포는 자기를 부르는 걸 알아차리지 못했다. 2초쯤 침묵한 후에 깨닫고 서둘러 무슨 색이 좋은지 할머니에게 물었다.

황록색 종이를 건네며 거들먹거리거나 장난치려는 것도 아니고, 부모님을 의식하는 태도도 전혀 없이 쓰인 순수한 아가씨라는 단어에 산포는 허둥지둥했다.

뭐지, 이거. 나 지금 양손에 떡인 거지?

"고마워요. 그래, 공작을 접는다고?"

"응."

여자애가 대답하자 할머니는 고개를 끄덕이고 먼저 종이를 반으로 접어 정방형으로 만들었다.

접을 수 있어!?

이것은 희망의 빛 그 자체였다. 산포도 냉큼 아 그렇지, 그렇게 하지, 라는 표정으로 받침대로 삼은 의자 위에서 종이를 반으로 접었다. 여자애도 따라 했다.

정방형을 다시 펼쳐 정중앙 선을 가로로 놓고, 왼쪽 상하 모서리를 선에 맞춰 비스듬하게 접는다. 할머니가 그 작업을 하는 동안 여자애는 아무 말 없이 할머니의 손놀림을 빤히 쳐다봤고, 흉내 내서 작은 손을 움직이기 시작했다. 산포도 따라 했다.

세 장의 종이가 각각의 리듬으로 차곡차곡 접힌다. 약간 어려운 곳은 산포가 여자애를 도와주면서 종이는 고정된 사각형에서 해방된 형태가 된다. 목표한 형태에 다가가는 건지 조금 불안해하며 접는데, 이윽고 갑자기 생명을 느끼는 순간과 마주쳤다. 산포가 그걸 느낀 순간은 자신이 지금 접은 부분이 날개라는 걸 알았을 때였다. 무심코 "우와아" 하고 소리를 내 공작 접는 법을 모르는 걸 들킬 뻔했으나, 집중한 여자애 귀에는 들리지 않았나 보다.

삼각형 모서리였던 부분이 마침내 목이 되고 머리가 된다.

"마지막으로 날개를 펼쳐보렴."

할머니의 말에 여자애가 접힌 부채 같은 부분을 펼치자 화려한 공작이 거기 나타났다.

대단하다.

산포는 환성을 마음속에 꾹꾹 누르고 여자애가 기뻐하는 목소리를 기다렸다.

그런데 여자애는 자기가 만든 공작을 빤히 쳐다보고 꼼짝하지 않았다.

설마 상상했던 것과 달랐나? 이건 공작이 아니라고 생각하나? 산포는 덜컥 걱정했다.

만약 그렇다면 이건 틀림없이 공작이라고 말해줘야겠다고 산포는 결심했다.

공작이 되기를 바라며 열심히 모양을 만들었으니까 이렇게 작아도 훌륭한 공작이라고.

하지만 그럴 필요는 없었다.

수줍음 타는 여자애는 다 들리게 심호흡하더니, 휙 소리가 날 정도로 산포 쪽을 돌아봤다. 산포는 아이의 표정을 보고 안심하지 않았다. 오히려 걱정했다. 산포는 놀라서 뒷짐을 졌다. 자제하기 위해서였다. 위험해, 위험해, 자칫했다가는 아무 맥락도 없이 꽉 껴안을 뻔했다.

여자애가 보여준 생기 넘치는 미소가 귀여워도 너무 귀여워서.

이게 모성······?

안드로이드가 처음으로 감정을 깨닫는 장면을 떠올리며 산포가 감동하는데, 가게 문이 열렸다. 마침 어머니가 돌아온 것이다. 자제하길 잘했다. 두 번 다시 여자애에게 접근하지 못하게 될 뻔했다.

완성한 공작을 보고 모녀가 기뻐하는, 아마도 이 세상에서 가장 흐뭇한 장면을 지켜보며 산포는 할머니에게 "정말 고맙습니두" 하고 버벅대며 말했다. 공작 접는 법을 아는 구세주가 없었다면 지금 이렇게 행복한 분위기는 만들 수 없었을 것이다. 할머니는 평소처럼 싱긋 웃고 "도움이 돼서 다행이네"라고 말하며 일어나 앉았던 의자를 들고 계산대로 돌아갔다. 정숙하며 은은하게 매력 넘치는 모습에 산포는 황홀해졌다.

공작을 접을 때 언뜻 보인 타투도 멋있었지, 역시 개인적으로는 보일 듯 말 듯 한 게 제일 좋네, 산포가 그런 생각을 하는 틈에 어머니가 고맙다고 했다. 허둥지둥 "아니에요, 재미있었어요" 하고 솔직하게 말하고 여자애에게 "그렇지?" 하고 묻자 이번에는 "응"이라고 대답해줬다. 좋아하는 감정을 전하는 마음, 소중하다.

"그럼 슈퍼 들렀다가 집에 갈까?"

"응, 알았어."

보아하니 수줍음 타는 여자애는 짧은 종이접기 시간으로 만족했나 보다. 아쉽지만 어머니를 곤란하게 하면 안 된다. 여기 오면 또 만날 기회가 있겠지.

손을 흔들며 또 보자고 말하려던 때였다. 여자애가 계산대 쪽을 보고 "아" 하고 외쳐서 기회를 놓쳤다. 무슨 일이지 싶어 산포도 그쪽을 봤다. 그저 할머니가 앉아서 작은 페트병으로 차를 마시고 있을 뿐이다.

여자애는 후다닥 계산대로 다가가더니 할머니를 가리켰다.

그리고.

"그거, 나도 같은 거 그려줘."

'그거'의 의미를 산포보다 할머니가 먼저 알아차렸다. 분명 산포가 이름 관련한 질문을 받은 것과 비슷하게 그거에 관한 소리를 들었겠지.

"이거?"

할머니가 소매를 걷어 올려 손목의 타투를 여자애에게 보여주었다. 산포도 전체를 보는 건 처음이었다. 덩굴이 손목부터 팔꿈치의 살짝 윗부분까지 팔을 타고 올라가 복잡한 무늬의 팔찌처럼 한 바퀴 휘감았다. 산포도 뒤늦게 여자애가 한 말을 머리로 이해했고, 시각으로 포착한 그것을 제대로 해석해 폭발할 정도로 흥분했다.

"응."

계산대를 향해 손을 뻗은 여자애, 도대체 어쩌려는 건지 산포는 무심코 어머니를 살폈다. 왠지 모르게 시선이 마주쳤다. 타투를 둘러싼 각종 이미지나 감정의 가능성을 불필요하게 알고 있는 어른 둘은 할머니의 대답을 반쯤 걱정하며 기다렸다.

나라면 수성펜 같은 걸로 비슷하게 그려주는 선택을 하겠지. 산포는 머릿속으로 시뮬레이션을 돌렸다. 언젠가 타투를 했는데 어린애가 같은 말을 한다면.

그런데 할머니의 대답은 달랐다.

"미안하구나, 이건 연필이나 매직으로 그린 게 아니어서 할머니는 못 그려."

"누가 그렸어?"

"할머니의 딸."

그, 그랬구나! 산포, 제삼자로서 크게 흥분.

동시에 아무도 모르는 산포의 마음속에 그림자가 하나 드리웠다.

"이건 문신, 혹은 타투라고 해. 멋있어 보이지만 지우려면 병원에 가야 하고, 뾰족한 바늘로 그리는 거라서 굉장히 아파."

여자애의 표정이 흐려지더니 팔이 스르륵 물러났다.

"그렇구나. 그럼 괜찮아……."

몸을 돌려 어머니에게 가려는 여자애의 움직임을 할머니의 목소리가 멈춰 세웠다.

"궁금하면 또 보러 오렴."

여자애의 눈이 다시 할머니 쪽을 향했다.

고민하는 건지, 할머니를 배려해서 자기 감정을 밝히지 않은 건지, 대답하는 행위에 긴장한 건지 본인에게 물어보지 않아서 모른다. 여자애는 한동안 말없이 할머니의 팔을 보더니, 곧 고개를 끄덕이고 어머니와 함께 가게를 나갔다.

조용한 가게 안에는 모녀가 오기 전과 마찬가지로 산포와 할머니만 남았다. 산포는 맞다, 하고 떠올리고는 아직 계산하지 않은 지우개를 계산한 뒤 다시 인사하고 가게를 나섰다.

모녀는 어느 길로 갔을까, 이미 모습은 보이지 않았다.

맑게 갠 가을 하늘 아래를 터벅터벅 걸어 산포는 집으로 향했다.

우연히 즐거운 이벤트에 참여할 수 있어서 좋았다. 오늘도 마음껏 즐겼다.

그런데도 아직 낮. 하루는 아직 절반 가까이 남았다!

더할 나위 없이 최고여야 할 터.

그런데 산포는 아무도 모르게, 화려한 하늘 아래에서 침울함에 잠겼다.

할머니와 여자애가 대화를 나누는 동안, 산포의 마음속에 한 방울 떨어진 먹물 같은 그림자가 물씬물씬 퍼졌다.

이유는 할머니도 그 여자애도 어머니도 아니다. 산포 자신이다.

누가 들으면 뭘 그런 걸로 침울해하냐고 코웃음을 칠지
도 모른다.

산포가 한 일은, 하려고 한 일은 아무에게도 들키지 않
았다. 들켜도 비난받지 않는다. 오히려 그게 정답일지도
모른다.

그래도 산포 본인이 잘못이라고 생각한다면, 그건 분명
잘못이라는 형태로 산포의 마음에 남는다.

거짓말을 하려고 했다.

만약 자신이 타투를 했고 그 멋진 여자애에게 똑같은
걸 그려달라는 말을 들으면, 적당히 얼버무리며 거짓말로
비슷한 걸 그려주겠다고 생각했다.

행동으로서 틀리진 않았을 것이다. 어쩌면 교육적으
로도.

그러나 그건 성의 없는 행위 아닐까.

여자애에게도 타투 자체에도, 또한 양쪽을 다 좋아하는
자신의 마음에도.

한마디로 가볍게 여겼다. 여자애의 호기심이나 타투라
는 문화, 또 여자애와 친구가 되고 싶은 감정과 언젠가 타
투를 하고 싶다는 마음을.

할머니는 달랐다. 진실을 정확하게 알려주고 대등하게
대해줬다. 그런데다 타투에 품은 애정까지 드러냈다.

연륜의 차이만은 아니리라. 사람으로서 성실성의 문
제다.

나는.

몸이 실제로 작아지진 않을까 싶게 마음이 움츠러든 산
포. 하다못해 음악이라도 듣고 마음을 북돋으려고 주머니
에 손을 넣으려다가 공작을 계속 쥐고 있던 걸 알았다.

공작을 보자 자기 손으로 원했던 것을 완성한 여자애의
구름 한 점 없이 맑은 얼굴이 떠올랐다.

아, 어떡해, 울 것 같아.

누구에게인지는 몰라도 글썽거린 것을 숨기려고 산포
는 고개를 저었다.

울기나 할 때가 아니야.

그 애 앞에서 떳떳한 인간이 되고 싶다.

당당하게 타투를 좋아한다고 말할 수 있는 인간이 되고
싶다.

산포는 깨달았다. 할머니의 타투가 멋있는 건 잘 어울리
기 때문이다. 용모나 복장 문제도 당연히 있겠지만, 무엇보
다 할머니의 마음이 몸에서 쉽게 지우지 못하는 문화를 짊
어지는 행위에 잘 어울렸다. 그러니까 반짝여 보였다.

산포는 자신을 살펴보고 아직 그런 마음은 없다는 걸
알았다.

산포는 평일 인적 드문 주택가를 걸으며 혼자 조용히 결심했다.

앞으로는 타투를 언젠가 하고 싶다고 말하지 않겠다.

타투가 어울리는 사람이 돼서, 죽기 일보 직전일 때라도 좋으니 반드시 하겠다.

간절히 바라고 노력해서 모양을 만들면, 아무리 자그마한 것이라도 분명 바라는 것이 될 테니까. 산포는 숙였던 고개를 번쩍 들어 앞을 봤다.

무기모토 산포는
산토리가쿠빈이 좋아

무기모토 산포는 연말이면 본가에 돌아가는 사회인이다. 같이 시간을 보낼 연인이 지금은 없고 친한 친구들은 연말연시에도 일하기 때문이기도 한데, 가장 큰 이유는 본가에서 뻔뻔하게 귀염받고 싶은 것뿐이다. 부모란 딸이 가끔만 돌아오면 마음껏 사랑해주는 법이다. 예상대로야.

고타쓰에 들어가 있으면 엄마가 귤을 가져다주고, 가만히 기다리면 아빠가 동네 과자 가게에서 미타라시 경단을 사다준다. 혹시 딸이라고 여기는 게 아니라 애견이나 애묘에게 먹이 주는 것처럼 '애산포' 취급하는 걸까 싶지만, 그저 아늑하게 지내면 그만인 산포는 그래도 딱히 상관없다. 가족의 애산포로서 앞으로도 잘 부탁한다고 말하고 싶다.

다만 넉살 좋게 그런 생각이나 하는 산포도 가정 내 입장이란 게 있어서, 그 나름대로 사명감 비슷한 감정이 있다.

산포도 연하의 응석을 받아주고 귀여워하고 편하게 대해주고 싶다. 후배나 초등학교 1학년 여자애 상대로 하지 못하는 일을 아무리 가정 내라지만 산포가 잘할 수 있으리라고는 도저히 상상이 안 가고 실제로도 잘하지 못하지만, 못하는 주제에 덮어놓고 사명감을 지닌다.

연말마다 이런 남에게 부담스러운 사명감의 대상이 되는 것은 뭘 감추랴, 산포의 쌍둥이 남동생이다.

"엄마가 산포도 장 보러 갈 때 데려오래."

"네에. 앗, 누나잖아?"

"그게 뭐 중요해."

"갖고 싶은 거 있으면 누나가 사줄 테니까 말해보렴."

"이제 나갈 거야."

1년에 고작 몇 번밖에 안 만나는데도 쌀쌀맞은 남동생이 거실에서 성큼성큼 나갔다. 고타쓰에 달라붙은 산포는 냉정하긴, 저래서 친구나 애인한테는 잘하나 모르겠네, 하고 걱정했는데, 아무래도 괜한 오지랖인가 보다.

아니 그보다 남동생이 있어? 쌍둥이?

산포가 가족 이야기를 하면 어지간한 사람은 이런 반응을 보인다.

그러나 아쉽게도 그들이 품은 기대에 전혀 부응하지 못하니까 너무 흥분한 반응을 보여도 면목 없을 뿐이다.

사진을 보여줘도 이란성이라 똑같이 생기지 않았다. 내면은 군데군데 비슷한 부분이 있으려나 싶은 느낌. 성급한 누나와 같이 자랐기 때문인지 남동생은 묘하게 차분하긴 하다. 쌍둥이끼리 뭔가 통하느니 기적이니 하는 건 판타지다. 동생이 운동 동아리 아침 연습을 하다가 뼈가 부러졌을 때 산포는 아무것도 모르고 연두부를 먹고 있었고, 산포가 실연의 상처에 빠졌을 때 동생은 집에서 아이스크림을 먹고 있었다. 누구 하나가 천재적이지도 않다. 둘 다 철두철미하게 평범한 인간. 어떤 점에서는 누구 하나가 부모에게 우대를 받거나 나쁜 의미로 편애를 받은 적도 있었을 테지만 그냥 어느 정도다. 결과적으로 그다지 재미없는 동갑 남매로 자랐다. 어른이 됐다고 딱히 관계성이 변하지도 않았다. 아직은 골육상쟁의 그림자도 보이지 않는다.

즉 쌍둥이지만 남에게 특별히 선보일 에피소드는 없다. 그래서 자기가 나서서 우쭐거리며 밝히진 않는다. 누가 물어보면 쌍둥이 남동생이 있다고 대답하는 정도다. 대부분 깜짝 놀란 반응을 보인다. 쌍둥이는 제법 많을 텐데 왜 그렇게 놀라는지 산포는 오랫동안 의문을 품었는데, 최근 들어 수수께끼가 풀렸다. 아마도 그들은 산포에게 쌍둥이가 있다는 말을 듣고 '이 세상에 산포 같은 녀석이 하나 더 있다니……'라고 생각한 거 아닐까? 아니, 무례하잖아.

코트를 입고 니트 모자를 쓰고 신발을 신고 밖으로 나왔다. "추버추버." 중얼중얼 버벅대며 이미 시동이 걸린 자동차 조수석 문을 열고 부랴부랴 탔다. 이제 막 시동을 켰는지 난방이 따뜻하지 않아 차 안에서도 내쉬는 숨이 새하얗다.

운전석에서 남동생이 스마트폰을 보고 있었다. 이쪽은 거들떠보지도 않는다.

"뭐 해?"

"라인."

"여친?"

"아빠한테 출발한다고 알리는 거야. 어차피 상점에서 술 드시고 계실 테니까."

"여친은?"

"자기 집에 갔지."

성실하게 대답하는 남동생을 보며 조금쯤은 수줍어해도 좋을 텐데 싶었다. 산포였다면 수줍어서 횡설수설할 것이다. 남동생은 산포의 연애에 흥미가 없는지 물어보지도 않지만.

잠시 후 뒷문이 열리고 엄마가 탔다. 산포가 안전띠를

맨 뒤 운전 담당이 천천히 차를 몰았다.

"출발, 갑시다!"

분위기를 띄우려는 산포의 말은 "아빠한테 연락했니?" "응, 확인했으니까 괜찮아요"라는 모자의 대화에 튕겨 나왔다. 뭐, 가족은 이런 법이다.

오늘은 12월 31일. 1년의 마지막 날.

세 가족은 쇼핑몰에 갔다. 올해 마지막 장을 볼 것이다. 저녁밥과 해넘이 소바, 또 아직 만들지 않은 설날 요리 재료, 술, 사는 김에 산포는 과자도 샀다. 정확히 말하면 바구니에 넣어두면 엄마가 알아서 사준다. 몇 살까지 이게 용인될까. 20대 중반이 되는 산포는 치킨 레이스*, 혹은 바벨탑을 쌓는 기분으로 이런 응석의 마지막이 내년인 건 괜찮아도 올해가 아니기를, 하고 매년 기도했고 일단은 매년 성공 중이다.

남동생의 운전은 부드럽고 안전하다. 남동생은 산포와 마찬가지도 내학교에 입학하면서 집을 떠났고, 그쪽에서 그대로 취직했다. 평소 일할 때 운전할 기회가 많은 모양이다. 본가에 오면 술 좋아하는 아빠를 대신해 늘 운전을

* 반대 방향에서 동시에 자동차를 몰아 정면충돌 직전에 먼저 핸들을 꺾는 사람이 지는 게임

담당한다. 참고로 아빠가 술을 마시는 상점이란 산포가 어
렸을 때부터 있던 술집으로, 아빠는 매번 인사하고 오겠다
고 하고서 돌아오지 않는다. 산포는 "자, 한잔해야지"라는
말에 "못 이기겠다니까" 하고 기쁘게 대꾸하며 술잔을 받
는 아빠를 상상한다.

참 평화로운 연말이다.

"피곤하면 누나가 운전할 테니까 언제든 말해."

"평화로운 연말에 죽긴 싫으니까 하지 마."

면허를 일단 가지고 있기만 한 장롱면허 산포는 모처럼
의 다정한 제안이 냉정하게 거절당해 얌전히 앞을 봤다.
진실이긴 해도 무례하잖아.

"다녀왔슴댜."

추워서 버벅댔다.

아빠는 아직 안 왔는지 대답이 없었다.

산포는 두 손에 든 비닐봉지를 일단 부엌에 내려놓았
다. 그런 다음 꼼꼼히 손을 씻고 입을 헹군 뒤 돌아와 솔선
해서 식량을 냉장고에 넣었다. 청어, 당근, 기린 맥주, 닭고
기, 미림, 아니지, 미림은 선반이야. 산포가 냉장고에 넣은
식량을 남동생이 다시 적재적소에 두는 게 보인 듯한데 일
단 내버려 두고, 산포는 코트를 벗어 던진 뒤 거실 고타쓰

에 미끄러져 들어갔다.

따뜻하, 지 않잖아! 후다닥 나와 전원을 콘센트에 꽂는데 현관에서 소리가 났다. 마침 아빠가 돌아왔나 보다.

"어서 오세요."

이번에야말로 테이블 모양의 따끈따끈 병기 고타쓰에 들어가 거실에서 아빠를 환영했다. 아빠는 "오냐"라고 반응하며 두 손에 든 비닐봉지를 고타쓰 위에 내려놓았다. 하나는 딱 봐도 술병이다. 또 하나를 살펴봤다. 네모난 상자.

"다 못 먹으니까 산포에게 주라더군."

먹을 거다! 동네 사람들에게도 완전히 애산포로 취급받으며 먹이를 얻어먹는다.

"열어봐도 돼요?"

대답을 듣기 전에 포장지에 찌이익 금이 갔고, 허락과 함께 뜯었다. 끄트머리 테이프를 뜯으면 깔끔하게 열 수 있다는 걸 나중에야 알았으나 뭐 어때, 어차피 버릴 거다. 뚜껑을 열어보니 안에는 개별 포장된 열두 개의 만주가 들어 있었다.

냉큼 하나를 들어 포장을 벗기고 먹었다. 말랑말랑.

"달아~ 너무 달진 않고."

납작한 만주. 갈색, 초콜릿 맛? 피에 흰 팥소가 들었다. 야금야금 얼마든지 먹을 수 있게 적당히 달아서 정말 맛있

다. 어디서 파는 과자일까. 갈기갈기 찢은 포장지를 들고
생산지를 찾았다. 시코쿠 쪽이다. 아빠는 산포가 그러거나
말거나 보지도 않고 고타쓰 옆에 놓인 소파에 앉아 텔레비
전을 켰다.

하나를 금방 먹고 두 개째를 덥석 먹으려는데, 남동생
이 거실에 들어와서 만주 하나를 집었다.

"이 누님의 만주를 특별히 나눠주마."

"커피 탈 건데?"

"마실랭～."

이런, 남동생에게 애교 부리는 소리를 냈지 뭔가.

"내가 타줄까?"

"벌써 물 끓으니까 됐어."

잠시 기다리자 고타쓰에 계속 앉아 있기만 한 산포 앞
에 김이 모락모락 나는 머그잔이 나타났다. 동생에게 고맙
다고 하고 한 모금 홀짝였다. 하아, 뜨끈뜨끈해.

남동생도 고타쓰에 들어오겠거니 싶어 산포는 쭉 뻗은
다리를 접었다. 그런데 아무리 기다려도 남동생은 그 공간
에 들어오지 않았다. 고개를 돌려 찾아보니 부엌 테이블에
서 유유히 커피를 마시고 있었다. 어이, 누님과 교류를 좀
해야지.

남동생을 귀여워할 마음 한가득인 산포는 어쩔 수 없이

고타쓰에서 나와 거실과 이어진 부엌의 테이블로 이동했다. 남동생이 의아한 시선조차 주지 않아 불만이지만, 소극적인 상대에게는 이쪽이 먼저 나서야 한다. 요즘 어떠니? 이런 전형적인 질문을 하려는 순간, 눈앞에 도마와 곤약과 작은 식칼이 놓였다.

"한가하면 썰어."

밥을 먹여주는 엄마의 지령에는 따를 수밖에. 산포는 손을 꼼꼼히 씻고 조림용 곤약을 처리했다. 곧 남동생 앞에도 도마와 식칼, 그리고 무와 당근이 놓였다. 나마스* 준비다. 그나저나 동생이 재료 하나만큼 작업 부담을 더 지고 있다는 게 누님으로서 좀 아니다 싶어 엄마에게 항의하자 돌아온 대답은 '적재적소'였다. 나도 밥쯤은 만들어 먹거든요. 툴툴거리며 곤약을 열심히 같은 크기로 써는데, 앞에서 작게 웃는 소리가 들렸다.

"산포, 다른 사람한테 만들어주진 않지?"

"무슨 의미야?"

"아니, 곤약이 부서졌어."

"평소에는 나만 먹으니까 괜찮거든요. 그리고 이 누님은 말이다."

* 일본의 설날 요리 중 하나로, 무와 당근을 얇게 썰어 초절임한 요리

남동생이 "흐음" 하고 대꾸하며 채소를 가지런히 써는 모습을 산포는 지켜보았다. 남이 썬 곤약에 트집 잡는 것도 이해될 정도로 당근을 완벽히 균일하게, 무보다 조금 더 가늘게 썰고 있다. 그러면 모양이 더 좋은가 보다.

남동생의 이런 꼼꼼한 면은 완전히 엄마에게 물려받은 것이다. 산포의 태평스러운 태도는 완전히 아빠에게 물려받았다. 아빠는 모두가 작업하는 와중에도 태연자약하게 텔레비전을 넋 놓고 보고 있다. 일하라고.

세 가족이 설날 요리를 준비하는 동안 밖이 점점 어두워졌다. 거실을 보니 아빠가 어느새 가스버너를 꺼내놓았다. 12월 31일에는 해넘이 소바도 먹어야 하니까 저녁을 다른 때보다 일찍 먹는다. 산포는 아무 간도 안 한 곤약을 집어먹고 구리긴톤*용으로 찐 고구마도 깨작였으나 저녁을 생각하자 입 안에 주르륵 군침이 돌았다.

언제부터인지 무기모토 가족의 연말 저녁은 매년 같은 메뉴다. 정말 정말 맛있는 스키야키다.

언제부터 그랬는지는 부모님도 잊어서 정확하지 않다. 산포가 어느 정도 컸을 때부터 연말에는 스키야키를 먹었

---

* 일본의 설날 요리 중 하나로, 설탕으로 버무린 고구마와 밤 조림을 섞은 달콤한 음식

다. 평소 산포가 사는 할인 스티커가 붙은 고기가 아니라 대나무 껍질에 싸인, 딱 봐도 고급스러운 고기를 쓴 호화로운 스키야키. 점심에 쇼핑몰에서 엄마가 그걸 사는 걸 목격한 후로 산포는 미친 듯이 날뛰는 위장을 진정시키느라 애를 먹었다. 이러니까 음식을 주워 먹지, 라고 변명하기.

설날 요리 준비는 일단 멈추고 저녁 준비를 시작하기로 했다. 다만 산포는 네 명분의 날달걀을 한꺼번에 들고 옮기려다가 하나를 바닥에 떨어뜨린 시점에서 엄마에게 레드카드를 받아 바로 퇴장. 떨어뜨린 달걀을 닦은 후로 거실 고타쓰에 앉아 네 명의 식기가 놓이는 모습을 멍하니 지켜보았다. 팔자 한번 좋다.

한 해의 마지막 날은 네 가족이 함께 보내는 것이 전통이다. 새해가 되면 외할머니, 외할아버지를 시작으로 친척들이 놀러 오는데, 마지막 날은 다들 큰이모 집에 간다. 북적거리는 것도 즐겁지만, 1년에 네 사람이 모이는 것도 몇 번 안 되니까 이렇게 가족끼리 보내는 습관도 괜찮다고, 사회인이 되어 집을 떠난 산포는 숙연히 생각한다. 뭐, 서슴없이 이것저것 묻고는 최종적으로 세상의 일반적인 행복한 삶을 설파하는 친척이 불편하기도 하다, 조금은.

어느새 고타쓰 한가운데의 가스버너 위에는 쇠 냄비가, 또 네 명분의 식기와 깨지지 않은 달걀, 2리터짜리 페트병

차, 산포와 남동생 앞에는 하얀 쌀밥, 산포와 아빠 앞에는 캔 맥주, 산포와 엄마 앞에는 채소 절임이 놓였다. 고타쓰 테이블이 이미 개전 직전인 것을 알아차린 산포가 허둥지둥 젓가락을 들었으나, 아직 아무도 자리에 앉지 않았다. 한가해서 오른손은 냄비를 향해 내민 채 왼손으로 오이절임을 아작아작 먹었다. 곧 남동생이 정면에 앉아 텔레비전을 보기 시작했다. 여전히 이쪽은 거들떠보지도 않는다.

"산포, 홍백가합전 본댔나?"

"응, 친구가 좋아하는 아이돌이 나와서. 다른 거 보고 싶어?"

"아니, 딱히."

정말 흥미 없다는 듯이 말하고 마침내 누나를 본 남동생은 순간 움찔하더니 "산포, 당뇨나 고혈압으로 죽는다"라고 몹시 불길한 소리를 했다. 이번에는 산포가 움찔했다. 그게 유일한 누님에게 할 소리냐고 한마디 하려는 바로 그때, 불룩한 대나무 껍질을 든 아빠가 등장. 저 안에 고기가! 저 안에 고기가! 어쩜 좋아! 마음속 환성과 축복 덕에 남동생의 무례한 말은 아무래도 괜찮아졌다. 오히려 남동생도 나름대로 누나의 몸을 걱정해준 거니까 다정하다고까지 생각했다. 눈앞에 스키야키만 있으면 사람은 자애로워짐이 틀림없다.

고기 한 점을 두고 남동생과 난투전을 벌였던 어린 시절은 없던 걸로 하고, 산포가 황홀하게 날달걀을 저어서 푸는 사이에 엄마도 도착했다. 모두가 고타쓰에 앉자, 아빠가 드디어 대나무 껍질 꾸러미를 끌러 안에 든 고기를 드러냈다.

"시, 신의 몸이다."

산포의 말에 신의 몸을 먹을 셈이냐고 누군가는 생각했을지도 모르나 아무도 말하지 않았다. 가족은 그런 것이다.

스키야키를 만드는 건 아빠 담당이다. 세상의 다른 아버지들과 똑같은지 딸이어도 알 수 없지만 산포의 아빠가 잘하는 요리는 세 가지다. 스키야키와 중국식 볶음밥과 고추잡채. 왜 중식 사이에 일식이 껴 있는지는 불명이다. 맛있으니까 딸로서는 아무래도 좋다. 물론 엄마가 만들어도 스키야키는 맛있겠지만, 굳이 검증할 필요는 없다.

"자, 굽는다."

의욕 넘치는 아빠의 외침과 함께 소기름을 두른 쇠 냄비에 빨갛고 하얀 고기가 공손하게 놓였다. 구수한 냄새가 자르르 올라올 때 재빨리 설탕과 간장을 넣어 지글지글 지글지글. 이때 산포의 입술 끄트머리에서 침이 조금 흐른다. 다 구운 최초의 고기 한 점은 산포가 풀어둔 달걀 안에 투하됐다. 열기에 지지 않고 냄비 위에서 버텼던 젓가락의 압박이 효과적이었나 보다. 남동생에게 먼저 줄까 아주 잠깐 생각했지만, 뭐 수십 초의 차이는 우주의 역사에서 보면 찰나도 안 되는 뒤처짐이니까, 하고 자기 욕망을 거스르지 않았다.

"우오오오오."

커다란 고기를 젓가락으로 집어 올리자 눈앞에 달걀과 지방으로 번쩍번쩍 오로지 아름다운 음식이 나타났다. 무심코 소리까지 냈으나 가족은 이미 새로 구워지는 고기에 열중하고 있어서 산포는 혼자 꿀꺽 침을 삼키고 입에 넣었다. 뜨거워. 다시 한번 후후 불고 입에 넣었다.

"으음, 으, 으아아아아."

말이 안 나온다. 녹아내린다. 하지만 넋을 놓으면 안 된다. 입에 고기의 여운이 남은 사이 재빨리 하얀 쌀밥을 욱여넣, 뜨거워. 다시 한번 후후 불고 쌀밥을 욱여넣었다. 하아아아아.

"행복이란 이런 거구나."

"경사 났네, 경사 났어."

마침내 딸의 말에 반응한 아빠가 새롭게 고기 한 점을 구웠다. 엄마를 보니 고기를 먹고 있다. 그렇다면 냄비의 고기는 동생 것이다. 강탈하면 화낼까.

누나로서 용서받지 못할 욕망을 억누르려고 산포는 다

시 밥을 먹는다. 젓가락에 남은 설탕과 간장 맛으로 밥을 먹었다. 단짠은 최강이다.

참고로 전에 산포가 조사해봤더니 아빠의 스키야키 조리법은 따지자면 간사이 방면의 조리법이라고 한다. 부모님 모두 평생 단 한 번도 간사이에서 살아본 적이 없다는데 아빠는 왜 간사이 방식으로 스키야키를 만들까. 물어보려고 생각한 적도 있으나 만에 하나 긁어 부스럼이 될 가능성이 머리를 스쳤다. 그래서 그만뒀다. 어른이니까 그런 위기 회피 능력을 일단은 갖췄다.

고기 몇 점을 먹고 그때마다 산포가 거의 승천하려는데, 냄비에 새로운 채소들이 투입됐다. 이제부터는 새로운 맛이 펼쳐지니까 또 좋다. 고기님도 아직 넉넉해 보여서 산포는 안심했다. 진정하려고 캔 맥주를 따 한 모금 마시고 스키야키 주변에만 향했던 시야를 넓히자, 텔레비전에서는 이미 홍백가합전이 시작했다. 화면 속에서 올해 인기 있었던 밴드가 공연 중이었다. 어라? 설마 그 친구 최애의 차례가 벌써 끝난 건 아니지? 꽤 초반에 나오는 것 같았는데.

"텔레비전 소리 키워도 돼요?"

가족의 허락을 받아 리모컨을 조작했다. 출연 순서를 조사하려고 스마트폰을 보니 라인 메시지가 와 있었다. 시끄러운 친구에게서. 어떡해, 이미 끝나서 감상을 묻는 거면 어떡하지. 스키야키를 탓해야지.

그렇게 생각했는데, 친구는 상기시키기 위해 라인을 보낸 것 같았다. 최애의 멋진 모습을 눈에 새겨달라는 내용이었다. 상황을 보아 아직 끝나지 않아서 다행인데, 지금 하는 밴드 다음인가 보다. 큰일 날 뻔했네. 스키야키를 악당 취급할 뻔했다. 스키야키는 나쁘지 않다. 스키야키는 언제나 옳다.

부드러워진 배추를 우물거리며 산포는 드디어 나온 친구의 최애 그룹을 주시했다. 멤버가 너무 많아서 주시하지 않으면 친구의 최애 멤버를 구분하지 못한다. 친구의 최애가 카메라에 잡힐 때마다 산포는 가볍게 손뼉을 쳤다. 이따금 스키야키 쪽을 살펴 고기가 아직 남았는지 확인하는 것도 잊지 않았다.

한 팀당 출연 시간은 아주 짧았다. 보려던 그룹의 순서가 금방 끝나서 산포는 다시 스키야키로 돌아와 얼른 고기 한 점을 먹었다. 맛있다아. 음미하던 중 스마트폰이 진동했다. 시끄러운 친구가 '봤니?'라는 라인을 보내서 '귀여웠어'라고 대꾸하고 다시 고기로 복귀했다.

그 후에도 '그거 말고는? 그거 말고는?' 하고 아이돌 덕후의 칭찬 재촉을 받았지만, 산포는 마침 밥을 더 푸러 갔었기에 아쉽게도 그 라인 메시지는 식사가 끝날 때까지 시선을 받지 못했다.

시간을 충분히 들여 고기와 채소를 만끽하고 우동까지 투하했다. 이때 이미 전쟁터에서 살아남아 젓가락을 움직이는 사람은 산포뿐이었는데, 마지막에 스키야키 맛이 스며든 달걀물을 밥에 끼얹는 것도 절대로 잊지 않았다. 이걸로 다 먹었다. 잘 먹었습니다.

"배불배불."

터질 듯한 배를 통통 두드리며 노는데 시선을 느꼈다. 남동생이 뭐라 표현하기 어려운 시선을 보내고 있었다. 뭐야 그 눈초리는.

"왜 그래?"

할 말이 있는 것 같아서 물어봤는데, 남동생은 질문에는 대답하지 않고 소파에 앉아 반주를 즐기는 아빠 쪽으로 시선을 돌렸다.

"산포가 시집갈 걱정은 안 해도 될 것 같은데요."

아빠는 아빠대로 산포를 힐끔 보더니.

"뭐 기대하지 않는다만."

이것들 해치워버릴까.

결혼하라고 재촉하는 것도 가당찮지만, 남이 자기들 마음대로 포기하는 것도 열받는다.

평일이었다면 위험했다. 그러나 오늘은 1년의 마지막

날이니 매우 관대한 마음으로 용서해주지. 대신 언젠가 누군가와 결혼하게 되면, 혼신을 담은 감동 연설을 해서 두 사람을 울리고 손가락질하며 웃어주겠다고 산포는 다짐했다. 1년의 마지막 다짐이 그런 걸로 괜찮으냐.

무례한 남자들은 무시하고 텔레비전을 봤다. 이번에는 아까보다 수가 적은 여성 아이돌 그룹이 나왔다. 올해 인기 있었던 아이돌이다. 산포도 텔레비전에서 본 적 있는 것 같다. 문득 생각나서 스마트폰을 보자 칭찬 재촉 라인이 쌓여 있었다. 무서워.

톡톡톡톡 라인에 답을 보내고, 산포는 자기 식기를 가지고 부엌으로 갔다. 도중에 엄마가 현상 공모로 받은 로봇청소기 룸바에 발을 잡아먹힐 뻔한 해프닝을 겪으며 식기를 싱크대에 놓았다. 가볍게 물로 헹궈서 식기세척기에 넣고, 냉장고에서 자몽 주스를 꺼내 마셨다. 산포가 좋아하니까 엄마가 사뒀다. 맛있어.

아 그렇지, 하고 생각난 산포는 고타쓰로 걸어가 쌓여 있는 남동생의 식기에 손을 뻗었다. 아까 시건방진 소리를 해댔지만 다정한 누님은 기름때와 함께 물에 흘려보낼 계획이었다.

"아, 고마워요."

응? 남이야? 내가 남이냐고? 같은 날 엄마 배에서 태어나지 않았나?

에이 그런 소리나 하다니 부끄러워서 그러는구나. 어엿한 누님 모드를 억지로 발동해 다정한 선배를 흉내 낸 것처럼 후후훗 미소를 짓고, 하는 김에 아빠의 식기도 가져가려다가 가족 전원에게 제지당했다. 틀림없이 떨어뜨릴 테니까. 무리하지 말아야지. 산포도 레드카드 두 장은 필요 없다.

결국 가족 모두가 식탁을 정리하러 집을 이리저리 오가고, 식기세척기를 작동한 후 식사하기 전에 그랬던 것처럼 다시 설날 요리 준비를 돕기 시작했다.

느긋하게 얼렁뚱땅 작업하다가 쉬고 뭔가 집어먹으며 시간을 보내는데, 어느새 부엌에 선 엄마 손끝에서 육수 냄새가 풍기기 시작했다. 소리만 듣던 텔레비전을 제대로 봤다. 아니, 홍백가합전이 엔딩을 앞두고 있었다. 시계를 보고 놀랐다. 벌써 그럴 시간이었다. 올해가 앞으로 15분 남았다.

엄마가 하라는 대로 어묵을 썰어 삶아둔 소바 위에 얹었다. 작년까지는 이걸로 완성이었는데, 올해의 산포는 개별 포장된 우동용 유부를 자기 것 위에 올렸다. 낮에 장 보러 갔을 때 샀다. 두 개 있어서 남동생에게 먹을 건지 물었는데 딱 잘라 거절했다. 아빠도 엄마도 됐다고 해서 어쩔 수 없이 자기 소바 위에 하나 더 올렸다.

넷이서 거실 고타쓰에 모여 소바를 놓고 준비 완료. 해넘이까지 앞으로 대충 5분. 소바를 먹으며 해넘이 순간을 맞이하는 것도 벌써 몇 년이나 이어진 무기모토 가족의 연례행사다. 잘 먹겠습니다.

새해맞이 준비를 하느라 줄곧 고생한 엄마에게 모두가 고맙다고 하고, 그래도 올 한 해 모두 열심히 살았다고 말하는 사이 해가 바뀌었다. 텔레비전에서 종소리가 들렸다.

언젠가 '해넘이 순간 지상에 없었습니다'를 해보고 싶은 산포지만, 올해도 소바에 열중하느라 깜박한 것을 매년 이 순간 떠올린다. 내년에야말로, 하고 텔레비전을 보며 결심하고 시선을 소바로 돌렸는데 이변을 깨달았다. 어라? 아직 하나가 동그랗게, 아니 네모나게? 아무튼 그대로 남아 있어야 할 유부가 없어졌다. 폴터가이스트? 올해 위험한 해야?

그럴 리 없지. 남동생을 보니 녀석의 그릇 안에 잔인하게도 잇자국이 남은 유부가 있었다.

"훔쳐 가다니!"

누나의 새해 첫 대사가 재미있는지 남동생이 사레들렸다. 컵으로 차를 마시며 "남겼길래"라고 실실 웃는다.

나중에 먹으려고 둔 건데! 유부에 미련 가득한 산포. 처음에는 남동생에게 주려고 했으면서.

남동생의 응석을 받아주겠다고 다짐한 것도 잊고, 내일은 남동생의 가즈노코*를 먹어주겠다고 다짐했다. 새해 첫 다짐이 그걸로 괜찮으냐.

동갑 남동생을 쏘아보며 새로운 마음으로 새해 복 많이 받아, 올해도 잘 부탁해, 그런 짓 또 하면 이번에야말로 죽여버린다, 라고 인사하고 소바 국물까지 전부 맛있게 잘 먹었습니다.

각자 쓴 식기를 정리하고, 아빠와 엄마가 가볍게 한잔하겠다고 해서 산포도 함께 어울리기로 했다. 등 뒤에서 남동생이 패딩을 입고 벽에 걸어둔 자동차 열쇠를 쥐었다.

"아, 잘 다녀와. 조심하고."

산포가 말하자, 남동생이 "응, 괜찮아" 하고 손을 흔들며 현관으로 사라졌다. 지금부터 동네 친구들과 만나 새해 첫 참배를 하러 신사에 간다나 보다. 운전해야 하니까 오늘은 술을 마시지 않았다. 당연히 그래야 하지만 분위기에 휩쓸리지 않다니 훌륭해, 훌륭해.

사케를 잔으로 홀짝이며 산포는 친구와 선배들에게 온 새해 인사에 답을 보냈다. 연하장을 받는 일이 줄은 요즘,

* 일본의 설날 요리 중 하나로, 청어알을 소금에 절인 요리

산포가 받아보는 연하장이라고 하면 회원 가입한 가게 혹은 엽서에서도 아름다움이 풍기는 그 친구가 보낸 것 정도다. 나머지는 기본적으로 라인이나 메일로 끝낸다. 평소 자주 연락하지 않는 사이라도 이럴 때는 연락이 오니까 살아 있다는 걸 알 수 있어서 기쁘다. 시끄러운 친구에게서는 이후 다른 방송에도 최애가 나올 거라는 라인이 왔다.

알기로 이 친구는 밤까지 일하고 동료들과 송년회 겸 신년회를 하며 새해를 맞이한다고 했다. 스마트폰을 들여다봐도 되는 건가.

'새해 복 많이 받아! 그 시간까지 깨어 있을지 모르겠어!'

솔직하게 라인을 보내고 산포는 다시 술을 음미했다. 연말과 연초의 이 유유자적한 분위기에는 자기 돈 주고 사지 않을 조금 비싼 술이 참 잘 어울린다.

고요해진 거실에 작은 소리로 흐르는 곡은 산포가 중학생 시절 인기를 끈 밴드의 노래.

시각은 새벽 3시를 지났고, 산포는 혼자 고타쓰에 들어가 직접 우린 차를 마시는 중이다.

아빠와 엄마는 1시간쯤 전에 잠들어서 산포 혼자 남았다. 왠지 이 특별한 분위기를 아직 더 느끼고 싶어서 멍하니 텔레비전을 봤다. 낮잠을 2시간쯤 잤으니까 억지로 깨어 있는 것은 아니다. 단순히 산포와 어울려주는 건지는 모르겠지만 새해가 된 후로 지금까지 몇 분마다 라인을 주고받는 상대가 있어서 지루하지 않았다.

올해는 어떤 한 해가 될까.

두 손을 고타쓰 이불 속에 넣고 턱을 고타쓰 위에 얹은 채 음악에 맞춰 고개를 흔드는데 현관문이 열리는 소리가 났다. 예상보다 빨리 돌아왔다.

"어서 와."

"다녀왔어. 아직 안 잤네."

"응. 사람 많았어?"

"그럭저럭."

그 말만 하고 남동생은 바로 거실에서 나가 위층으로 올라갔다. 그대로 잘 줄 알았는데 다시 1층으로 내려와 부엌에서 냉장고를 뒤졌다. 뭘 먹으려나 궁금해서 식탐 많은 산포는 빤히 지켜봤다. 식욕을 감지했는지 남동생이 힐끔 이쪽을 돌아봤다.

"산포, 마실래?"

"아, 응."

뭐야, 술이군. 반사적으로 고개를 끄덕인 건데, 뭐, 문제없느니라.

그렇게 됐으니 일어나 부엌으로 갔다. 냉장고 안에는 오늘 낮에 산 캔 맥주가 잔뜩 있었는데, 남동생이 "맞다" 하고 외치며 냉장고 앞을 떠나 "이왕이면" 하며 아빠가 마시고 선반에 둔 위스키 산토리가쿠빈을 꺼냈다. 그거 좋군!

산포는 시키지 않아도 냉동실에서 얼음 틀을 꺼내 잔두 개에 얼음을 세 개씩 담았다. 그런 다음 아무 생각 없이얼음 틀을 원래 자리에 넣었는데, 남동생이 곧바로 냉동실을 다시 열더니 얼음 틀에 남은 얼음을 냉동실 안에 따로보관하고 새로 얼음이 만들어지게 물을 부어 넣었다. 이런면 때문에 쌍둥이니까 닮았다는 소리를 못 하는 거라고 산포는 생각한다.

잔 두 개를 고타쓰로 가지고 가 앉아서 기다렸다. 곧 남동생이 위스키와 탄산수 페트병, 그리고 생수를 들고 왔다. 숫자로 졌다는 생각에 산포는 일어나 머들러를 가지고왔다. 이걸로 동점이다. 아니 대체 뭐가.

산포는 탄산수로, 남동생은 물로 희석하며 결국 귀찮으니까 손가락으로 휘저은 남매 둘은 건배도 하지 않고 같은타이밍에 술을 마신다.

산포는 엄청난 주당은 아니지만 대략적인 위스키 취향이 있다. 가게에서 하이볼을 주문할 때, 무조건 이게 좋다거나 이건 절대 안 된다는 고집은 없지만 이러는 게 좋다는 취향은 있다. 하이볼로 만든다면 산토리가쿠빈이 제일 좋다. 향기가 은은하게 달콤한데 너무 달짝지근하지 않고 깔끔하다. 병도 멋있다. 무기처럼 보인다.

술을 마시기 시작하고 알았는데, 본가에 오면 집에 늘 아빠가 마시는 가쿠빈이 있었다. 부모와 자식은 미각이 닮나 보다. 남동생의 혀는 어떨까. 물어볼까.

"평소에 뭐 마셔?"

"커피?"

"술 말이야."

"글쎄다, 뭐든 다 마시는데. 주로 맥주나 하이볼인가."

"나도."

그렇게 대화가 끝나 두 사람은 넋 놓고 텔레비전을 봤다. 이 의미 없는 대화는 대체 뭔가.

좀 더 알맹이 있는 대화를 해야지. 그래서 오렌지 렌지의 곡이 끝날 때를 맞춰 새로운 질문을 하기로 했다. 마침 남동생은 두 잔째를 만들려는 중이었다.

"참배하러 가서 뭐 빌었어?"

"남한테 말하면 안 이루어지니까 말 안 해."

"그거 소원을 비는 게 아니라 신한테 결심을 전하는 거래. 책에서 읽었어."

"뭐야, 그럼 뭘 빌었는지 왜 물어보냐."

"듣고 보니 그러네."

그렇게 또 대화가 끝났다. 이 의미 없는 대화 어게인은 뭔가.

모처럼 둘만 있는 이 순간에 조금은 남동생을 위해서 앞으로 인생의 지침이 될 만한 대화를 나누고 좋은 말을 들려주면 좋겠지만, 여유로운 시간 때문인지 술 때문인지, 아니면 그런 소리를 할 줄 아는 제대로 된 인간이 아니기 때문인지, 혼자서는 남동생이 원하는 말을 떠올리지 못했다.

"뭐, 뭔가 곤란한 건 없어?"

결국 깊은 고민이나 그럴싸한 포장이나 쇼맨십도 없이 정면으로 물어본다.

"뭐야, 갑자기?"

"누님으로서 들어줄까 싶어서."

"그게 뭐야. 음."

남동생은 이쪽을 보지도 않고 술을 꿀꺽. 일단은 생각해주나 보다.

"곤란하다기보다는, 집에 올 때마다 언젠가 내가 부모님이랑 같이 사는 게 좋겠다는 생각을 하긴 하는데."

"헉, 진심?"

놀랐다. 그리고 전율하기도 했다.

자기가 그저 응석을 부리려고, 하는 김에 남동생의 응

석도 좀 받아주려고 본가에 오는 와중 남동생이 그런 생각을 하는 줄은 몰랐다.

"진심이냐니. 언젠가는 생각해야 하잖아."

그건 그렇다. 산포도 부모님이 불로불사라고는 생각하지 않는다. 다만 그렇게 먼 미래 일은 지금 생각할 문제가 아닌 것 같아서, 또한 그걸 생각하면 언젠가 닥칠 부모님의 죽음을 긍정하는 것 같아서 뇌 한구석으로 추방해두었다.

"이 집에서 살지 따로 집을 지어야 할지도 문제고. 그래도 부모님의 주거 환경을 너무 바꾸는 것도 그렇고."

그런 것까지.

이 누나는 엄마가 귤을 줬어, 아빠가 미타라시 경단을 줬어, 라고 생각하는 동안에. 어이 너, 정말 내 쌍둥이냐?

"내, 내가 살 가능성도 있잖아!"

뭔가 누나로서 능동적인 모습을 보여줘야겠다 싶어 강하게 말해보았다.

"산포, 안 돌아올 거잖아?"

"어, 어째서?"

"그럴 것 같아."

으으으으, 내가 응석만 부리니까? 아무 생각이 없는 것 같으니까? 아니면 처음부터 나를 신용하지 않으니까? 남동생의 언외에 담긴 듯한 강렬한 각종 디스에 순간 산포는 부글부글 머리에 피가 솟구칠 뻔했다. 뻔한 게 아니라 실제로 한 번은 피가 솟구쳤는데, 자유낙하하듯 바로 가라앉았다. 남동생이 의미 없이 자신에게 상처를 주진 않을 테니까.

"나, 그렇게 훨훨 날아갈 것 같은 느낌이야?"

"날아갈지는 모르겠는데, 우리 둘 중에서는 산포 쪽이 어디서든 살 수 있는 사람일 거야."

과연, 적응 능력이 있다는 소리군. 하지만 그렇지도 않은데. 아무리 생각해도 남동생 쪽이 어디서든 잘 살 것 같다. 다소 낯을 가리긴 해도 누나 정도는 아니다. 직장에서 호랑이 교관에게 혼쭐나지도 않을 텐데. 대체 뭘 보고 누나 쪽이 어디서든 살 수 있다고 생각했을까.

"둔감하다는 거야?"

"……아니, 오히려 민감하니까 그럴 것 같다는 거야."

"민감하다고?"

"설명하기 어려우니까 됐어."

아, 내빼다니. 남동생이 술을 꿀꺽 마시고 일어났다. 남동생은 잔을 물로 헹구고 식기세척기에 넣었다.

"산포, 언제까지 있을 거야?"

"3일에 돌아가려고. 4일부터 출근이니까."

"그럼 이번에는 내가 하루 먼저네. 잘됐다."

"잘됐다고?"

남동생이 냉장고에서 500밀리리터 페트병 차를 꺼냈다.

"네가 남는 게 아무래도 쉽거든."

"……흐응."

산포는 멍청하게 맞장구를 치며 남동생을 향해 고개를 몇 번인가 끄덕였다.

남동생과 부모님은 사이가 아주 좋아 보이지만, 그런 것과는 종류가 다른 이야기인 걸 산포도 대충 눈치챘다.

남동생도 나름대로 가족을 배려하는 부분이 있을 것이다.

이런 건 누구의 잘못도 아니다. 문제라고 할 것도 없고, 딱히 싫어하는 것도 아니다. 그래도 해결될 수 있다면 조금은 편해지리라. 사람과 사람이 관계를 맺을 때면 누구나 적절한 거리감을 바라곤 한다. 이는 정말 별것 아닌 계기로 상황이 좋아지거나 나빠지는데, 상대가 가족이라고 해서 무조건 해결되는 것은 아니다.

본가에 올 때, 즐거우면서도 머리카락 네 가닥쯤 긴장하는 산포는 남동생이 하는 말을 이해했다.

"그거 잘됐다."

정말 잘됐다.

그렇다면 모르는 사이에 산포의 사명도 조금은 달성한

셈이다.

의도적이진 않으니까 남동생을 귀여워하거나 응석을 받아주는 것과는 조금 다르지만.

"그렇게 생각한다면 내가 하는 말을 좀 받아주란 말이야."

"대충 흘려듣는 정도가 좋아, 누나는."

그러면서 남동생은 2층으로 올라가는 계단으로 사라졌다. 전반의 말은 간과할 수 없는 면이 있으나, 쉬운 여자 산포는 남동생이 무심하게 쓴 누나라는 말에 아이고 정말이지 어쩔 수 없네, 하고 히죽거리면서 자기도 하이볼을 다 마시고 잔을 정리한 뒤 텔레비전을 끄고 1층 세면대에서 이를 닦았다.

치카치카를 하며 남동생의 응석을 받아주겠다는 사명감을 불태웠지만 이 정도가 너무 받아주는 것이 아니라 딱 좋을지도 모른다고 생각했다.

열심히 치카치카하고 우르르 퉤한 뒤, 소매로 입을 닦고 일단은 생각에 마침표를 찍는 기분으로 별생각 없이 중얼거렸다.

"그나저나 귀여운 남동생이야."

진심으로 튀어나온 그 말을 양치질하러 온 남동생이 바로 뒤에서 듣는 바람에 그렇게 말한 본인이 올해 1년을 침

대에서 괴로워하며 몸부림치게 될 것을, 앞으로 0점 몇 초
간은 알 방도가 없다.

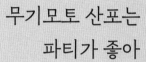

무기모토 산포는
파티가 좋아

무기모토 산포도 행복한 하루가 있다. 일상에는 비극과 희극이 교차한다. 밥은 맛있지만 일하러 가기 싫다거나, 날씨는 좋지만 혼났다거나, 즐겁게 라인 메시지를 주고받다 갑자기 답이 오지 않는다거나 등. 고민과 후회가 행복을 웃돌 때도 있으니 너는 만사태평해서 좋겠다는 소리에 '뭣이?'라고 발끈하는 산포에게도 행복 가득, 온몸이 즐겁고 기쁘고 정말 좋아로 꽉 차는 날이 있다. 사실 엄청 팬은 아니지만 산포에게도 드림스 컴 트루* 같은 하루가 있다.

---

* 1988년부터 활동하는 일본의 유명 팝 밴드로, 유명한 노래로 '즐거워! 기뻐! 정말 좋아!'가 있다.

생일? 뭐 그럭저럭.

크리스마스? 어릴 적에는 그랬지.

밸런타인데이? 내가 초콜릿을 먹는 날이 아니잖아.

1년에 한 번 반드시 찾아오는 것은 아니다. 좀 더 희귀한 날. 희소가치가 높은 날. 다양한 것이 완벽하게 맞아떨어지지 않으면 실현되지 않는 날.

산포가 온몸으로 행복을 체험하는 그날, 그 이벤트는 바로 결혼 파티다.

때는 산포가 본가에서 느긋느긋 폭신폭신 보낸 연말연시에서 3개월 정도 거슬러 올라간다. 오늘도 열심히 일했어요 혀가자미 뫼니에르라고 자주 듣지만 먹어본 적은 없어~♪ 하고 얼렁뚱땅이라기에도 지나친 콧노래를 흥얼거리며 앞치마를 벗는 산포에게 누가 말을 걸었다.

"산포, 밖에서 잠깐 볼까?"

"헉, 그럽죠."

오랜만에 등장한 옛날 사람 산포가 아니다. 버벅댔다.

무서운 누님의 호출이다. 무슨 짓을 저질렀던가, 마침내 도서관 뒤뜰에서 얻어터지는 건가, 그러면 최소한 그 시간도 시급을 받고 싶은데 이미 타임카드를 찍었잖아, 하고 산포가 얄팍한 생각을 했는데 그게 아니었다.

"나 이번에 결혼하는데."

"엑."

주차장에서 본인이 타고 온 오토바이 옆에 서서 조금 수줍어하는 동시에 수줍어하는 게 더 부끄러우니까 그 수줍음을 감추고 싶은 티가 나는 선배의 담백한 보고를 듣고 산포는 순간 얼어붙었다. 왠지 모르게 자기 눈썹을 한 번 만지고 산포는 비명을 질렀다.

"에에에엥."

울 정도로 기쁜 것도 아니고 좋아하는 사람이 결혼해서 슬픈 것도 아니다. 단순히 놀라 비명을 지르자, 처음부터 산포의 행동을 예측했던 것처럼 선배가 입을 틀어막았다. 위험했다, 선배가 막아주지 않았으면 산포의 입에서 그 시끄러운 친구 못지않은 커다란 소리가 터져 나와, 그 성량으로 사람도 건물도 날려버리고 날씨가 사나워지고 이 세계에 빙하기가 찾아올 뻔했다. 공공장소에서 시끄러운 친구가 소리를 지를 때 산포가 품는 이미지다.

"시끄러워."

"죄, 죄성합니다. 그그그그그나저나 추, 축하드려."

너무 흥분해서 마지막 '요'가 어디론가 사라졌다.

"고마워."

"같이 사시는 분이죠! 경사 났다!"

말해놓고서 혁, 만약 아니라면 혀를 깨물 수밖에 없겠다고 생각했는데, 무서운 선배는 그렇다고 고개를 끄덕였다. 산포, 자칫하면 바로 오늘 자기 혀를 먹을 뻔했다.

"그래서 친척이 참석하는 결혼식은 고향에서 할 거지만, 둘 다 직장은 이쪽이라 친구도 이쪽에 더 많아서 말하자면 결혼식 1.5차 같은 걸 할 생각인데."

"그, 그게 어떤 거죠?"

"피로연보다는 편하지만 2차보다는 격식 있는 거, 뭐 이런 의미 아닐까."

"호오오."

"명칭이야 됐고. 그래서 괜찮다면 산포도 와줄 수 있나 해서."

"호오으읍!"

과한 소리가 나온 것을 알고 이번에는 직접 입을 틀어막는 산포. 그래도 주차장을 걷던 3인조 학생이 뚫어지게 쳐다봤다. 일단 한 번 꾸벅 고개를 숙였다. 무시하네.

그보다.

"갈래요! 당장 갈래요!"

"당장 하는 건 아닌데."

후보로 생각하는 일정을 몇 개 들어보니 몇 달 후, 그것도 해가 바뀌고 바로가 아닌가. 뭐야~.

"정말 기대하고 있을게요, 있을게요."

뭔가 대사가 한 번 많았으나 어쨌든 어른스럽게 선배 앞에서는 냉정함을 되찾은 모습을 보였다. 산포가 생각하기에는.

그러나 일단 끓어오른 흥분은 그렇게 쉽게 가라앉지 않았다. 완전히 흥분에 벅찬 산포는 그날 밤 크로켓을 잔뜩 사서 배불리 먹었다. 슈퍼에서 반값 세일이었다. 갓 튀긴 것도 좋지만 시간이 지나 흐물흐물해진 크로켓도 좋아한다. 데워도 맛있고 안 데워도 맛있다. 상온의 텁텁한 식감도 좋아한다.

아니, 크로켓 얘기는 됐어. 크로켓도 정말 소중하지만 지금은 됐어.

아무튼 산포는 그날부터 무서운 선배의 결혼 파티를 애타게 기다리게 되었다.

선배는 그 후로도 도서관 사람들 한 명 한명과 대면해 결혼 소식을 착실하게 전달했다. 사실은 자기보다 먼저 무서운 선배의 결혼 소식을 들은 이가 몇 명 있다는 것을 알고 산포는 내가 첫 여자가 아니라니! 하고 부루퉁하기도 했지만, 파티 때까지 진정할 줄 모르는 의욕을 어떻게든 소화하기 위한 장난이었기에 당연히 순서는 아무래도 좋았다.

다정한 선배에게 어떤 옷을 입고 가야 하는지 상담하고, 일본에서 이런 이벤트에 가는 건 처음이라는 후배와 파티가 열릴 레스토랑 홈페이지를 보며 꺅꺅거리고, "결혼할 남성은 영악하게 자빠지거나 버벅대지 않으려나? 이름에 이상한 숫자가 붙진 않았을까? 너는 그런 이상한 놈한테 붙잡힐 운명 같아 보이네?"라는 소리를 늘어놓는 이상한 선배를 "캬악" 하고 위협했더니 의외로 시간이 빠르게 흘러서, 파티 당일은 산포가 처음 상상했던 것보다 훨씬 빠르게 찾아왔다.

그날 아침, 산포는 잠에서 깨자마자 "마침내 왔구나!" 하고 외쳤다.

생각보다 큰 목소리가 밖에까지 울렸는지 그에 반응하는 것처럼 까마귀가 깍깍 울었다. 옆집에도 틀림없이 들렸겠지. 전해지지 않겠지만 양쪽 벽에 대고 손을 모아 사죄했다. 죄송합니다.

그래도 이 흥분을 억누를 수 없단 말이야. 아침을 먹고 이를 닦고 안절부절못하며 오늘을 위해 드라이클리닝 해둔 소매 있는 겨자색 원피스를 옷장에서 꺼냈다. 침대 위에 펼쳐 놓고 보니 주름 하나 없이 완벽해서 감동했다. 격식 차린 옷은 몇 벌 없고 웬만해서는 안 입지만, 그건 이런 옷을 싫어해서가 아니라 기회가 없으니까. 아름다운 옷을

입고 외출할 수 있다는 사실도 오늘 산포의 기분을 북돋아
주었다.

그러나 파티가 열리는 건 밤이다. 머리를 하러 미용실
에 갈 때까지 아직 시간이 남아서 산포는 옷을 일단 옷장
에 다시 넣었다. 침대 위에 놓아두면 깜박하고 위에서 뒹
굴었다가 주름이 생길지도 모르니까.

오늘과 내일, 산포는 근무표 사정상 드물게도 이틀 연
속 휴일이다. 거기에 결혼 파티 출석이라는 이벤트가 생기
다니 그야말로 떡 본 김에 제사 지낸다고 생각했는데, 속
담 활용이 틀렸다. 그러나 당일이 되니 들썩들썩 들뜬 이
기분을 어떻게 정리해야 할지 모르겠다. 일을 하는 게 나
았을지도 모른다. 독서에도 게임에도 집중이 안 된다.

결국 외출할 때까지 안절부절못했고, 그러면서도 점심
만큼은 쌀 한 컵 반을 써서 달걀덮밥을 만들어 배부르게
먹었다. 밤에는 우아하게 이탈리아 요리를 먹으니까 일부
러 후추를 잔뜩 뿌려 거친 맛을 냈다. '일부러'라는 말이
실수를 감춰준다고 생각한 탓에 일하면서 마구 써먹다가
무서운 선배에게 야단맞은 적이 있다. 오늘은 서로 야단치
고 야단맞는 관계성은 없었으면 좋겠다.

드디어 날이 저물어 "마침내 왔구나" 하고 이번에는 조
용히 중얼거리고, 산포는 원피스를 다시 옷장에서 꺼내 얼

른 입었다. 이어서 화장을 안 한 걸 간신히 떠올려 서둘러 시작했다. 안절부절못할 때 해둘 걸 그랬다고 지극히 마땅한 생각을 하며, 평소보다 조금 또렷하게 화장하고 오랜만에 꺼낸 파티용 백에 스마트폰과 지갑 따위를 잠영사수하면 준비 완료. 요즘 유튜브에서 자주 본다.*

자, 레츠 고! 현관까지 가서 평소 거의 안 신는 굽 있는 펌프스를 꺼내려는 시점에서 지금이 1월인 걸 깨닫는다. 원피스 차림으로는 아무리 기초 체온이 높은 산포라도 죽는다. 다시 거실로 돌아가보니 난방이 훈훈하게 켜진 상태여서, 이러니까 새우로 잉어를 낚는 형태가 됐다고 생각했으나 속담 활용이 또 틀렸다. 기본적으로 먹을 것과 연관해 속담을 파악하는 산포. 코트를 입고 난방을 끄고 다시 출발. 산포는 오늘 이 경사스러운 날에 실수로 머리가 눌리거나 뻗치지 않도록 저렴한 단골 미용실로 향했다.

"코트를 보관하겠습니다."

"가, 감사합뉴다."

버벅댔다.

---

* 잠영사수는 만화 《나루토》에 등장하는 술법으로, 뱀 여러 마리를 소환해 공격하거나 신체 일부로 활용하는 것이다. 유튜브에서 "잠영사수(센에쟈슈)"라고 외치며 손을 내밀거나 손으로 뭔가 파괴하는 동영상을 볼 수 있다

입구에서 접수와 축의금 전달을 마치자 다가온 턱시도 형씨에게 코트를 맡기고, 번호가 달린 팻말을 받았다.

가게 안쪽을 살짝 들여다보니, 평소라면 앞을 지나기만 해도 눌린 머리가 부끄러워질 훌륭한 레스토랑이었다. 약간 겁먹은 채 산포는 안으로 들어갔다. 오늘은 괜찮다. 프로에게 맡겼으니까.

"산포 선배, 다리 괜찮으세요?"

"아, 으, 응. 괜찮아."

옆에서 머리가 아니라 다리를 걱정하는 소리가 들려왔다. 아까 도착 타이밍이 맞은 후배와 같이 계단을 올라오다가 기다렸다는 듯이 거리감을 실수해 한 단을 잘못 밟는 바람에 무릎을 세게 부딪쳤기 때문이다. 레스토랑이 2층이었다는 것과 익숙하지 않은 하이힐이 파멸을 불러왔다. 도서관에서 그랬다면 으악 당했어, 하고 뒹굴어도 좋았겠지만, 바닥 카펫과 주위 사람들의 시선이 산포의 무릎과 마음을 지탱해줬다.

괜찮아, 괜찮아, 맨날 넘어져서 익숙하니까. 무릎도 제법 단련됐을 것이다. 그 증거로 부러지지 않았고 피도 안 났고, 멍이 들었을지는 몰라도 다행히 원피스 아래여서 보이지 않는다.

아니, 무릎 이야기는 됐다. 무릎도 소중하지만 지금은

됐어.

레스토랑 안은 벌써 수많은 사람의 대화 소리로 화기애 애했다. 이 목소리 전부 축복하는 마음에서 우러났다고 생 각하자, 산포는 실체 없는 행복감에 전율했다. 아드레날린 이 통증으로부터 산포를 지켜준다.

자리는 지정석이니까 레스토랑에 도착하면 직원한테 말을 걸면 돼. 선배는 그렇게 말했지만 그럴 필요 없이 아 는 얼굴들이 보였다. 후배와 함께 가볍게 손을 흔들며 선 배들이 기다리는 새하얀 테이블크로스가 깔린 네모난 테 이블로 다가갔다.

"안녕하세요."

"둘 다 귀엽다!"

도착하자마자 다정한 선배가 칭찬했다. 산포는 에헤헷 웃었다. 후배도 수줍게 웃었다. 옆에 선 후배의 원피스는 진한 초록색으로, 산포가 봐도 디자인과 색이 늘씬한 키에 잘 어울렸다. 멋져.

"선배님들도 정말 멋있으세요!"

이렇게 바로 대답하는 순발력, 산포도 원한다. 욕구가 있다는 것은 부족하다는 뜻이다.

후배의 말처럼 선배들도, 지금 와 있는 사람 중 남성 한 명은 양복, 여성 세 명은 원피스로 평소 보지 못하는 격식

차린 분위기라 신선했다. 칭찬해준 다정한 선배는 하늘색 원피스에 하얀 볼레로를 겹쳐 입어 청초한 느낌이 물씬 풍겼다.

"자리, 어떻게 하죠?"

도서관 직원 중 오늘 여기에 온 사람은 총 여덟 명.

8인용 테이블에 이미 와 있던 다정한 선배 포함 네 명이 자리를 띄우고 앉아 있었다. 산포는 이럴 때 어디 앉아야 할지 아직 잘 모르겠다. 대충 나이 많은 사람이 상석에 앉는다는 것쯤은 아는데, 상석이 어디인지를 모르겠다. 아, 그래도 남성 팀장이 안쪽에 앉았으니까 혹시 나이가 아니라 도서관에서의 지위순일지도 모르고, 에잇 도착한 순서대로 채워서 않으면 될 것을.

고민하는데 다정한 선배가 "다들 각자 감각대로 적당히 앉은 거니까 괜찮아"라고 알려줬다. 네 센스에 달렸다는 소리로 들려 공연히 더 어려워졌다.

연상으로서 후배에게 뭔가 어른의 예절이나 감각을 보여주고 싶었지만 그런 건 없고, 구석에 앉은 다정한 선배 앞에 두 자리가 마침 비었으니까 둘이 같이 거기 앉았다.

"산포, 여기 요리가 맛있대."

"에헤헤."

무심코 식탐 넘치는 마음의 소리가 그대로 나와버렸다.

그렇다, 아까부터 레스토랑 안에 치즈 같은 냄새나 채소를 굽는 냄새가 풍겼다. 원피스에 흘리지 않게 주의해야겠다. 앞치마가 있으면 좋겠지만 이런 가게에서 줄까. 아니면 이런 자리에서 흘리고 먹을 만큼 걸신들린 사람은 없나. 앗, 하지만 모처럼 본격 이탈리아 요리인데?

"그 애도 신랑도 친구가 많네."

다정한 선배의 말에 산포는 후각에만 집중했던 능력을 시각에도 나눠주었다. 주위를 둘러봤는데, 굳이 그럴 것도 없이 도착한 시점에서 레스토랑 안은 사람들로 가득했다. 그 무서운 선배가 어떻게 친구를 사귀었는지 궁금하다. 덧붙여서 어떻게 남성과 사귀는 사이까지 갔는지, 결혼하자는 약속을 이루었는지 몹시 신경 쓰인다. 엄청시리 신경 쓰인다. 엄청시리가 어디 사투리지?

아무튼 다른 사람 앞에서는 그렇게 무서운 얼굴은 하지 않으리라 상상하자 산포는 왠지 웃음이 나서 "아하하" 하고 웃었다.

"어, 아, 아, 여러분, 안녕하세요. 괜찮으시다면 지금 음료를 골라주세요. 저쪽 카운터에서 각자 주문하는 방식입니다. 소프트드링크도 있습니다. 신랑 신부가 입장한 후에 자유롭게 음료를 주문하셔도 괜찮습니다만, 미리 말씀드리자면 잠깐은 일어나기 어려운 분위기가 될 테니 부디 여유를 두고 음료를 확보해주세요."

마이크를 통해 갑자기 울려 퍼진 듣기 좋은 음성에 레스토랑 안에 경쾌한 웃음이 피었다. 저 사람이 오늘 사회를 맡은 언니인가. 산포는 마이크를 쥐고 화장실과 흡연실 위치를 설명하는 여성을 확인한다. 원피스는 크림 같은 베이지색. 무서운 선배의 대학 시절 친구인 것 같았다. 저렇게 우아해 보이는 언니와 도대체 어떻게 친구가 됐는지 신경 쓰(생략).

다 같이 가자는 분위기가 돼서 음료를 확보하러 일어났다. 마이크의 재촉을 받아 줄줄이 카운터로 향하는 인파의 흐름을 타고, 곧 잔이 잔뜩 놓인 곳에 도착했다. 열 종류쯤 되는 음료 중 좋아하는 것을 고르는 방식이다. 산포가 으음 하고 고민하는데 카운터 안에서 잔에 맥주를 따르던 형씨가 "거기 없는 것도 만들어드릴 테니 말씀하세요"라고 말하며 메뉴를 가리켰다. 아니, 점점 더 고민되잖아.

모두 뭘 집었는지 참고하려고 주위를 확인했으나 도서관 멤버는 이미 한 명도 없었다. 두고 가다니! 허둥지둥 길쭉한 잔에 담긴 스파클링 와인? 아마 그러리라고 눈으로 판단하고 손을 내밀었는데, 옆에서 누군가 잔을 낚아챘다. 어디서 뭐 하는 놈이야, 이 심술쟁이는. 반사적으로 손 쪽을 확인했다.

"일하지 않은 산포에게 줄 술은 없어."

거기 선 사람은 이상한 선배였다.

"본인이다."

"뭐가?"

"아, 아니요, 저도 모르게."

아, 놀랐다. 그야말로 심술쟁이 본인 등장이라고 생각해 말해버렸다. 에헤헤 웃으며 산포는 직원이 새로 따라준 스파클링 와인을 들고 이상한 선배와 함께 자리로 돌아왔다. 그랬더니 테이블에는 도서관 멤버 전원이 모여 있었다. 다들 산포를 제치고 마실 것을 확보한 상태였다. "고생하셨어요" "수고" 하고 대화를 나누며 자리에 앉았다. 이상한 선배는 후배 정면, 다정한 선배 옆에 앉았다. 참고로 이상한 선배의 복장은 감색 바지 정장. 산포보다 훨씬 어른스러운 차림이다. 성격은 대체 어디가 어른인지 모르겠지만!

자, 모두 모였는데 요리는 언제 나오지?

"산포, 이제 곧 건배할 거야."

요리 이미지를 안주 삼아 얼른 잔에 댄 입을 다정한 선배의 말이 막았다. 흔들린 잔에서 흘러나온 한 방울이 테이블크로스에 떨어졌다. 아아아. 자리에서 일어나 포크와 나이프가 놓인 곳에서 물수건을 들고 와 테이블크로스를 닦았다. 다행히 원피스는 무사했다. 그렇구나. 하긴, 하겠지, 건배.

"고맙습니다. 이, 이런 거 익숙하지 않아서."

"아니야. 누가 뭐라고 하진 않는데, 처음 한 모금은 신랑 신부랑 다 같이 마시는 게 맛있지 않을까 해서."

우후훗 웃는 다정한 선배. 그럼, 그렇고말고. 맛이 달라지진 않아도 그때 한 모금에는 더 많은 행복이 담겨서 틀림없이 맛있을 거다. 후우, 위험할 뻔했다. 어른스럽고 다정한 선배에게 감사 감사.

선배들, 그리고 후배와 한바탕 수다를 떠는데, 곧 레스토랑에 흐르던 음악 소리가 조금 커졌다.

"여러분, 곧 오늘 파티를 시작하려고 합니다. 서 계신 분들은 일단 자리로 돌아가주시면 감사하겠습니다."

오오, 이 타이밍에 음악이 커지다니, 산포는 콘서트가 시작하는 것 같다고 생각했다. 모두 서둘러 자리에 앉자 사회자 언니가 에헴 헛기침하고 다시 마이크를 입 가까이에 댔다.

"여러분, 오늘 바쁘신 와중에 이렇게 참석해주셔서 감사합니다. 신랑 신부를 대신해 진심으로 감사 인사를 드립니다."

언니가 자기 이름을 말하며 꾸벅 고개를 숙인다. 아니에요, 무슨 말씀을. 산포도 고개를 꾸벅.

오늘 요리는 커다란 접시에 나온 것을 덜어 먹는 스타일이라는 설명, 다시금 음료 안내, 기타 여러 규칙 설명을 마친 뒤 "그럼" 하고 언니는 몹시도 뜸 들이며 말했다.

"오래 기다리셨습니다. 오늘의 주역, 신랑 신부 입장입니다. 여러분, 성대한 박수로 맞아주세요."

조명이 조금 어두워지고 흐르던 음악이 멈추더니 지금까지보다 훨씬 더 축복이 넘치는 피아노곡으로 바뀌었다. 산포는 클래식에 조예가 없지만 이 곡은 들어본 적 있다. 아주 유명한 곡이겠지. 참고로 꽈과과광~ 하는 그 곡은 아니다.

장내 분위기가 행복으로 떨리는 것 같다.

곧이어 저 안쪽에 조명이 비췄다. 으아, 이 레스토랑 대단하네, 라는 감상은 됐고, 빛의 종착점에 해당하는 문이 열린 뒤 순백의 정장을 입은 키 큰 남성에게 기대 새하얀 드레스를 입은, 분명 익숙할 터인 여성이 수줍게 웃으며 나왔다. 휘몰아치는 박수. 한 걸음 한 걸음, 두 사람이 본인들 자리까지 걷는 동안, 곡이 클라이맥스로 향하는 것처럼 박수 소리가 커졌다.

산포는 박수의 파도에 조금 늦게 올라탔다.

"예쁘다."

산포의 입에서 누군가에게 들려주려는 의도 없는 말이

나왔다.

선배가 입은 드레스, 전체적인 디자인은 웨딩드레스치고는 심플하다고 할 수도 있을 것이다. 하이웨이스트 위치에 달린 레이스 리본부터 단이 졌고 스커트는 너무 부풀지 않고 자연스럽게 퍼졌다. 그게 선배의 늘씬한 몸에 부담 없이 맞았다. 결혼 피로연은 아니니까 길이는 짧은데, 덕분에 화려한 웨딩슈즈가 더욱 강조된다. 산포가 나중에 조사해보니 가슴 위치에 단을 내고 스커트를 과하게 퍼뜨리지 않는 저 디자인을 엠파이어 라인('이름이 멋있어'), 복사뼈보다 위까지 오는 길이를 미몰레('이름이 버섯 같아')라고 한단다.

드레스가 진짜 예쁘다. 아니 물론 그걸 입은 선배도 몹시 예쁘다. 그러니까 엄청시리? 어디 사투리여?

시간이 멈춘 것처럼 넋을 잃어 박수를 깜박한 산포를 주시하는 사람은 한 명도 없었지만, 퍼뜩 정신을 차리고 허둥지둥 온 힘을 다해 손뼉을 쳤다. 손이 폭발해도 좋다. 아니지, 역시 안 된다, 이다음에 맛있는 요리를 못 먹으니까.

신랑 신부가 옆으로 나란히 앉는 자리에 도착했다. 박수가 그치기를 기다려 사회자 언니가 "그럼 신랑 신부 두 사람, 여러분에게 인사해주세요"라고 말하며 마이크를 무서운 선배의 남편에게 건넸다. 이제 건배라고 생각해 잔을 들었던 산포, 잔을 잡았다가 다시 놔주기.

　이런 건 익숙하지 않다고 말하면서도 선배의 남편은 전 직 스피치 동호회 출신인가 싶을 정도로 시원시원하게 참석자를 향해 감사 인사를 전했다. 산포는 오오, 스피치 되게 잘하네, 하고 스피치 동호회 선배라도 된 듯한 찬사를 마음속으로 보내며 손뼉을 쳤다.

　다음으로 산포의 선배 차례.

　"어."

　마이크 음량을 체크하는 선배의 한마디에 산포는 그녀의 목소리가 평소와 다른 것을 느꼈다.

　"오늘 귀중한 시간을 내어 와주셔서 고맙습니다. 제 학창 시절 친구와 직장 선배와 동료 여러분이 이렇게 와주셨어요. 우리 두 사람의 소중한 친구와 오늘이라는 날을 함께 보낼 수 있어서 더할 나위 없이 기쁩니다. 짧은 시간이지만 요리와 대화를 마음껏 즐겨주세요."

　선배의 대외용 음색은 평소보다 조금 높고 당연히 산포를 혼낼 때와 같은 박력은 온데간데없이 사라졌는데, 단순히 상황에 맞춘 것과는 별개의 부분, 그녀 몸 안에 품은 진짜 목소리라는 점에서 지난 약 3년간 들은 그 어떤 목소리와도 다른 것 같았다. 아, 아니다, 딱 한 번 들어본 적 있을지도. 산포가 처음으로 무서운 선배의 집에 가서 비밀 이야기를 들었을 때.

두 사람의 인사가 끝나고 손뼉을 치는데 마침내 건배할 때가 왔다. 사회자 언니가 호출한 양복 입은 남성이 역시 스피치 동호회 출신인지 시원시원한 목소리로 자기소개와 인사, 축하의 말을 했고 모두 잔을 들었는지 확인했다. 만약 없더라도 없다고 말하지 못하고 에어 건배할 자기 모습을 상상하며 산포는 리얼한 잔을 들어 감촉과 무게에 안심했다.

"그럼 다시 한번 진심으로 축하합니다! 건배!"

건배～.

홀짝 한 모금, 술 가격은 모르지만 맛있고 고급스러워 보이는 스파클링 와인을 마시고 다 같이 박수. 산포는 나눠 받은 행복을 곱씹었다. 그건 그렇고 결혼 파티, 손바닥을 혹사하는 이벤트다. 아까 폭발시키지 않길 잘했다.

"그럼 잠시 환담을 즐겨주세요."

사회자 언니의 말이 끝나자마자 주방에서 무수한(제대로 세면 일곱 명) 직원이 커다란 접시를 두 손으로 들고 튀어나왔다. 우오오, 드디어, 두근거리는 산포의 가슴과 배. 이쪽도 엄청나게 기대했다. 물론 축하하러 왔지만, 신랑 신부도 즐기라고 했으니까 주역의 부탁은 들어줘야지.

아직 아무것도 안 왔는데도 포크와 나이프를 두 손에

들고 앞을 향하자, 잔 가장자리를 엄지로 쓰다듬던 다정한 선배와 눈이 마주쳤다. 섹시하다.

"저 애, 긴장했네."

우후훗 웃는 다정한 선배의 말을 듣고 산포는 무심코 "아아, 그러네" 하고 말해버렸다. 반말. 곧바로 "아, 아니, 그게, 제송합니다" 하고 버벅대며 사과했다.

"선배 분위기가 평소와 다르다고 생각했는데 수수께끼가 풀렸어요."

과연, 저게 무서운 선배가 긴장한 모습이구나. 그러니까 자주 보지 못하지. 결혼 파티와 남친 이야기를 후배에게 말할 때 긴장하다니, 귀여운 면이 있네!

히죽거리며 사회자 여성과 뭔가 상의하는지 대화를 나누는 신부를 보는데, 레스토랑에 충만한 맛있는 냄새가 한층 더 강해졌다. 마침내 산포 일행의 테이블에도 요리가 도착했다. 오오, 신랑 신부를 보며 맛있는 음식을 먹다니, 결혼 파티는 벚꽃놀이 같은 거구나. 실례인지 칭찬인지 잘 모를 생각을 하며 산포는 요리가 자기 앞에 오기를 느긋하게 기다렸다.

산포가 스마트폰으로 마구 사진을 찍은 신랑 신부의 케이크 커팅과 퍼스트 바이트도 끝나고, 무서운 선배의 친구일 언니들에게 "그쪽이 산포 씨?"라는 질문에 "엇, 아, 언제나 신세를 집니다"라고 대답했더니 언니들이 순간 서로 시선을 주고받고 "얘기 많이 들었어요"라고 말해줘서 기뻤지만 도대체 무슨 얘기? 하고 걱정되는 이벤트도 끝나고, 코스도 생선 요리까지 나왔을 무렵, 신랑 신부가 옷을 갈아입으러 일단 퇴장했다.

행사장에서는 무서운 선배와 남편의 고향에서 친척들과 올렸다는 결혼식 영상을 보여줬다. 그쪽 결혼식은 신사에서 해서 신랑 신부 모두 전통 의상이다. 이야, 어쩜 저렇게 미인이야. 친척 아주머니 같은 마음으로 영상을 보는 산포. 테이블에 앉은 전원이 요리를 먹으며 영상을 봤는데 산포 앞에는 요리가 없다. 괴롭힘을 당하는 게 아니다. 페이스 조절을 못 했을 뿐이다.

영상이 끝나자 기다리고 기다리던 고기 요리가 나왔고, 선배들의 배려로 가장 큰 걸 받았다. 후배가 별로 안 좋아한다는 콜리플라워를 탈취하는데, 사회자 언니의 목소리가 들렸다. 오오, 여기서 새 옷을 입은 신랑 신부가 등장하는구나. 모두 포크와 나이프를 내려놓는 모습을 못 본 건 아니지만 산포는 잽싸게 스테이크 끄트머리를 잘라 입에 넣었다. 맛있어. 곧 옷을 갈아입고 나온 신랑 신부를 맞이하는 박수가 쏟아져서 산포도 포크와 나이프를 내려놓고 참가했다. 박빙의 승부였어. 위험할 뻔했군. 앞에 앉은 다정한 선배가 깔깔대는 기색이 전해졌다. 이봐요, 신랑 신부가 입장하는 타임이라고요! 그러면서 이쪽은 청초하고 우아하게 고기를 우물우물했다.

다시 등장한 무서운 선배의 두 번째 드레스는 화사하게 새빨간 색. 선배의 다부진 생김새와 너무 잘 어울려서 산포는 또 황홀해졌다. 남편은 재킷을 벗고 조금 편안한 조끼 스타일. 이쪽도 잘 어울렸다.

"참고로 사회자의 월권으로 하는 여담인데요. 이 드레스, 신부는 갈아입지 않아도 된다고 했는데 신랑이 다양한 옷을 입은 아름다운 당신을 보고 싶다면서 고른 옷입니다. 자, 여러분, 행복한 두 사람을 카메라에 잔뜩 담아주세요!"

우오! 산포의 이 감상은 두 사람의 에피소드를 향한 것이자 사회자 언니의 이렇게 장난도 가능한 사회 보는 능력을 향한 것이었다. 전일본 사회자 조합 소속이신가. 산포는 저 언니의 부탁이라면 들어주고 싶어서 새롭게 단장한 신랑 신부의 사진을 스마트폰으로 찰칵찰칵 찍었다. 사회자 언니 사진도 세 장 찍었다.

그 후로는 신랑 신부 두 사람이 각 테이블을 돌며 모두와 사진 촬영 시간을 가졌다. 조금 긴장하는 산포. 두 사람은 먼저 신랑 동료와 상사가 앉은 것으로 보이는 테이블로

갔다. 마음을 달래려고 산포는 스테이크를 우걱우걱 먹었다. 여전히 맛있네.

신랑 신부가 다음 테이블로 이동하는 것을 보고, 접시를 비운 산포는 이 틈에 화장실에 다녀와야겠다고 생각했다. 사실은 꽤 전부터 참고 있었는데 타이밍을 못 잡았다. 신랑 신부와의 사진은 가능하면 아무런 걱정 없이 찍고 싶은데, 경험이 없는 산포는 그들이 이 테이블에 언제 올지 상상이 안 됐다. 앞에 앉은 다정한 선배에게 살짝 물어보았다.

"지금 화장실에 다녀와도 괜찮을까요?"

"음, 괜찮지 않을까? 여긴 신부 직장 테이블이니까 순서는 아마 나중일 거야."

왜 신부 직장은 나중이지. 소중하디소중한 공주님과 같이 일합니다만? 조금 이런 생각이 든 산포지만, 지금은 감사한 일이니까 화장실에 다녀오기로 했다. 다른 사람은 신랑 신부를 주목하거나 잡담을 나누느라 별로 신경 쓰지 않았다.

어쩌면 허락을 구한 시점에서 다정한 선배는 예상했을지도 모르고, 옆에서 듣고 있던 이상한 선배도 짐작했을지 모르는데, 참 묘하게 타이밍이 나쁜 사람이 있다.

산포가 화장실에 다녀와 손을 잘 씻고 강풍으로 말리며

"우오오" 하고 중얼거리고, 돌아오는 길에 음료도 받아 올 생각에 하얀 와인을 집고 자기 테이블 쪽을 봤는데, 그쪽으로 이동하는 신랑 신부의 모습이 보였다.

에에엑, 선배 거짓말쟁이!

갑작스러운 사태에 당황해 허둥지둥 달음박질치듯이 네 걸음을 뗐을 때였다.

익숙하지 않은 하이힐이라 내미는 다리의 각도가 묘하게 어긋나 오른발이 왼발에 걸리고 말았다.

"앗."

이런 데서 구르면 안 돼! 그렇게 생각한 산포는 소리 내는 것도 꺼리지 않고 온몸으로 균형을 잡으려 했다. 쾅 소리를 내며 오른발을 전방으로 내딛고, 나약한 근육을 써서 버티려고 했다. 체조 선수가 착지할 때 이런 기분이구나! 미묘한 슬로모션 속에서 괜한 생각을 하는데 그런 이미지를 품은 덕에 성과를 거뒀는지 산포는 결혼 파티장에서 나들이옷을 입고 자빠지는 참사를 회피했다고 안도했으나, 바로 그 순간 옆으로 우당탕 넘어졌다.

깨지면 안 되는 잔을 높이 들어, 죽기 직전 신께 공물을 바치는 사람 같은 자세로 지켜냈으나 내용물은 텅 비었다.

다행히 와인이 쏟아진 범위에 사람은 없었다. 바닥에 흘렀을 뿐으로, 아직 확인하지는 않았지만 산포의 옷도 무사했다.

그러나 산포가 내지른 목소리와 소리는 파티 시간을 일시적으로 찢어버렸다.

모두의 주목을 받아 쓰러진 채로 산포는 굳었다.

그러는 동안 점원들이 재빠르게 달려와 팔을 잡고 일으켜줬다. 이어서 산포 본인이나 산포의 옷, 주위 사람들의 피해를 확인했는데, 산포는 질문에 대답하면서도 그들을 보지 않았다.

신부와 부자연스러울 정도로 시선이 딱 마주쳤다.

"죄송합니다."

버벅대지 않았다. 그러나 속삭이는 것처럼 나온 그 목소리가 과연 들렸을까. 잔은 깨지 않았지만 분위기를 깨버렸다. 진심으로 미안하다고 생각하는 마음이 입의 움직임을 방해했다. 혼나겠다는 공포도 조금은 있었다.

한참 시선을 마주친 것 같았는데 실제로는 몇 초밖에 되지 않았다. 산포의 사죄가 입의 움직임으로 전해졌는지 모르겠으나, 아름다운 드레스를 입은 무서운 선배는 산포가 예상한 반응을 하지 않았다.

평소처럼 화를 내거나 노려보지 않고 환하게 웃으며 고개를 저었다. 그러더니 바로 신랑과 함께 움직여 도서관 팀 테이블 옆의 테이블로 이동해 대화를 나눴다.

바닥에 구멍을 파고 뛰어들고 싶었다.

그러나 그 전에 점원이 양이 넉넉하게 든 와인을 가져와줘서 감사와 사죄의 말을 주고받고, 쭈뼛쭈뼛 자리로 돌아갔다. 다정한 선배가 "괜찮아? 다치지 않았어?" 하고 물었고, 후배가 "괜찮아요, 힘내세요"라고 말을 걸었으며, 이상한 선배가 예상대로 "저질렀네!"라고 말했다.

이미 일어난 일이니 풀 죽어도 의미 없지만, 산포는 누가 봐도 알 수 있게 침울해졌다.

소중한 자리의 분위기를 순간이지만 망가뜨리고 말았다.

선배는 속으로 저 녀석 대체 뭐냐고 생각하겠지. 기가 막히겠지. 그러니까 화를 내지 않은 것이라고 산포는 생각했다. 선배의 웃음은 산포 눈에 '이런 곳에서까지 일 좀 치지 마, 아무리 혼내도 효과가 없네'라는 표정처럼 보였다. 그게 너무도 괴로웠다.

늘 함께 있는 선배의 평가에 더해 산포를 침울하게 한 것은 주변의 모르는 사람들이 자기에 대해 뭐 하는 인간이냐고 볼 거라는 점이었다.

자신의 체면은 중요하지 않다.

선배를 부끄럽게 하고 말았다. 지금 자신은 신부의 초대 손님으로 와 있다. 이런 걸 후배라고 둬서 선배가 부끄럽지 않을지 걱정돼서 미치겠다.

공기에 녹아들려고 등을 구부려 몸을 아주아주 작게 만들고 접시를 바라보던 중, 산포 얼굴의 남은 1센티미터 정도가 낙담에 물들기 전에 뺨을 콱 꼬집혔다.

"으에."

"허둥거리지 말고 얌전하게 행동하라고 누차 말했지."

고개를 들어보니 드레스를 입은 무서운 선배와 남편이 서 있었다. 선배가 이쪽을 찌릿 노려보았다.

그 눈빛에 산포가 얼마나 안심했는지 모른다.

"죄송해요오오오."

산포가 뺨을 붙잡힌 채 사과하자 무서운 선배가 손가락을 놓더니 평소와 다르게 표정에 일말의 분노도 남기지 않고 히죽 웃었다.

"나 이외에 다른 사람이 신부일 때 실수하지 않으면 돼."

"우~."

산포는 선배의 멋진 말을 들었으면서도 신음하며 몸부림칠 줄만 아는 순발력 없는 후배였다.

용서받았다는 안도감과 여전히 남은 죄책감, 뭐야 대박 멋진 소리를 하네, 어쩌지 이 사람 내 남친이었나, "이 결혼 반댈세!"를 외치려면 지금인가, 하고 착란이 일어나 뭘 어째야 좋을지 몰랐다.

그런 산포는 무시하고 무서운 선배는 윗사람부터 순서

대로 남편에게 소개했다.

"아까 넘어진 애가 무기모토 산포. 후배."

마지막에서 두 번째로 소개된 산포는 "아, 아까는 죄송합네다" 하고 앉은 채로 남편에게 고개를 숙였다. 사투리가 아니다. 버벅댔다.

남편이 "다치지 않으셨어요?" 하고 걱정해줘서 정말이지 면목 없었다. 더는 걱정 끼치지 않으려고 다짐한 결과 "늘 그러니까요"라는, 부인의 직장이 과연 괜찮을지 괜한 걱정을 품게 하는 소리를 했다.

선배가 제일 막내 후배까지 소개를 마치자 여성들은 입을 모아 선배와 선배의 드레스가 얼마나 아름다운지, 또 남편과 레스토랑을 칭찬했다. 조금 전 일이 있으니까 산포도 조심스럽게 찬사를 보냈는데, 진심이긴 했지만 심각한 톤으로 "예쁘다"라고 말했던 걸 다정한 선배가 일러바쳐서 조금 부끄러웠다.

도서관 멤버와 신랑 신부가 같이 사진을 찍었다. 프로 사진작가가 몇 장 찍어주었는데, 나중에 데이터를 받아볼 수 있다고 한다. 그러고 보니 파티 초반부터 투박한 카메라를 든 언니가 있었다. 왠지 걱정된 산포는 나중에 몰래 사진작가에게 다가가 "넘어진 장면을 찍었다면 저기, 지워주실래요?" 하고 말했는데, 사진작가는 어리둥절한 표정을 짓더니 웃었다. 아무래도 산포의 부끄러운 순간을 포착하진 않은 것 같아 다행이다.

희망하는 사람은 자기 스마트폰으로 신부와 사진을 찍고, 도서관 팀과 신랑 신부는 일단 헤어졌다. 나중에 다 같이 사진을 찍을 때를 기약하며 잠깐 두 사람을 보내준다.

자리에 앉아 자기 스마트폰에 기록된 무서운 선배와 처음으로 같이 찍은 사진을 확인했다. 긴장한 산포의 양쪽 어깨에 선배가 두 손을 올리고 웃는 사진을 멍하니 바라보는데, 앞에 앉은 다정한 선배가 웃는 소리가 들렸다.

"내 결혼식 때도 넘어져도 돼."

"제 결혼식 때도 괜찮아요, 산포 선배."

"나는 안 부를 거니까 괜찮아."

선배 두 사람과 후배 한 사람이 삼인 삼색으로 격려해줬다. 마지막이 격려인지 본심인지는 약 3년간 어울린 산포도 조금 판단하기 어려운 면이 있으나, 한 조각쯤은 격려가 담겼을 테니까 "부, 불러주세요" 하고 소심하게 항의했다. 말로 표현하지 않았으나 그런 선배까지 포함해서 멋진 직장 동료를 만났다고 산포는 새삼 생각했다.

다시 사진을 보며, 산포는 똑같은 짓을 두 번 다시 안 하겠다고 결심한다. 정말 안 할지는 모르지만 결심하는 것이 중요하다.

선배 결혼식의 행복감에 플러스알파, 산포 개인적인 결의와 행복도 충분히 거머쥐었다.

다음 날에 벌인 산포의 격투는 나중에 알아보기로 하고, 산포는 결혼 파티의 여운을 느끼며 변함없이 도서관에서 일했다. 무서운 선배에게 혼나는 것도 변함없이 싫었지만, 드레스 차림을 떠올리기만 해도 히죽거릴 수 있어서 든든한 마음의 무기가 됐다.

그런 산포의 마음을 평소의 몇 배나 뒤흔든 사건이 일어난 것은 2월 초였다.

도서관에는 산포 포함 열람실 직원 외에 대학교 직원들이 상주한다. 열람실에서 이용자와 마주하지 않고 늘 사무실에 틀어박혀 일하니까 대부분의 사람은 그 존재를 모른다. 산포도 이 도서관에서 일하기 전에는 그런 사람들이 있다는 사실을 전혀 몰랐다.

대학 직원들의 사무실은 산포가 일하는 도서관 최상층에 있다. 그날, 산포는 우체부가 카운터에 두고 간 사무실 서류를 올바른 곳에 배달하려고 계단을 올랐다.

물건을 배달하는 게 주요 임무인 게임이 있다던데 재미있을까, 그런 생각을 하며 서류를 들고 최상층으로. 열람실 후미진 곳, 두꺼운 문으로 막힌 그곳 앞에 서서 직원실에 들어간다는 긴장감을 품고 문손잡이를 잡았다.

"실례합니두."

버벅대며 문을 여는데, 그곳에는 늘 있는 무뚝뚝한 얼굴의 직원들 이외에 열람실 직원의 통괄을 담당하는 외부 여성 직원이 있었다.

그리고 무서운 선배도 있었는데, 둘이서 심각한 표정으로 대화를 나누고 있었다.

"어라?"

산포의 입에서 무심코 나온 말은 무서운 선배가 여기 있는 것에 대한 반응이었다. 오늘 근무하지 않는 날일 텐데.

"아, 산포."

"무기모토 씨, 안녕하세요."

통괄 스태프가 인사해서 "안녕하세요" 하고 대답했다. 이상하다 싶었지만 이 자리에서 잡담을 나눌 수도 없으니, 서류를 사무실 안쪽에 있는 대학교 직원에게 건네고 얌전히 일에 복귀하려고 했다.

"유급휴가가 앞으로 며칠 남았는지 지금 알 수 있을까요?"

선배의 목소리가 들려서 아항, 유급휴가 이야기구나, 하고 생각하며 "실례하겠습니다"라고 인사한 뒤 산포는 사무실을 나왔다.

서둘러 카운터로 돌아가려고 했는데, 열람실을 몇 미터쯤 걷다가 급하게 떠오른 생각에 발걸음을 돌렸다.

전에 조퇴를 한 적이 있는데 그걸 나중에라도 유급휴가로 처리할 수 있는지 통괄 스태프에게 물어보려고 했다. 다만 선배의 대화를 방해할 수는 없으니까 이따 카운터에 들러달라고 부탁해야지.

왔던 길을 돌아가 산포는 두 번이나 죄송합니다, 하는 마음을 담아 문 앞에서 고개를 꾸벅 숙이고 문손잡이를 다시 잡아 문을 열었다.

"그럼 얼마 남지 않은 기간이지만 잘 부탁드립니다."

그런 목소리가 들리고, 통괄 스태프가 무서운 선배에게 고개를 숙이는 모습이 보였다. 뭐지 싶었지만 두 사람이 이쪽을 봐서, 산포는 다가가 통괄 스태프의 이름을 불렀다.

"유, 유급 관련해서 질문이 있는데요, 그, 그만두세요?"

아무리 그래도 왜 열람실 직원 개인을 휴일에 불러내서 보고를 하지? 다 모였을 때 하면 되지 않나? 산포가 이렇게 생각한 건 정말로 예상하지 못했기 때문이다.

통괄 스태프가 무서운 선배를 힐끔 봐서 산포도 선배를 봤다.

선배는 지금까지 산포가 어떤 실수를 저질렀을 때보다도 곤란한 표정이었다.

질렸다거나 분노하는 게 아니라.

"아, 응. 다른 사람한테는 아직 비밀이긴 한데."

선배의 그런 얼굴을 산포는 처음 봤다.

나쁜 예감은, 없었다.

"아이가 생겼어. 그래서 새 학기를 앞둔 3월 말을 끝으로 도서관을 그만둘 거야."

"……엑."

축하합니다. 그 말을 머리에 그렸으나 곧바로 입에 담지 못했다.

무기모토 산포는
즐거운 게 좋아

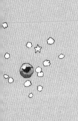

무기모토 산포는 무진장 후회했다.

　현재 이 몸이 겪는 쓰디쓴 고생은 말할 것도 없이 스스로 불러온 사태가 분명하다. 부족한 위기의식이나 부족한 자제심이 최악의 결과를 초래했다.

　어제로 돌아갈 수만 있다면 있는 힘껏 자신에게 호통을 치고 싶고, 팔을 붙잡아 당장 만행을 멈추게 하고 싶다. 그러나 인제 와 아무리 갈망해도, 이 마당에 아무리 후회해도 의미 없다. 어쩔 수 없었다. 부둥켜안은 행복을 놓치기 싫었다. 미래에 겪을 고난 따위 생각할 여유가 없었다.

　아무리 말해봤자 아무도 알아주지 않는다. 자기 잘못은 결국 자기 몸으로 보상하는 방법 말곤 없다.

지금 산포는 말하는 것 자체도 무리지만.

"아아, 아아, 으으, 아아."

이것은 무서운 선배의 행복 가득 결혼 파티 그다음 날의 1막.

아픈 데가 어딘지도 모를 정도의 두통과 몽롱한 의식, 지금 당장 화장실에 뛰어가고 싶은 구토감, 일상적인 행동조차 포기하게 되는 무거운 몸을 안고 산포는 괴로워했다.

"우욱, 우욱, 우욱."

침대에 누워 빙빙 도는 천장을 보며, 이 고통을 어떻게 벗어나야 할지 방도도 없어 일단은 침대에 토하지 않으려고 심호흡한다. 그러면 괴상한 소리가 난다. 여긴 대체 어디, 나는 대체 누구, 몸이란 마음이란 영혼이란, 무엇이 나 자신을 구성해 인간으로 만들고 어찌하여 목숨에는 이러한 시련이 닥치는 것인가. 산포는 태어나버린 업보를 새삼 인식하며 고통과 싸운다. 우욱.

아, 참고로 독감이나 노로바이러스가 아니라 단순한 숙취이니 걱정하지 않아도 됩니다.

자기 캐릭터에 도취한 적도 있는 산포지만, 지금은 정말로 그냥 술을 너무 마셨을 뿐이니 결국 자업자득이다.

"응, 응, 욱, 우욱."

어떻게든 이 지옥에서 벗어나려고 침대 위에서 옆으로

누워보기도 했으나, 자세를 바꿀 때마다 또 새로운 고통이 머리를 덮쳐 구토감이 강해진다. 결국 포기하고 벌러덩 누운 채 거친 호흡을 반복한다. 산포는 잠에서 깬 후 몇 번이나 이 행동을 반복하고 있었다. 이번에야말로 상태가 좋아질 거라고 한 가닥 희망을 품지만, 인간의 바람은 아세트알데하이드에 간단히도 부서진다. 체내에서 발생하는 물질에 생물병기 같은 이름과 효과를 부여하지 말라며 과학자 그리고 신을 나무란다.

"으으으으으, 우욱."

마침내 산포, 너무도 괴롭고 한심해서 조금 운다. 무력한 자신, 어제의 즐거웠던 추억과의 낙차, 반올림하면 자신도 서른인데 꼬락서니가 이게 뭐냐는 불필요한 관조, 그 전부가 산포의 정신을 괴롭게 한다.

우는 동안 산포의 마음이 슬픔에서 또 분노로 이동한다. 어제의 자신에게, 말리지 않은 주변 사람에게, 밤에 원하는 만큼 술을 살 수 있는 편의점에, 나아가 그렇게 위험한 물질을 사람 손이 닿는 곳에 둔 이 세상에.

분노는 아무런 도움이 안 된다는 것쯤은 지금의 산포라도 금방 깨닫는다. 이어서 나란 인간은 이런 식으로 금방 남 탓을 하니까 벌을 받는 거라며 자기 부정에 빠져 잘못했어요오오오, 하고 속으로 탄식한다.

물론 어떤 말이든 실제로 입에 담으면 지금은 다른 것
도 나올 것 같아서 마음속에만 붙들어둔다. 설령 무사히
말만 밖으로 꺼내봤자 혼자 사니까 아무도 못 듣는다만.

몸이 물을 절실하게 갈구하는 걸 느낀다. 난방을 쭉 틀
고 자서 입이 바짝 말랐다. 그러나 가지러 갈 체력도 기력
도 없다. 머리맡에 놓인 것은 절반쯤 남은 하이볼 롱캔뿐
이다. 이런 걸 지금 마시면 제대로 토하겠지.

물, 물, 염원하면 그쪽에서 와주지 않을까 하는 만에 하
나의 가능성에 걸어본다. 그러나 만에 하나는 결국 만에
하나. 산포는 초능력자도 아니거니와 판타지 세계에서 태
어나지도 않았다.

"술이랑 물을 똑같은 분량만큼 마셔야 해."

어제 들은 다정한 선배의 조언이 생각난다. 그때 "그러
게요!"라고 대꾸하며 무시한 자신도. 다정한 선배, 어리석
은 후배여서 죄송해요. 정말 죄송해요.

그래도 다정한 선배는 다정하니까 지금부터 물을 가져
다줄지도 모른다고 멍청한 생각을 시작했을 때 초인종이
울렸다. 나갈 수 없으므로 무시하는 건 당연하고, 머리가
울리니까 부탁이야, 그만두세요, 그만두라고 말했잖아, 그
만둬 이 새끼야, 하고 딱 한 번 울린 초인종에 무턱대고 화
를 냈다. 분노는 무의미하다는 걸 조금 전에 깨달은 산포

는 어디론가 가버렸다. 인간의 자연 상태란 필경 싸움이다. 산포, 어디선가 읽었다.

지금 자기 자신에게서 도망치려고 산포는 하다못해 즐거웠던 어제를 회상한다. 미래 따위 보지 않겠다. 언젠가 이 고통에서 벗어나는 순간도 실제로 찾아오겠지만 지금은 이 괴로움이 영원히 이어지는 미래 이외에는 상상할 수 없다. 반짝이는 미래를 꿈꾸려면 일단 몸과 마음 모두 건강해야 한다. 감기에 걸려도 쉬지 않고 열심히 일하는 당신이 최고라니 개뿔, 쉬라고.

고통을 여과해 푸념으로 만들고 한숨으로 휘발하며 단편적으로 회상했다. 어제는 무서운 선배의 결혼 파티가 있었고, 최종적으로 다정한 선배, 이상한 선배, 성실한 후배와 술을 마셨다. 와글와글 왁자지껄한 꼬치구이 가게 도리키조쿠에서 즐거운 한때를 보냈는데, 앞선 파티에 이은 행복감으로 술 마시는 페이스가 평소보다 빠른 게 안 좋았다. 신바람이 나서 메가 하이볼인지 뭔지 하는 것도 시켰다. 웃기려는 마음에 시켰기도 했던 터라 이상한 선배가 대놓고 따갑게 쳐다본 건 정말 어른으로서 옳지 않다고 생각했다. 어느 쪽이 어른으로서 옳지 않은지는 오늘 몸 상태에 달린 면도 있으니까 가능하면 선배도 숙취였으면 좋겠다…… 하고 생각하다가 산포는 얼른 아니에요, 거짓말이에요 하고 정정했다. 또 다른 벌을 받을 것 같다. 죄를 이 이상 짊어지면 죽는다.

잔뜩 흥분한 후배가 사진을 찍어줘서 다행이었다. 그때 다정한 선배가 물도 마시라면서 점원에게 주문해줬다. 그런데 산포는 까맣게 잊었다.

얼마나 먹으려고? 이상한 선배의 어이없어하는 목소리를 흘려들으며 닭튀김과 솥밥을 부탁했다. 말도 안 되게 맛있었는데 산포 이외에는 거의 아무도 손을 대지 않아서 아까운 마음에 위장을 괴롭히고 말았다.

취해서 멍청한 대화도 했다. 어느 정도는 기억한다.

"선배들, 누가 전여친이에요?"

이건 비교적 곤드레만드레할 때 선배 두 사람에게 한 질문. 생략했지만 그 자리에 없었던 무서운 선배의, 가 앞에 붙는다. 과하게 헤실거렸는지 이상한 선배가 미간을 대놓고 찌푸리며 이쪽에 팔을 뻗어 코를 툭 쳤다. 생각났다, 아니 그 자식은 귀여운 후배한테 무슨 짓이야. 아니, 하지만 그 후에 사과한 것 같은데.

"악, 미안. 지금 건 미안해, 산포. 진심 열받아서 나도 모르게."

역시 용서 못 해. 말투에 위트고 뭐고 없었잖아, 용서 못 해.

산포가 코를 움켜쥐고 사과를 들던 중, 붉어진 얼굴로 야하게 웃던 다정한 선배가 나직하게, 들려줄 마음이 있는 건지 없는 건지 모를 미묘한 성량으로 한숨 섞어 중얼거린 건 좋았다.

"어느 쪽이면 좋겠어?"

후오오오옹, 산포 그리고 후배 걸즈가 손을 맞잡고 한층 더 흥분했던 걸 기억한다. 뭐에 흥분했는지는 자신들도 잘 모른다.

참고로 그다음에는…… 회상하는 도중, 산포는 신칸센 의자 등받이의 각도를 갑작스레 원상태로 되돌리는 기세로 상반신을 일으킨다. 허둥지둥 휘청거리며 일어나 비틀비틀 거실을 나가 화장실로 달려간다. 자기 몸과 잠옷과 이불에 닥친 위기를 감지했다. 파도는 갑자기 밀어닥치는 법이다. 다급한 상황인데도 어째서인지 화장실 문을 꼭 닫았다. 우웨엑.

역시 이 장면을 묘사하는 건 아무리 산포라도 불쌍하니 짐대에 누워 있는 하얀 곰 인형에라도 주목하자. 이것은 그 아름다운 친구와 함께 게임센터에 가서 사이좋게 플레이한 인형 뽑기로 얻은 것이다. 산포가 붙인 이름은 백곰. 동물 종류가 아니라 어디까지나 이 곰 인형의 이름이다. 산포는 혼잣말이 많지만 인형에게 말을 거는 인간은 아니었다. 그래서 이 백곰과 의사소통을 시도한 적은 없고, 그? 그녀? 가 무슨 생각을 하는지는 모르나 만약 인형에게 의 사라는 게 있다면 지금은 다행이라고 생각했으리라.

잠시 후 콰당 소리가 나고 게슴츠레한 눈으로 비틀비틀 머리는 푸석푸석한 산포가 화장실에서 휘청휘청 나왔다. 뭘 향한 것인지, 아마도 지금 자신을 이런 꼴로 만든 모든 것에 대해 작게 "빌어먹을"이라고 욕을 내뱉고 세면대에 가서 손을 씻고 입을 헹군다. 반복하지만 현재 컨디션 난 조는 전적으로 산포 본인 탓이다.

위액을 토해 조금은 나아졌는지, 산포는 평소보다 훨씬 더 느린 움직임이지만 냉장고로 접근해 스포츠드링크 아 쿠에리어스 페트병을 꺼냈다. 손에 힘이 들어가지 않아 뚜 껑을 여느라 다소 고전했다.

"음, 하아."

맛있다. 아쿠에리어스는 어제 헤어진 후, 다음 날 아침 필요할 것 같아서 동네 편의점에서 샀다. 이것만이라면 파 인 플레이라 할 수 있는데, 그때 하이볼 롱캔과 츄하이 롱 캔과 카레 라면 빅 사이즈를 같이 사서 아쿠에리어스와 하 이볼 절반 이외에는 어제 중에 체내로 거둬들였다. 역시 편의점에 들르지 말 걸 그랬다.

페트병 뚜껑을 닫고 손에 든 채로 침대에 돌아와 느릿

느릿 기어올랐다. 허벅지 근처 정도인 높이가 지금 산포에게는 뜀틀 6단 수준이다. 이유는 모르겠는데 체육에서 다리 벌려 앞구르기만 잘했다. 쓰러지듯이 다시 침대에 눕자 등이 이상하게 붕 떠서 손을 집어넣어 아래에 깔린 백곰을 잡고 발치로 내동댕이쳤다. 너무하다.

　나쁜 것을 내보내고 좋은 것을 들여보낸 덕분인지 조금, 아~주 조금 상태가 좋아진 것 같았다. 하지만 두통도 구토감도 사라지지 않았으니까 안심할 수 없다. 초인종이 울리면 또 열받을 거다.

　컨디션이 조금이나마 회복 조짐을 보이자, 어째서인지 정신적인 면이 복잡해졌다. 산포의 마음이 두 개로 나뉘어 말다툼을 시작했다.

　한쪽 산포는 왜 그렇게 무모한 짓을 했느냐고 바락바락 화를 낸다. 술집을 나선 시점에서 이미 집에 잘 갈 수 있겠느냐고 선배들이 걱정했는데, 몸의 허용량을 대놓고 초과한 술을 사 와서 마시고, 심지어 카레 라면을 먹고 바로 자다니. 왜 그랬어, 바보냐? 게다가 왜 또 하필이면 빅 사이즈였어. 그때가 몇 시였니. 이렇게 시끄럽게 화를 낸다. 또다른 한쪽은 화를 내는 반쪽 자신에게 그저 변명과 설득을 늘어놓는다. 그렇지만 즐거웠는걸, 기분 좋은 시간이 계속되길 바랐는걸, 그때는 진짜로 먹고 싶었는걸. 지금은 이렇게 몸이 괴로워도 즐거웠잖아, 맛있었잖아. 그거 자체는 절대로 마이너스가 아니야. 뭐 어때, 뭐 어때.

화를 내는 것도 변명하는 것도 전부 다 진짜 산포. 그러니 기본적으로 의지박약이다. 격론을 벌이는 양쪽 마음 모두 머리가 아프니까 닥치라는, 몸의 단순한 명령에 얌전히 복종했다.

한숨 더 자면 편할 텐데, 숙취가 심할 때는 아무리 힘들어도 잠들지 못하는 법이다. 기절 직전에 물을 계속 끼얹는 고문 같다. 겪어본 적 없다만.

이불을 뒤집어쓰고 심호흡하며 시간이 지나기를 기다린다. 평소에는 그렇게 침대에서 일어나기 싫은데 지금은 기운 차리면 당장 일어나겠다고 가슴에 강렬한 결심을 품었다. 물론 일하러 가기 위해 일어나야 하는 아침이 오면 그런 결의는 금방 잊어버린다.

몸 상태가 이런 와중에 유일하게 다행인 사실, 오늘 산포는 휴일이다. 그렇다면 다른 멤버는 산포와 달리 출근했는가 하면 그렇지 않다. 오늘은 도서관 자체가 휴관이다. 그래서 산포 이외의 멤버가 똑같이 숙취로 생사의 경계를 헤매도 안심이다. 변명에 불과하지만, 다음 날이 휴일이 아니었다면 그렇게 마시지 않았다.

그러나 내일은 평범하게 출근할 예정이다. 몸 상태가

언제까지 이럴지 모르겠는데 출근할 수 있을까. 산포가 제일 싫은 건 몸 상태가 별로인데 어떻게든 출근은 할 수 있는 상황이다. 차라리 일어서지 못할 정도라면 일을 쉬어도 죄책감도 없거니와 살짝 우쭐한 표정도 지었겠지만, 간신히 갈 수 있는 상태라면 그저 괴로울 뿐이다. 쉬기에는 마음이 켕긴다. 우쭐한 기분도 없다. 초등학생 시절, 뼈가 부러져서 우쭈쭈를 받으며 우쭐하던 동급생을 아주 조금 부러워했던 산포. 다행인지 아닌지, 쓸리고 베이고 부딪쳐서 다친 적은 많아도 뼈가 부러진 적은 없다.

괴로움과 끝없이 싸우고 가끔은 힘내서 아쿠에리어스를 마시다 보니 오후 2시가 되었다. 시간을 안 것은 간신히 두통이 조금 가라앉아 머리맡에 둔 스마트폰을 쥐고 힐끔 본 덕분이다. 정오가 지난 걸 알았는데 산포가 점심을 놓쳤다고 아쉬워하지 않다니 숙취의 위엄이다.

행동에 단계를 둬야 한다. 스마트폰을 봤으나 아직은 이런저런 조작을 하면 어지러울 것 같았다. 잠깐 엎어 놓았다. 그대로 한참 상태가 회복되기를 기다렸다. 몸은 여전히 침대 시트를 누르는 문진처럼 무거웠다.

1시간쯤 지났나 싶을 즈음 다시 한번, 이번에는 호흡과 심장 고동의 리듬을 파악해 구토감의 산을 멋지게 넘은 타이밍에 스마트폰을 쥔다. 겨우 35분 지났다. 이게 상대성

이론인가? 뭔 소린지 전혀 이해가 안 가는 이론을 떠올렸다. 물리는 잘 모른다.

스마트폰을 10초쯤 봐도 괜찮아서 화면을 움직여 라인을 확인했다. 다정한 선배와 성실한 후배가 걱정하는 메시지를 보냈다. 선배는 어제 헤어지고 바로 한 번, 그리고 오늘 아침에 한 번씩. 얼른 대답하려 했지만 제대로 된 말이 떠오르지 않았고 아직 화면을 터치해 입력할 기력도 없었으나, 읽었는데 무시하면 더 걱정할 테니까 지금 할 수 있는 전력을 다해 간단한 답변만 해뒀다. '나중에.'

반말이라 죄송했지만 세 글자가 한계였다. 속이 울렁거렸다. 다정한 선배가 다정함으로 어떻게든 이해해주기를 바라자. 하는 김에 후배에게도 말을 전해주기를 바란다. 한 명에게 답을 보내고 힘이 다한 산포는 스마트폰을 침대와 벽이 닿은 부분에 휙 던졌다. 잠시 후 들리는 우당탕 소리. 아아. 아마도 틈이 있어서 스마트폰이 빠진 모양인데 살펴볼 마음은 안 들었다. 몹시 의외인데 아직 산포의 스마트폰 액정은 깨지지 않았으니 이번에도 운과 보호 필름이 액정을 지켜주기를 무력한 숙취 환자는 그저 바랄 뿐이다. 나무아미타불. 참고로 보호 필름은 자세한 성능은 일절 보지 않고 '고릴라 글라스'라는 이름이 강해 보여서 그걸로 골랐다.

산포가 괴로워하거나 말거나 시간은 자연히 흘러갔다. 3시가 되고 4시가 됐다. 밖에서 노는 아이들 목소리가 들린다. 알람 시계로 시각을 확인하고 산포도 슬슬 이대로는 안 되겠다고 생각했다. 그런 생각을 할 정도로는 회복한 것 같았다.

이대로는 하루가 끝나버리잖아.

두통이 더 심해지지 않기를 바라며 산포는 일단 벽 쪽으로 데굴데굴 돌아 엎드려보았다. 두통과 구토감은 일단 괜찮다. 아직 양쪽 다 남아 있지만 공격해오지 않으니까 세이프. 그 상태로 침대와 벽 틈에 팔을 쑤셔 넣어 스마트폰을 찾는다. 벽에 기댄 듯 서 있어서 다행이었다. 스마트폰은 산포의 손가락에 무사히 구출됐다.

다시 위를 보고 누워 스마트폰에 덤으로 딸려 온 먼지를 휙휙 턴다. 액정을 15초쯤 봐도 어질어질하지 않아서 라인을 연다. 그러자 다정한 선배에게서 '살아 있으면 됐어! 다른 두 사람한테도 연락해둘게. 몸 잘 돌보고(마스크를 한 사람의 이모티콘)'이라는 완벽한 답이 와 있었다. 창으로 들어오는 햇빛이 어느새 주황빛이 됐고, 까마귀의 깍깍 우는 소리를 들으며 문장을 칠 기력과 체력이 생긴 산포는 '숙취는 심한데 살아 있어요. 걱정무세요'라고 오타를 그대로 보냈다.

메시지도 보냈으니 우쭐해져서 인터넷을 좀 보기로 했다. 산포가 숙취로 괴로워해도 세계가 엄청나게 변하거나 하는 일은 딱히 없었다. 불쾌해지는 뉴스도 어제와 마찬가지로 있었는데, 평소라면 개요쯤은 확인하겠지만 오늘은 스마트폰 자체에서 시선을 피했다. 다 큰 어른이 공적인 자리에서 차별 발언을 지껄였다니, 숙취 상태로 받아들이기에는 쓴맛이 너무 강하다.

"우웅푸." 심호흡한 산포는 마침내 결의를 다지고 일어나기로 했다. 병은 마음에서 오니까 계속 누워 있으면 몸이 환자인 자신을 인식할지도 모른다. 아니, 환자는 아니다만. 요통 같은 건 너무 누워 있기만 하면 역효과라고도 하니 지금은 용기를 내본다.

에잇, 하고 이불을 몸에서 잡아채 옆으로 젖힌다. 팔꿈치부터 손끝을 천장을 향해 세우고, 팔꿈치에 무게 중심을 옮겨본다. 상반신이 조금 세워지자 팔꿈치부터 손끝을 내리고 주먹으로 이불을 눌러 앉은 상태가 된다. 이 시점에서 머리가 조금 어질거렸으나 이 정도에 지면 평생 일어나지 못할 것이다. 엉덩이를 축으로 삼아 다리를 벽의 반대 방향으로 빙글 선회. 발바닥을 바닥에 접지해 몸을 구부정하게 하고, 허벅지와 침대를 짚은 손에 꾹 힘을 줬다.

일어났다. 그러나 비틀거려서 바로 침대에 풀썩 돌아왔

다. 아쿠에리어스를 마시고 다시 한번 도전. 이번에는 일어나서 의자까지 도착했다. 해냈다, 해냈다, 후지산 등정을 완수한 정도의 성취감을 느끼며 의자에 앉아 바로 테이블에 엎어졌다. 마침내 제1관문 클리어. 오늘은 이걸로 된 거 아닐까?

당연히 그럴 순 없으므로 숨을 고르고 고개를 든다. 스마트폰을 침대에 두고 왔다. 테이블에 손을 짚고 팔굽혀펴기하는 듯한 기합으로 일어나 침대로 접근해 스마트폰에 손을 내민다. 사실은 이대로 침대에 눕고 싶지만 엄청난 인내력, 평소의 22배쯤의 참을성(당사자인 산포 대비)으로 스마트폰과 아쿠에리어스만 들고 의자로 돌아왔다.

스마트폰 액정을 반들반들 만져서 우선 후배에게도 무사하다고 연락. 답이 올 때까지 일단 쉬려고 스마트폰을 소리 나는 모드로 바꾸고 산포는 다시 테이블에 철퍼덕, 수업 중에 조는 모드.

"이제 두 번 다시 술 안 마셔……."

아직 소금 남은 누룽을 느끼며 그렇게 중얼거리는데, 곧 휘파람 같은 소리가 났다. 유난히 밝은 라인 메시지 알림이다. 고개를 들어 스마트폰을 본다. 당연히 후배의 답인 줄 알았는데 아니었다.

'안녕! 혹시 괜찮다면 조만간 술 마시러 가지 않을래요?

가보고 싶은 술집이 있어서(맥주 이모티콘)'

하필이면 술 마시자는 제안. 으어어, 산포는 겁먹는다. 하필 이런 타이밍에. 누가 보낸 거야? 산포에게 물어보면 그건 상상에 맡기겠다고 답할 텐데, 상상에 맡긴다는 시점에서 친구나 선배가 아닌 것이 훤히 보인다.

또한 상대가 친구나 선배 혹은 그 이외의 관계성인 누군가더라도 평소의 산포라면 당장 옳다구나 할 것도 훤히 보이는데, 지금은 사정이 다르다. 지금 산포는 말하자면 이리저리 흔들리는 배 위에 타 있는 것이나 다름없는 상태다. 술이라니 꼴도 보기 싫고 소리도 듣기 싫다. 이때 소리란 푸슛이나 보글이나 달그락하는 거.

잠시 생각한 끝에 이번에는 미안하지만 거절하자고 생각한다. 아니, 그래도 역시 가고 싶으니까 점심을 먹자고 하자. 술은 무서워.

바로 답하면 걸신들린 것처럼 보여 별로니까 산포는 확인했으면서도 일단 라인을 미루기로 했다. 과연 가능할지 미지수지만 산포는 밀당 비슷한 걸 할 생각이다. 다만 이건 상대보다 우위에 서고 싶거나 관계성을 손아귀에 쥐고 좌지우지하려는 기분에서가 아니라 단순히 상대가 질겁하지 않기를 바라는 마음에서이고, 평상시 다소 그렇게 보일 테니까 교활하게 굴어도 봐줬으면 한다.

숙취에는 수분이 필요하다는 걸 아니까 산포는 아쿠에리어스를 다 마신 후 천천히 일어나 냉장고로 이동한다. 끓여서 넣어둔 보리차를 꺼내 부엌에서 컵에 따라 꿀꺽꿀꺽 마신다. 이 행동을 실수 없이 할 수 있게 된 것 자체가 산포의 몸이 회복했다는 증거다. 인체와 수분과 시간은 대단하다고 내심 감탄하며 산포는 보리차를 따른 컵을 테이블에 놓고 합장했다. 나무아미타불.

이 정도라면 밤에는 장을 보러 갈 수 있겠다. 가능하면 일찌감치 뭐든 먹어두는 게 좋은데 공교롭게도 지금 산포의 집에 있는 건 과자뿐이다. 쌀도 떨어졌다. 원래 오늘 낮에 사러 갈 생각이었다. 그런데 이 몰골이라니.

이번 일은 진지하게 반성하자. 이런 괴로움은 다시는 겪고 싶지 않다. 정말로.

산포는 맹세했다.

……맹세했, 잖아?

그것 자체는 틀림없는 사실이고 그때 산포는 틀림없이 가짜가 아니었는데.

생판 모르는 남이 뇌를 해킹하거나 마음을 점령한 것도 아니고, 진심에서 한 말이었는데.

화를 낸 반쪽 산포도 변명한 반쪽 산포도 반성해야 한다는 점에서는 합의했었는데.

그러니 산포 본인도 그 기분을 기억하고 있었을 텐데.

그랬을 텐데.

사람은 어찌 이토록 슬픈 생물일까.

그날부터 3개월 후.

아침에 침대에서 눈을 뜬 산포는 자기 몸에 닥친 비극과 대치했다.

"……으, 물."

머리가 깨질 듯이 아프다. 게다가 복부 쪽이 말도 안 되게 불쾌하다. 아무튼 물이 필요해서 말했으나 입과 목을 움직이는 것조차 억겁의 세월 같다. 그러니 몸은 당연히 움직일 수 없다. 간신히 움직이는 손목 그 너머를 쥐었다 폈다 쥠쥠하며 기분을 달래려 했으나 몇 번을 해도 당장 토할 것 같은 건 똑같아서 포기하고 팔을 힘없이 이불에 내려놓고 언젠가 들었던 우욱우욱 하는 호흡을 반복한다.

아시다시피 다쳤거나 아픈 건 아니니 걱정하지 않아도 됩니다.

전날, 산포는 친구들과 술을 마셨다. 사이좋은 3인조의 예정이 오랜만에 맞아서 밥을 먹으러 갔다. 각자 보고할 것도 있어서 정말 신났다. 자세한 내용은 그냥 야단법석 먹자판이었으니 생략하자. 아무튼 과음하고 과식했다.

그 결과가 이것이다.

산포는 뼈저리게 후회했다. 현재 이 몸이 겪는 쓰디쓴 고생은 말할 것도 없이 스스로 불러온 사태가 분명하다. 부족한 위기의식이나 부족한 자제심이 최악의 결과를 초래했다. 어제로 돌아갈 수만 있다면 있는 힘껏 자신에게 호통을 치고 싶고, 팔을 붙잡아 당장 만행을 멈추게 하고 싶다.

뭐지, 이거 전에 생각한 적 있잖아. 산포의 마음을 들여다본 사람이 있다면 지적 한마디쯤 하겠지만, 산포는 당당하게 반론할 수 있다.

한 번이 아니거든요.

술을 마셔도 되는 나이가 되고 나름대로 술을 좋아한다는 걸 깨달은 시점부터 산포는 이런 일을 반복해왔다. 이번에는 간격이 매우 짧은 편이긴 한데, 평소에는 적어도 반년에 한 번 이런 꼴을 겪는다. 괴롭고 고통스럽다. 매번 후회하고 반성하면서 매번 똑같은 실수를 반복한다.

왜 똑같은 짓을 반복할까, 조금은 학습이란 걸 하란 말이다.

이 질문에 대한 산포 내면의 대답은 곤란하게도 얼간이 같은 소리 하나뿐이다.

괴로운 기억보다 전날 밤의 즐거운 기억이 더욱 선명하게 남아 있으니까.

산포가 술 때문에 이렇게 되는 건 반드시 즐거운 동료들과 함께 있을 때다. 친구나 선후배와 함께 즐거운 시간을 보내다가 자기도 모르게 도를 넘어버린다. 즐거운 기억이 괴로운 기억을 덧칠해서 흐릿하게 만든다. 숙취의 괴로움을 잊어버리고 만다.

인생은 즐거운 것만 기억하면 된다고 생각하는구나, 참으로 산포답다고 혹자는 생각할지도 모른다.

그러나 산포는 그렇게 생각해서 매번 멍청하게 괴로워하는 게 아니다.

괴로움의 기억을 깜박 잊고 실수하는 게 좋지 않다는 것쯤은 산포도 알고 있다.

그런 걸 안다고 산포는 우쭐하지 않는다. 당당하게 가슴을 펴지 않는다.

사실은 즐거운 것에만 몰입하지 않는 자기 자신이 좋고, 여러모로 균형감각을 유지하는 사람이 되고 싶다. 그런데도 무심코 해버린다.

그러면 또 깊이 후회하고 반성한다. 그러기를 반복한다.

일할 때도 그런 면이 있으므로 이건 명백히 산포의 단점이다. 게다가 얼마 전이었다면 열심히 노력하니까 선배들도 그런 후배가 귀여울 거라는, 시건방지고 썩어빠진 생각을 했을 것이다.

그래도 요즘 산포는 예전보다도 훨씬 더 변하고 싶다는 갈망을 품었다.

얼마 전, 산포는 무서운 선배에게 이런 말을 들었다.

"산포, 이제 자기 자신에게 화낼 줄 알잖아?"

그때는 '아니 선배한테 혼나는 정도로 화내진 못하는데요?'라고 생각했으나 나중에 어렴풋이 산포가 단순한 바보는 아니리라고 기대한다는 뜻임을 이해했다. 그 기대를 배신하고 싶지 않은 자기 마음도.

그러니 실수하는 자신이라도 그대로 좋다는 생각 따위, 지금은 절대 하지 않는다. 그럴 것이다.

앞으로도 산포는 실수하고 후회하고 반성하기를 반복할 것이다. 현실적으로 수없이 실수를 저지르지만, 그래도 언젠가는 성장할지도 모른다.

그 '할지도 모르는' 미래에 기대를 품고, 산포는 산포 나름대로 노력할 생각이다.

또한 성장 과정에서 몇 개월 후 또 똑같은 말을 중얼거릴 것이다.

"이제 두 번 다시 술 안 마셔……."

그런 후배를 봐도 그 선배라면 단순한 바보라고 일축하지는 않을 거라는 기대를 산포는 자기 혼자서 품었다.

무기모토 산포는
복수물이 좋아

무기모토 산포는 잘 뒤바뀐다.

산포의 감정이나 가치관은 고정되지 않았다. 이리저리 흔들리다가 어떤 계기가 하나 있으면 그런 것이 선 자리는 그녀 안에서 금세 안팎이 바뀐다.

과연 잘 해내는지는 의문이지만 산포가 매일 최대한 폼을 잡는 것도 남에게 보여주고 싶은 자신과 현실의 자신을 뒤바꾸려는 행위다. 골무의 겉을 빙그르르 안으로 뒤집는 느낌. 인체로 상상하면 약간 그로테스크하다.

후배에게 멋있어 보이고 싶어서, 처음 만나는 사람에게 미움받고 싶지 않아서, 옆집 언니에게 관심을 보이고 싶어서, 자길 좋게 봐준 사람이 질겁하지 않길 바라서, SNS에서 욕먹고 싶지 않아서, 어린 여자애가 호감을 품어주길 원해서, 남동생이 누나 취급을 해주길 바라서, 행복한 날을 더 행복하게 만들고 싶어서.

산포는 자기가 바라는 결과를 얻고자 일부러 뒤바꾸기 위해 노력한다. 산포는 있는 힘껏 발돋움하며 매일매일 살아간다.

항상 그렇지만 이번 발돋움은 의욕의 수준이 달랐다.

단순히 까치발 하는 걸로는 부족했다.

물론 이미지가 그렇다는 거였는데 산포는 지금 막 책장 위쪽 손이 닿지 않는 곳의 책을 꺼내려고 안간힘을 다해 까치발을 했다가 균형을 잃어 쿠당탕했다.

팔에 안고 있던 책들이 죄다 바닥에 떨어졌다. 급하게 일어나 주워 들고 망가지지 않았는지 확인해보니, 한 권의 면지가 조금 찢어져 있어서 온몸의 핏기가 싹 가셨다.

"제송합니다!"

카운터로 가서 기운 넘치게 버벅대며 찢어진 책을 다정한 선배에게 보여줬다. 바로 "아, 이건 전부터 그랬어"라는 말을 듣고 일단 안심. "애초에 넘어지지 마." 이쪽 이야기를 들은 무서운 선배가 혼내서 "조심할게유!" 하고 또 기운 넘치게 버벅댔다.

"산포, 서고 갈 거면 이것 좀 가져와."

"네! 알겠습니다!"

"산포, 카운터 좀 부탁해."

"네! 지금 가요!"

"산포, 기운 남아돌면 어깨 좀 주물러."

"알아서 하세요!"

산포는 최근 2주간 계속 말끝에 느낌표가 붙은 것처럼 말했다.

처음에는 "산포 선배, 뭐 좋은 일 있었어요?"라고 물어본 후배도 2주간 계속 그러자 굳이 뭐라고 말을 걸지 않았고 선배들도 종종 "시끄러워"라고 매정한 말을 던지는데, 일단 산포는 아직 꺾이지 않았다.

평소의 산포를 보아온 사람이라면 알 것이다. 산포는 이렇게 시원시원 대답하는 인간이 아니다. 평소 산포의 대답은 조금 더 흐물흐물한 느낌이다.

즉 이건 뒤바뀌려 하는 산포다.

왜 또 이러고 있는가 하면, 산포는 근래 〈돌아온 도라에몽〉에 나온 노진구의 마음으로 지내기 때문이다.

풀어 설명하면, 계속 걱정만 끼치다가는 선배가 안심하고 도서관을 떠날 수 없으니까.

얼마 전, 무서운 선배가 올봄을 끝으로 도서관을 퇴사한다는 소식을 듣고 산포는 계속 생각하고 생각하고 또 생각했다. 그리고 결론을 내렸다. 선배의 남은 도서관 일상에 걱정거리를 남기지 않겠다고. 산포 내면에 그런 기특한 다짐이 피어났다.

그렇다면 실수를 없애기 위해서 노력하라고 생각하는 사람도 있을 것이다. 산포는 당연히 그런 노력도 하고 있다. 하고는 있지만…… 애당초 평소에 실수를 하고 싶어서 하는 게 아니다.

산포도 노력하고 싶다. 그러나 단기간에 달성할 수 있을지 스스로 생각해도 의문이다. 그렇다면 적어도 슬픈 얼굴이나 기운 없는 얼굴은 보이지 말자고 생각했다. 그렇게 자기 내면을 뒤바꿔 괴이하게 시원시원한 산포를 만들어 냈다.

지금 시점에서 좋은 결과를 냈는지는 불분명한데, 안타깝게도 나쁜 효과는 차츰차츰 나오고 있다. 그런 면도 표리일체. 시끄럽다는 지적을 듣거나 조금 전처럼 팬히 팔팔하게 일하다가 실수하는 등 산포에게는 공연히 겉도는 부분이 있다.

매번 그러지 않느냐고 물으면 그렇긴 한데, 평소 이상으로 그렇다.

산포의 심중에서 평소에는 없는 기특한 마음과 왠지 모를 필사적인 마음을 뒤섞어 겉으로 보여주기 위한 행동으로 옮기려고 하면 어떻게 되는가.

결의가 엉뚱한 결과를 초래하는 것 이외의 미래, 예측할 수 없다.

그 실수 자체는 사소하다고 할 순 없어도 산포라면 할 법한 실수였다.

실수한 쪽을 표현하기에는 적절치 않은 말이지만, 몇 번인가 같은 짓을 한 적 있고 용서할 수 없는 일도 아니었다.

상대가 영 좋지 않았다. 실수 때문에 피해를 받은 쪽을 말하는 데 좋지 않았다는 표현은 맞지 않겠지만, 객관적으로 봐도 확실히 좀 좋지 않았다.

이용자가 거의 없는 도서관 개관 직후, 오늘도 어디 열심히 해볼까 하는 다짐과 새로운 학기가 며칠 안 남았다는 마음을 품고 산포가 카운터에서 상대한 이용자는 처음 보는 남성이었다.

이야기를 들어보니, 얼마 전에 일반 이용자 등록을 마쳤는데 오늘은 전에 전화로 책이 있는지 확인하고 예약을 의뢰한 책을 빌리러 왔다고 한다. 산포 본인이 지난주에 받은 전화여서 금방 알았다.

책 제목과 그의 이름, 이용자 ID를 다시 확인하고 "잠시만 기다려주세요"라고 말한 뒤, 산포는 카운터 내부의 예약 도서를 꽂아두는 선반을 살폈다.

'어라?' 하고 생각한 바로 그 순간, 그 일이 벌어졌다.

기억이 초고속 되감기&앞으로 감기로 머릿속에서 재생됐다.

전화를 받고 그 책이 있는지 확인했다. 전화를 끊자마자 바로 컴퓨터로 예약 완료 처리를 해야 했다. 그러나 타이밍 나쁘게도 카운터가 혼잡한 시간대여서 일단 카운터 일을 도운 산포는 예약 처리하는 걸 까맣게 잊고 말았다. 말았다. 말았다.

메아리치는 과거에서 현재로 순식간에 돌아온 두뇌 속 타임 트래블러 산포. 열람실 구석에서 작업하던 이상한 선배가 뭔가 알아차렸는지 의아한 시선을 보내는 것을 느끼며, 카운터 내부 컴퓨터로 허둥지둥 현재 책의 위치를 확인했다. 상태는 대출 중.

내심 으아아아아아, 소리쳤지만 사회인으로서 아슬아슬한 지점에서 목소리로 나오는 걸 막았다. 산포는 자신 이외에 아무도 없는 카운터 내부를 달음박질하듯이 몇 걸음 이동해 재빨리 고개를 숙였다. 성심성의껏 사과했다.

도서관에서 일하다 보면 이용자의 불평이나 불만, 질타를 받을 때도 그럭저럭 있다. 그렇게 되는 각종 상황을 살피면 때로는 이용자의 착각일 때도 있지만, 이번만큼은 아니다. 완전히 산포의 실수. 이용자 쪽에 과실은 전혀 없다.

정말이지 면목 없었다. 진심으로 그렇게 생각해 산포는 재차 고개를 숙였다.

그렇게 사과하는 마음을 진지하게 보여주면 대부분 처음에는 설교 모드였던 이용자도 화를 진정시키고 같이 대안을 고민해준다.

산포의 마음속에는 솔직히 그런 당연함을 바라는 기대도 있었다.

그런데 오늘은 도무지 상대의 화가 진정되지 않았다. 점점 더 목소리가 커졌다. 그렇게 만든 것도 산포의 실수이고 상대에게는 일절 잘못이 없다. 그건 물론 산포도 이해한다.

그러나 한 가지 중요한 사실이 있으니, 여기는 대학 도서관이다.

오전 중이라 얼마 없긴 하지만 다른 이용자도 있다. 자기 실수 때문에 그들이 무서운 일을 겪으면 안 된다. 산포는 사과하던 중간에 목소리를 조금만 줄여달라고 부탁했다. 그게 상대의 분노에 기름을 들이부었다.

카운터 주변에 목소리가 쩌렁쩌렁 울려 산포는 일단 어떻게든 진정시키려고 거듭 사과했다. 그런데도 불이 꺼지지 않았다.

계속 고개를 숙이고 있었다. 도대체 어떻게 해야 상황

을 진정시킬 수 있는지 집중적으로 고민하느라 시야가 좁아졌다. 그래서 산포는 알아차리지 못했는데, 그때 산포 주변에는 선배들이 아이 콘택트를 나눈 뒤, 도서관 직원으로서 적절한 연계에 나섰다.

카운터에 다가와도 되는지 고민하는 듯한 여학생에게 근처에 있던 이상한 선배가 말을 걸었다.

그리고 산포 곁에는.

"무슨 일이세요?"

직원실에서 나온 무서운 선배가 달려왔다.

제가 알아서 하겠다는 말은 하지 않고, 산포는 남성에게서 선배 쪽으로 시선을 옮겼다. 산포가 설명하기 전에 남성이 무슨 일이 있었는지 난폭하게 설명했다. 다소 좀 아닌데 싶은 점도 있었으나 산포는 괜히 끼어들지 않고 무서운 선배의 해석을 기다렸다.

"알겠습니다. 저희의 실수로 이렇게 불편함을 끼쳐드려 진심으로 죄송합니다."

선배가 고개를 숙이다니 너무 가슴 아팠다.

"혹시 괜찮으시면."

산포도 이 시점에서 몇 가지 대처법을 떠올렸다. 선배 머릿속에는 더 많을 것이다. 그래서 방법을 제안하려고 했는데 마음대로 되지 않았다.

선배가 설명을 시작하기도 전에 머리 꼭대기까지 화가 난 남성이 도서관 직원 둘에게 욕을 퍼붓기 시작했다.

그걸 들은 산포는 실수를 저지른 자신은 몰라도 다른 직원에게 퍼붓는 욕은 이미 항의의 경계선을 넘지 않았나, 이건 그냥 진상이잖아, 나랑 당신 사이에서 불편을 끼친 비율이 뒤바뀌었잖아, 하고 아주 조금 생각했다. 죄송한 마음으로 고개를 숙인 채 아주 조금 생각했다.

그런 심리가 들켰을지도 모르고 그러지 않았을지도 모르는데, 남성이 산포를 턱으로 가리키며 거창한 소리를 했다.

"무릎 꿇고 석고대죄해."

"……그, 그건."

마음의 공간 대부분을 죄송한 감정으로 채운 산포라도 당연히 상대의 요구를 그대로 받아들일 순 없었다. 그러나 잔뜩 흥분한 상대는 일반적인 도덕이나 이념상의 의문을 품은 것도 반발이라고 여겼나 보다.

또 상대의 불을 활활 지펴버린 산포는 어쩌지 어쩌지 머리를 굴렸고, 그러다가 어떤 체념을 발견했다.

아마 평소의 산포라면 자신과 상대 모두 틀렸다는 걸 알았을 것이다. 그러나 지금은 평소라면 없었을 행동의 이유가 따라붙었다.

같이 사과해주는 무서운 선배는 이제 곧 도서관을 그만

둔다. 선배가 더는 기분이 상하지 않았으면 좋겠다. 자기 실수 때문에 고개를 숙이는 기억을 더는 안겨주고 싶지 않다.

그렇다면야, 그 정도로 해결된다면.

석고대죄든 뭐든 해서 일단 이 상황을 진정시키는 게 좋지 않아?

사죄하는 마음과 체념과 일종의 해탈을 가슴에 품은 산포는 이렇게 됐으니 어쩔 수 없지, 어디 넋이 나갈 정도로 아름답게 무릎을 꿇어주겠어, 하고 무릎을 꺾으려 했다.

반복하는데, 평상시라면 산포도 자기 선택이 틀렸다는 걸 알았다. 지금은 이상하게 자포자기한 상태였을 뿐이다.

평상시나 긴급할 때나 산포의 잘못된 행동을 교정하는 것은 언제나 이 사람이다.

"그건 안 됩니다."

산포가 무릎을 살짝 굽힌 직후의 자세를 취했을 때 그 목소리가 들렸다. 접히려던 다리가 움찔해서 옆의 의자에 닿았다.

"이번 일은 진심으로 사과드리고 최선을 다해 대응할 것이며, 또한 앞으로 이런 일이 생기지 않게 당사자뿐 아니라 다른 직원도 확인 작업을 재검토할 것입니다. 그러나 인간으로서, 도서관 직원으로서 존엄을 해치는 행동은 할 수 없습니다. 다시 한번 귀중한 시간을 헛되이 하여 죄송합니다."

무서운 선배는 산포 옆에 꼿꼿이 서서 남성을 정면으로 바라보고 사과한 후, 반듯한 동작으로 허리를 굽혀 깊이 고개를 숙였다. 산포도 따라 하는 형태로 뒤를 이었다.

"정말 잘못했습니다."

장난친 게 아니라 버벅댄 거다.

선배의 말이 남성의 가슴에 꽂혔는지, 아니면 혼자 뭔가 깨닫고 열을 내렸는지, 혹은 소란을 눈치채고 달려온 경비원이 근처에서 지켜보는 걸 알아차린 건지 알 수 없지만, 남성은 혀를 차더니 "흥, 됐어"라는 말을 남기고 도서관 입구로 나갔다.

남성의 뒷모습을 눈으로 좇아 자동문 너머로 그가 사라진 것을 확인한 산포는 어휴 숨을 내쉬었다.

등에 맺힌 대량의 땀과 팔딱거리는 심장을 뒤늦게 깨닫고 오른쪽 손바닥을 가슴에, 왼쪽 손바닥을 등에 댔다. 습기와 진동으로 전부 일체화되어 두 손바닥이 달라붙는 건 아닐까, 이런 느긋한 생각을 할 상황은 사실 아니었다.

"여러분, 불편을 끼쳐 죄송합니다."

무서운 선배가 카운터 주변에 있던 이용자에게 방향을 바꿔가며 몇 번이나 고개를 숙였다. 원래 그건 산포가 해야 하는 일이었다. 곧바로 두 손을 몸에서 떼고, 무서운 선배를 따라잡으려고 카운터 밖을 향해 꾸벅꾸벅 고개를 숙였다.

카운터 주변이 진정된 후 경비원에게도 고맙다고 했다. 경비원이 "언제든 불러주세요"라고 친절하게 말하고 다시 관내 순찰을 하러 가는 모습을 배웅한 후, 산포는 뒤로 연행됐다. 으앙.

휴게실에서 산포는 무서운 선배의 노려보는 시선을 받으며 횡설수설 종잡을 수 없게 이번에 범한 실수를 자기 입으로 설명했다.

평범하게 혼났다. 선배에게 확인하고 또 확인하라는 주의를 듣고 산포는 의기소침해졌다. 혼난 것 자체에도 침울해졌으나, 그 이상으로 자기 때문에 선배가 벌써 몇 번째인지 모를 같은 내용의 질책을 하게 된 상황에 침울해졌다.

선배에게 걱정 끼치지 않으려고 노력했는데, 의욕을 내봤자 결국 어정쩡하다. 이런 실수를 자꾸 저지르면 3년간의 세월 통째로 선배를 실망하게 하지 않을까.

적어도 밝게 행동하겠다는 마음은 어디로 갔는지, 눈에 띄게 풀이 죽은 산포. 평소에는 이쯤에서 "다음부터 조심해"라는 말을 듣고 바로 일에 복귀할 것이다. 산포에게는 선배의 그 말까지도 반쯤 루틴처럼 느끼는 한심한 면이 있었다. 그래서 어리둥절해서 선배의 얼굴을 살폈다.

"그래, 실수는 누구나 해."

의외의 말을 들었다. 무섭지만 사실 후배들을 많이 생각해주는 선배다. 무서운 이용자에게 잘못 걸린 자신을 걱정해준다고 생각한 산포는 너무 낙관적이었다.

"실수는 누구나 하니까 실수했다면 제대로 사과하고 그 후의 행동으로 만회해야지."

"네, 네에."

"그보다 산포."

그보다?

"아까 석고대죄하라고 했을 때 거의 하려고 했지?"

들켰다.

"엇, 네, 에. 아, 아까는 그, 막아주셔서 가, 감사합니다."

무서운 선배가 입을 단호하게 다물고 코로 숨을 쉬었다.

"비상식적인 요구를 받아들이는 건 정중한 대응이 아니야."

평소와 조금 다른 말투였다.

"성심성의껏 사과하는 건 당연히 해야 하는 일이지만, 비굴하게 굴어서 용서를 구하려고 하면 안 돼. 그건 산포 자신은 물론이고 다른 도서관 직원 전원의 존엄을 해치는 일이니까."

"전원……."

산포는 그렇게 중얼거리며 동시에 그 말을 수많은 내장 위에 얹는 것처럼 깊이 숨을 들이마셨다.

"산포가 만난 적 없는 다른 도서관 직원까지 포함한 전원. 아까 산포가 꺾였다면 그 사람은 다른 도서관 직원에게도 똑같은 말을 해도 된다고 생각할지도 몰라. 그걸 본 다른 이용자도 같은 짓을 할지도 모르고. 그러니까 실수 자체보다 그 점을 잘 생각해봤으면 해."

산포는 다시 숨을 내쉬고 또 한 번 들이마셨다.

그러는 동안 선배의 말을 곰곰이 생각했다.

"아아."

이어서 자신이 얼마나 많은 잘못을 저질렀는지 깨달았다.

직원으로서 이용자를 대하는 태도가 잘못된 것은 당연하다.

그런데 그것만이 아니었다.

무서운 선배의 행동에 담긴 의미를 완전히 착각했다.

선배는 후배가 상처받을 것 같으니까 도와준 게 아니었다.

상처를 줄 것 같으니까 도와줬다.

산포가, 같은 처지인 사람들에게.

물론 무서운 선배까지도 포함해서.

더는 선배에게 걱정을 끼치고 싶지 않았는데.

걱정을 끼치는 수준이 아니었다.

상처를 주려고 했다.

"……이해했습니다. 고맙습니다, 유념하겠습니다!"

"대답은 좋네."

선배가 피식 웃고 산포를 카운터로 돌려보냈다.

선배 앞이니까, 거기에 더해 이용자 앞에 나선다는 이유도 있었다. 도서관 직원으로서 웃는 얼굴로 카운터에 갔는데, 아마 연락장에 방금 사건을 기록하고 있었을 무서운 선배가 손에 펜을 들고 이쪽을 보자마자.

"표정 그따위면 무릎 꿇으라고 한다?"

무자비함의 극치를 달리는 말을 던졌다(산포는 나중에 되새김질하며 너무 무자비해서 경악한다). 가차 없는 선배의 희생양이 되지 않으려고 산포는 일단 화장실로 도망치기로 했다. 물론 동요가 고스란히 드러나는 목소리로 마침 화장실에 가고 싶은 기분이다, 정말로 그렇다고 변명하고 열람실을 활보해 여자 화장실로 도망쳤다. 그대로 한참이나 거울 속의 자기 얼굴을 빤히 응시했다.

거기에는 피해자인 척 도망친 가해자인 자신이 있었다.

그 후로 산포는 극단적이었다.

극단적으로 성실하게 집중력을 발휘해 일만 생각했다.

얼마나 극단적이었는가 하면, 다름 아닌 산포가 조금이지만 먹는 양이 줄었을 정도이고, 다름 아닌 산포가 내일 잘못 판단하면 어쩌나 걱정하느라 수면 시간이 줄었을 정도였다. 이런 건 대학 입시 전 한 달간 이후 처음이다. 만약 남에게 그런 말을 했다면, 평소에 그렇게 일하는 사람도 있다는 소리를 들을지도 모르나, 어쨌거나 산포는 일 중독자는 아니었다.

평소 생활에 변화가 생기면 몸과 마음에 피로감을 준다. 솔직히 버거웠지만 산포는 늦잠을 자지 않았다. 선배들이 의아하게 여길 정도였다. 다정한 선배는 칭찬해줬는데 솔직하게 기뻐할 수 없었다.

뭔가 잘못을 저질러서 가해자가 되는 모습을 더는 무서운 선배에게 보여주기 싫었다. 오로지 그 마음이 산포를 움직였을 뿐이다. 자기가 뭔가 잘한 건 아니다.

선배가 도서관을 떠나는 날까지 어떻게든 이런 모습을 이어갈 수 있기만을 바랐다.

만약 산포의 생활이 소설이나 영화로 만들어진다면 도중에 열이 나거나 쓰러져서 이야기의 절정이 찾아오겠지만, 산포는 조금 얼빠지긴 했어도 사방에 흔한 20대 중반 여성이었다. 버겁긴 했지만 정신력도 체력도 고작 몇 주만에 바닥을 칠 만큼 비축량이 부족하지 않았다.

극단적으로 노력해 몸과 마음을 소모하면서도 그냥 평범하게 버텼다. 혹시 몰라 몸무게를 쟀더니 조금 줄었다.

필사적으로 보낸 나날은 좋든 나쁘든 쏜살같이 지나갔다. 도중에 소소한 송별회를 열기도 하며, 어느새 날짜는 도서관에서 직원 한 명이 줄어드는 그 전전날이 되었다.

"왠지 쓸쓸하네요."

점심시간, 주먹밥을 먹는데 맞은편에 앉은 성실한 후배가 말했다. 알고 있었는데도 산포는 벌써 그날이 왔구나 싶었다.

풀 죽은 후배의 표정을 보며 산포는 당연히 무서운 선배 이야기인 걸 알았다. 그러나 바로 대답하지 못했다.

사실 산포는 후배처럼 쓸쓸함을 느끼긴 하는지, 쓸쓸하더라도 후배와 같은 마음인지 잘 몰랐다. 그저 아등바등했으니까.

가까운 사람과의 작별을 앞뒀는데 이러는 자신이 싫긴 했다.

"그러게."

자기 생각보다 몇 배는 마음이 담기지 않은 목소리가 나와서 후배도 위화감을 느꼈나 보다.

"산포 선배, 지치셨어요?"

"일은 지치지."

"네, 지쳐요. 그래도 산포 선배랑 다른 선배님들이 계신 도서관에서 일하는 건 즐거워요!"

아아, 이 후배는 어쩜 이렇게 기특한 말을 할 줄 알까.

대조적으로 자신은 3년 동안 선배를 이렇게 기쁘게 한 적이 없었겠지. 산포는 슬퍼졌다.

그래도 이 몇 주간은 조금 나아졌을 것이다. 지금은 목 표 달성을 눈앞에 둔 것을 기쁘게 여기자.

"여, 꼬마 아가씨들."

조용한 휴게실로 괜한 파란을 몰고 올 것 같은 이상한 어른이 들어왔다.

이상한 선배의 쉬는 시간은 아직 멀었을 텐데.

대학이 봄방학이라 최근 도서관은 파리 날리는 상황이 다. 무서운 선배의 인수인계도 끝나서 할 일이 없으니까 후배에게 집적거리러 왔으리라고 산포는 짐작했다.

"네에."

이상한 선배는 꼬마 아가씨라고 불려도 열심히 대답하 는 의리 있는 후배에게만 꾸민 티가 팍팍 나는 웃음을 싱 긋 보여준다. 그녀는 산포의 예상과 달리 업무 이야기를 시작했다.

"내일모레부터 한 명 줄지만 전에 말했듯이 봄방학 중

에 직원 충원은 없어. 이제부터는 변경 사항. 새로운 직원은 오후 근무 전문인 사람이 들어올 거라서 낮에는 지금까지 오후 근무 메인이었던 멤버가 교대로 들어올 거야. 자, 그렇다면?"

갑작스러운 문제 형식. 후배는 열심히 머리를 굴리는 한편, 산포는 답이 알아서 오기를 기다렸다.

"오후 근무인 분들과도 사이좋게 지내는 게 좋다는 거죠?"

뭐람, 저 귀여운 대답은.

"음, 아쉽네. 정답은 슬슬 신입 지도 담당으로 산포를 임명할 수밖에 없겠다 싶어서 불안했던 내 걱정이 사라졌다는 겁니다."

안 귀여운 대답이다. 뭐가 아쉬워? 뭐가.

산포의 마음속 핀잔이 들리지 않을 테니 이상한 선배는 실실 웃었다.

"그래도 요즘 아주 열심히 하더라? 근무 중에는 지금 그 느낌으로 하자고오."

간들거리고 질질 늘어지는 말을 남기고 이상한 선배가 업무에 복귀했다. 산포가 대답할 틈은 주지 않았다.

지금 그 느낌으로.

산포는 짐짓 사악한 척하며 후후훗 아무도 듣지 못하게

웃었다.

자학이었다.

무리라는 걸 알고 있으니까.

지금 자신은 말하자면 RPG 게임에서 마법에 걸린 상태다. 생명력을 희생해 능력을 올리는 계열의 마법이다. 효과는 영원히 지속되지 않는다. 체력이 다 떨어지거나 마법사가 파티에서 빠지면 가호도 사라진다. 순식간에 본래 산포로 뾰로롱 돌아온다. 자신은 남의 힘을 빌리지 않으면 발돋움도 못 하는 형편없는 놈이다.

마법이 풀렸을 때, 지금 산포는 그저 뒤바뀐 모습이었을 뿐인 걸 주변 사람들이 알았을 때, 예전보다 더 크게 실망하게 만들지도 모른다고 산포는 두려워했다.

기대감을 품게 하는 것은 상대의 기쁜 감정을 맡아두는 것이다. 맡긴 기쁨을 내다 버리는 것에 기분이 좋을 사람은 없다.

그때 또 가해자가 될 것 같아서 두려웠다. 지난번의 석고대죄 아저씨(이러면 그 사람이 무릎을 꿇고 사과한 것 같아 보이지만 편의상 이렇게 부른다) 사건 이후로 산포는 예전보다 훨씬 겁쟁이가 됐다.

그때도 당장 옆에 달려와준, 산포가 이 도서관에 왔을 때부터 지켜준 마법사. 그녀 없는 전쟁터가 과연 어떨지 전혀 모르는 자신은 앞으로 도대체 어떻게 싸워나가면 좋을까.

휴식을 마치고 오후 근무 시간도 이윽고 끝나 금방 밤이 왔다.

그리고 마침내 무서운 선배의 마지막 출근 날을 맞이했다.

모처럼 지금, 현재, 이 순간, 라잇 나우에 집중하던 중 이상한 선배의 말 한마디로 앞날에 시선이 간 탓에 산포는 무서운 선배와의 마지막 근무일에 일을 저질렀다. 그날은 선배와 근무 시간이 완벽하게 겹쳤다.

"어? 산포, 오늘 그 애랑 같이 낮부터 출근이잖아?"

"뭐라고요?"

의욕 가득 이른 아침 출근한 산포의 귀에 들어온 비정한 알림. 지금까지 무서운 선배와 근무 시간이 겹칠 때면 아침부터인 패턴이 많았으니까 대충 마지막 날도 그러리라 짐작했다. 최소 1년은 이런 실수와 인연이 없었기에 마법도 방심해서 작동하지 않았다. 일단 근무표를 확인해보니 정말로 산포는 11시부터 출근이었다.

"세상에."

초장부터 기가 꺾였잖아. 일찍 일어나서 손해 봤잖아.

평소의 산포라면 거기에서 생각이 멈췄겠지만, 지금은 아직 마법에 걸린 상태. 방심했다는 걸 아무에게도 불편 끼치지 않은 형태로 자각했으니까 다행이라고 생각했다.

그나저나 아직 3시간이나 남았다. 어쩌면 좋지. 집에 갈 수도 있지만, 걸어서 갈 수 있는 거리면 몰라도 전철을 타고 같은 길을 왕복하는 건 지친다.

어쩔 수 없네, 독서라도 하며 시간을 보낼까.

열람실에서 읽어도 괜찮지만 이용자가 '어, 여기 직원 이잖아'라고 생각하면 불편할 것 같았다. 원래 변신 전의 모습은 안 보여주는 법이다. 이런 자기만의 이론을 따라 산포는 카운터 안쪽 휴게실에 있기로 했다.

다행히 봄방학 기간이라 하루에 동원되는 인원이 적었다. 오늘 아침 근무는 다정한 선배와 이상한 선배, 그리고 후배뿐. 사이좋은 멤버, 원한 있는 멤버도 있지만 베테랑인 그들이 밖을 지켜주니까 산포는 느긋하게 머무를 수 있었다.

사물함을 열어 가방에서 책을 꺼내고 휴게실 부엌의 전기포트로 물을 끓여 인스턴트커피를 탔다. 냄새에 낚였는지 "어이, 팔자 좋네?" 하고 근무 중인 이상한 선배가 괴롭히러 와서 "타드릴까요?"라고 악의 없이 묻고, 비꼬는 것처럼 들렸을까 싶어 반성했다.

커피는 컵에 타서 들고 옮기는 게 아니라 마실 곳까지 컵과 전기포트를 가지고 와서 탔다.

책상 위에 책과 커피 세팅을 마쳐 3시간 전투 태세를 갖췄다.

그건 그렇고 산포는 소설을 읽을 때 반드시 몰입하는 자아가 필요한 타입은 아니다.

물론 자기 의사와 무관하게 머리도 마음도 이야기에 흠뻑 빠져드는 순간은 수없이 있는데, 예를 들어 지금부터 선배나 후배가 서류를 가지러 와서 뭐라고 말을 걸어도, 머리 한구석에 오늘로 무서운 선배가 떠난다는 생각이 늘 자리하고 있어도, 그건 그렇다 치고 소설을 즐기는 기술을 갖췄다.

책을 많이 읽기 위해서는 좋은 능력인데, 산포는 어쩌면 이건 독서량을 늘리는 과정에서 자신이 둔감해진 걸지도 모른다는 가설을 세웠다. 여기에도 또 표리가 있다.

산포가 지금 읽는 책도 마침 세상사의 표리, 반전을 담은 이야기였다. 가진 자와 가지지 못한 자가 시점 차이나 세부적인 사건으로 반전되고, 상처를 주는 쪽과 상처를 받는 쪽도 어느 순간 뒤바뀌고, 플러스와 마이너스가 등을 맞대면서 이윽고 복수극이 벌어진다.

그러고 보면 산포는 원래 가치관이 고정되지 않은 이야

기를 선호했는데, 어렸을 때 특히 좋아했던 '염소 우편'이라는 동요도 어떻게 보면 반전이 있는 이야기다. 만약 자기가 노래의 가사처럼 배송된 편지를 먹어치웠다면 어쩔 수 없으니까 편지를 써볼까 했겠지만, "아까 보낸 편지, 무슨 용건이었어요?"라고 솔직하게 물어보지는 못할 것 같다. 분명히 있는 대로 변명을 늘어놓겠지. 이러이러해서 저러저러했다고 멍멍. 염소인데 왜 멍멍이지.

이런 시답잖은 생각을 하며, 방해받는 일 없이 산포는 절반 정도 남았던 책을 다 읽었다.

"하얀 염소가 편지를 줬어." 콧노래를 흥얼거리며 시계를 본다. 시간이 많이 지났다고 생각했는데 근무 시간까지는 1시간 넘게 남았다. 아직 점심을 먹기에는 이르다. 위장의 예감을 살펴보면 아마 앞으로 20분쯤 기다리는 게 베스트다.

산포는 일어나 책을 들고 휴게실을 나섰다. 카운터에서 후배에게 반납 처리를 부탁하고 책에 관한 감상을 가볍게 나누는데 이용자가 왔다. 산포는 총총히 깡충깡충 직원의 비밀기지로 돌아왔다.

자기 외에 아무도 없는 휴게실에서 기지개를 켜고, 일단 다시 의자에 앉았다. 사무용 의자가 내는 끼익 소리도 산포 이외에 듣는 자가 없다.

스마트폰 액정을 휙휙 움직여 더 확인할 뉴스도 없어진 산포는 도서관 공식 블로그에 접속했다. 저번에 성실한 후배와 공동으로 글을 올릴 권한을 얻었으나 포스트는 아직 딱 한 번만 올렸다. 둘이 올린 포스트 앞에는 예의 반짝반짝 블로거가 올린 이모티콘 한가득에 발랄하고 활기찬 글들이 이어진다. 언제 봐도 웅성거림 한 자밤이 느껴지는데 그건 됐고.

산포는 다음에 올릴 글에 뭘 쓸지 고민했다. 이것도 일하는 거지만 한가하니까 어쩔 수 없지.

내일모레 도서관에 신간이 들어올 예정이니까 그건 반드시 알려야 한다. 그 외에 봄방학 중에도 이용해달라고 촉구하려면 뭔가 어필해야 한다. '조용해서 오래 있기 좋아요~'는 어떨까. 어떤 식으로 쓰면 되려나. 너무 딱딱하지 않으면서 읽는 사람의 머릿속에 산뜻하게 파고드는 문장이 좋다.

참고차 작년 봄방학 때 포스트까지 거슬러 올라가 무서운 선배가 쓴 블로그를 읽어보기로 했다. 페이지를 열자 소녀의 스티커 사진인가 싶게 반짝반짝해서 살짝 전율했지만, 이건 무서운 선배가 블로그 담당이었을 때 이상한 선배가 한 "최대한 팝한 느낌으로"라는 말을 있는 그대로 받아들였기 때문이라고 한다. 책임은 이상한 선배가 져야 한다.

마음껏 놀러 다니지만 일할 때는 반듯하다고 주장하는 술집 알바 여대생이 쓴 것처럼 보이는 문장을 기술적인 관점에서 요모조모 분석해 앞으로 참고하려는 산포.

그러던 도중에 마가 끼었다고 해야 좋을까.

우발적인 충동, 혹은 단순한 변덕이라고도 할 수 있다.

산포는 문득 생각이 나 페이지 왼쪽, 지난 포스트 일람에 나열된 연월 구분 중 3년 전 4월을 스크롤해 찾아서 약지로 터치했다.

예전에 별생각 없이 봤을지도 모르나 내용을 잊어버렸다. 그러니까 이번에도 별생각 없이 보려고 했다.

산포가 이 도서관에 들어왔을 때, 무서운 선배는 어떤 글을 썼을까.

페이지가 열리자, 역시 그때부터 선배가 쓴 블로그 글은 반짝반짝하고 달짝지근했다. 대학 관계자가 한 번도 경고한 적 없는 걸까 생각하며 읽었는데.

신입생 환영사와 도서관 이벤트 소개 너머, 마치 업무라는 일선을 딱 한 마디의 본심이 돌파한 것 같은 문장이 포스트 제일 마지막에 있었다.

'블로그 담당 직원도 처음으로 신입 직원을 가르치는 선배가 됐습니다. ♪ 잘 가르칠 수 있을지 불안하기도 하지

만, 이용자 여러분과 함께 새로운 봄을 만끽하겠어요(웃는 이모티콘).'

생각났다.

몇 년 전에 이 블로그를 봤을 때, 그 무서운 선배도 기특한 면이 있다니 단순한 호랑이 교관이 아니었네, 하고 놀랐었다.

독서와 같다.

몇 번이고 셀 수 없이 출근했고 만났으니까 그때보다 둔감해졌을 텐데.

산포는 스마트폰을 끄고 주머니에 쓱 집어넣었다.

자신에게 걸린 마법이 최소한 오늘까지는 풀리지 않기를 빌었다.

하찮은 후배로서 보내는 축복은, 적어도 산포 본인이 할 수 있는 범위에서는 달성했다. 3년간 톡톡히 신세를 진 지도 담당 선배와의 마지막 근무, 산포는 가해자가 되지 않았을뿐더러 전혀 실수하지 않았다.

물론 지금까지의 나날 중에도 실수하지 않은 날은 얼마든지 있었다. 그러나 인간이니까 언젠가는 실수한다. 선배들 역시 그렇다. 산포는 그 횟수가 다른 직원과 비교해 많은 편일 뿐이다. 그래도 가장 중요한 오늘은 실수하지 않고 끝났다. 마법의 효력이 남아 있었다.

오후 근무하는 사람들이 출근했고, 산포의 근무가 끝나기 2시간 반 전에 아침부터 일한 세 명의 근무가 끝났다. 같은 타이밍에 산포와 무서운 선배는 휴식 시간이어서 휴게실에서 오전 근무 멤버와 무서운 선배의 간이 송별회가 열렸다.

성실한 후배는 눈물을 살짝 글썽이며 "1년간 정말 감사했습니다!" 하고 온 힘을 다해 인사했다. 다정한 선배는 동기의 손을 잡고 "그동안 고생했습니다"라고 말한 뒤, "또 그 일로 연락할게"라며 가뿐하게 퇴근했다. 이상한 선배는 야근을 한 뒤, "능력 있는 후배가 떠나다니 나도 그만둘까?" 하고 장난스럽게 말하고 모습을 감췄다. 무서운 선배와 산포가 단둘만 남는 타이밍은 거의 없었다.

그런 느낌으로 휴식 시간이 금방 끝나 일하러 돌아가자, 산포는 곧 팀장의 지시로 분실된 책을 탐색하러 서고에 갔다. 1년 전에 정전으로 야단법석이었던 걸 추억하며 (그때 얻은 교훈으로 서고에 갈 때는 스마트폰을 가지고 간다) 성실하게 일했다

서고 일을 마치고 돌아오자 이번에는 배가를 기다리는 책이 쌓여 있어서 책들을 집에 보내려고 도서관을 돌아다녔다. 그 후에도 우편물을 가지러 가고 포스터를 붙이러

가느라 카운터 안에 머물지 않고 졸랑대며 일했더니 어느
새 근무 시간이 30분 남아 있었다.

이 시간을 아쉽다고 여기지 않았다. 부디 아무 문제 없
이 근무를 마치기만을 바랐다.

시각은 오후 6시 반.

카운터를 찾는 이용자도 거의 없고 도서관이 고요했다.

이런 한때에 잡담 꽃이 피는 법이다.

카운터 안에서 컴퓨터로 블로그 글을 쓰는 산포 옆에서
팀장과 무서운 선배가 가볍게 추억을 나누기 시작했다. 산
포도 귀만 참여했다. 윗사람이 말하는 무서운 선배의 과거
를 듣는 건 처음인 것 같았다. 이상한 선배는 진지하게 이
야기하지 않으니까.

어디어디.

한때 무서운 선배의 지도 담당은 산포가 이상한 선배라
부르는 사람이었다.

근무 첫날부터 당찼던 무서운 선배를 보고 이상한 선배
는 "내가 가르칠 게 없잖아"라고 재잘대면서도 쓸데없이
간섭해서 무서운 선배가 어이없어했었다나. 실제로 목격
하지 않은 산포도 그 모습이 눈앞에 떠올랐다. 당시 그 자
리에 있었던 팀장은 처음엔 조합이 별로였나 걱정했는데,
잠시 후 그건 그것대로 사이가 좋은 거라 생각하게 되었다

고 한다.

이야기를 들으며 산포도, 하긴 그것도 일종의 플레이라고 생각했다.

어라, 이런 얘기 나도 누구한테 들은 것 같은데.

"무기모토 씨와의 콤비도 보는 게 정말 즐거웠어요."

귀가 커다래져서 엿듣는 게 들켰는지, 팀장은 대화의 화살을 산포에게로 향했다. 맞아, 언젠가 이상한 선배가 무서운 선배와 자신의 관계성을 두고 플레이라고 했었다.

현재 자신의 가해성에 절찬리 겁을 먹은 산포는 괜한 소리를 해서 선배를 불쾌하게 만들지 않으려고 "헤헤헤" 하고 애매모호하게 웃는 데 그쳤다. 이상한 반응이라고 한 소리 들었으나 선배가 기분 좋게 웃어서 가슴을 쓸어내렸다.

말이 콤비지 항상 산포가 일방적으로 선배에게 민폐를 끼치고 혼났을 뿐이다. 지금 생각해보면 그럴 때마다 피해 자인 척 굴었던 것 같다. 사실은 선배에게 괜한 노동을 시킨 가해자였으면서. 산포는 스스로 반성했다.

적어도 마지막 날만큼은 선배가 큰소리를 내지 않아서 산포는 진심으로 안심했다. 선배의 목을 공격하지 않고 끝났다.

카운터 안에서 셋이 보내는 시간은 비교적 느릿느릿 지나가서 어쩌면 영원히 이대로일지도 모르겠다는 기분까지 들었으나 시간은 멈추지 않았다.

마침내 열람실 벽에 걸린 둥근 시계의 긴 바늘이 12를 가리켰다. 오후 7시다.

알람이나 종소리도 없이 마지막은 너무도 무정했다.

"그럼 정말 고생 많았어요. 다음에 또 놀러 와요."

팀장이 말하자 무서운 선배가 고개를 깊이 숙이며 지금까지 고마웠다고 말했다. 산포는 그 모습을 보는 둥 마는 둥 듣는 둥 마는 둥 했다.

오늘 하루, 요 몇 주간, 객관적으로도 어떻게든 무사히 넘겼다는 안도감이 사라지는 마법을 대신해 산포를 감쌌다.

왠지 다리가 후들거려서 일어나지 못하고 있는데, 무서운 선배는 작업을 마치고 돌아온 다른 직원에게 정중한 인사를 건넸고, 마지막으로 산포에게도 가볍게 수고했다는 말을 전했다. 에이 아니에요, 라고 대답하려고 했는데 마법 이탈 증상 때문인지 산포는 영문도 모르고 고개를 끄덕였다.

"네."

왜 끄덕였는지 모르겠다.

선배가 재촉해서 힘을 내 일어나 산포도 다른 직원들에게 "먼저 실례하겠습니다" 하고 인사했다.

같이 휴게실로 들어가자마자 옆에서 선배가 크게 기지

개를 켰다.

"아아, 집에 가자, 집에."

해방감이 느껴지는 그 말, 산포는 오늘 처음으로 선배의 목소리를 제대로 들은 기분이었다. 당연히 그럴 리 없다. 8시간이나 같이 있었는데, 왜지? 마법이 귀를 틀어막았는지도 모른다.

하지만 지금부터라도 목소리가 잘 들리면 대화도 잘할 수 있겠거니 싶어 산포는 각 잡고 고개를 숙였다.

"선배, 3년간 정말 감사했습니다. 부족한 점도 많았는데"까지 왔는데 선배가 막았다.

"잠깐만, 잠깐만 있어봐."

고개를 들었다. 선배는 마침 업무용 스웨터를 머리 위로 벗는 중이었다. 타이밍이 나빴다. 마지막의 마지막인데.

선배가 옷을 다 벗는 걸 기다려 산포는 다시 고개를 숙였다. 이번에는 "앞으로도 가르쳐주신 것을 적극적으로 활용하겠습니다"까지 똑바로 말했다. 완벽한 후배가 될 수 있었다.

선배를 보자, 쑥스럽게 웃고 있었다.

"산포가 새삼스럽게 그런 말 하니까 부끄럽다."

"윽, 정말로 부끄럽기만 한 후배였지만."

"아니, 그게 아니라. 전혀 부끄러운 후배 아니었어. 요즘은 실수도 많이 줄었고. 이제 나도 안심하고 그만둘 수 있겠어."

이상한 선배처럼 히죽 웃고, 무서운 선배가 스웨터와 앞치마를 소중히 개켰다.

설령 농담이라도, 그냥 겉치레여도 그런 말을 들으면 지난 몇 주간이 보상받은 기분이 든다.

……어라?

그런 기분이 들 거라고 믿었다. 당연히.

그런 기분이 들지 않았다는 소리다.

산포는 마음속으로 고개를 갸웃거렸다.

요 몇 주간이 성공적이었다면 선배와의 기억은 전부 좋은 추억이 되어 긍정적인 기분이 든다. 들 것이다, 들어야 한다.

왜냐하면 전부, 말하자면 선배가 "안심했어"라고 말해 주기를 바라서 노력했던 거니까.

떡 줄 사람은 생각도 없는데 김칫국부터 들이키는 산포는 무사히 그 말을 듣는 망상도 수없이 했다.

결과적으로 떡이 멋지게 산포의 손아귀에 들어왔는데.

어째서인지 전혀 개운한 기분이 들지 않았다.

심지어 싫은 파도가 마음속에 일었다.

"산포, 골무 쓸래? 필요하면 줄게."

"어, 아, 네, 감사합니다."

산포는 이 기분의 정체를 알지 못했다.

분명 제대로 해냈다. 선배도 안심했을 것이다. 인사하는 타이밍은 어긋났지만 부끄러운 후배가 아니라는 칭찬도 들었다. 심지어 편리한 물건도 물려받았다.

잘 모르겠는 채로 앞치마를 벗고 옷을 갈아입고 가방을 멨다. 사물함을 닫고 무서운 선배와 나란히 문을 나와 도서관을 나섰다. 잘 모르겠는 채로 교문을 향해 함께 걷다가 "역시 좀 뭉클하다"라는 말을 듣고 밤하늘을 올려다보았다. 계속 생각했으나 알 수 없었다.

생각이 내주지 못한 대답을 산포에게 알려준 건 감각이었다.

"그럼 조만간 또 보자."

대학 후문을 나서기 다섯 걸음 전, 무서운 선배가 멈춰섰다. 선배는 임신 사실을 안 후로 오토바이를 타지 않고 산포가 평소 이용하는 역과는 다른 역에서부터 걸어서 도서관에 출근했다.

선배와 여기서 작별이다.

그 사실이 아슬아슬하게 계기가 되어줬다.

산포 마음속에 있던 싫은 기분이 굳어져서 자기 몸에 어떤 협박을 들이밀었다.

안 돼.

앞으로 두 번 다시 변명을 못 하게 돼.

산포는 마음의 협박을 받고서야 간신히 자기 내면에 소용돌이치는 싫은 기분의 정체를 알아차렸다.

"저기."

"응? 왜 그래?"

어떻게 말하면 좋을까. 어떻게 설명하면 좋을까.

어쨌든 선배가 조금만 더 여기 머물러줘야 했다.

이런 후배에게 속아 넘어간 채로 선배를 돌려보낼 수 없었다.

"조금만, 조금만 더, 저기, 이쪽으로."

일단 선배 앞을 가로막아 온몸을 써서 왼쪽으로 왼쪽으로 선배를 유도했다. 교문으로 향하던 선배의 궤도를 아주 조금이라도 어긋나게 하려는 의미가 있었다. 과연 그럴 의미가 있는지 모르겠지만.

"뭔데, 뭔데, 뭔데?"

선배는 순순히 옆으로 비켜 외벽을 따라 심은 벚나무 아래까지 이동해줬다. 다행히 밤의 캠퍼스에는 인기척이 없어서 선배와 경비 이외에 산포의 기괴한 행동을 보는 자는 없었다.

"벚나무를 보고 싶었어?"

3월 후반, 조금만 더 있으면 벚나무는 절경을 맞이한다.

"그, 그게 아니라, 저기, 할 얘기가."

"얘기?"

"어어, 네, 맞아요."

뭐라고 해야 할까. 아니, 사실은 뭐라고 말하면 좋을지 알고 있었다. 뭘 말해야 할지 알고 있었다. 망설인 이유는 말하기 어려웠으니까. 말하면 엄청나게 혼쭐이 날지도 모른다.

그러나 말해야만 한다고 결심했다.

결심했으나 자기가 나서서 선배에게 혼날 용기가 있을 리 없는 산포는 자기 자신을 낭떠러지에서 밀어버리는 심정으로 일부러 말하기 싫은 것부터 말했다.

"저기, 저는 안 돼요."

문맥이고 뭐고 없는 산포의 말에 이어지는 말이 있다고 3년간의 경험으로 알았으리라. 선배는 아직 고개를 끄덕이거나 갸웃거리지 않았다.

무반응에는 그것대로 놀라면서도 산포는 간절히 말을 이었다.

"선배가 없으면 저는 안 돼요."

"……괜찮아."

"아니에요."

의미를 이해하고 대답해준 선배의 성실함을 산포는 고 갯짓으로 걷어찼다.

"내일부터는 정말 안 돼요."

자신이 있었다.

"제가 요 몇 주 동안 실수를 안 한 건, 집중하는 기간을 장해, 정해뒀기 때문이에요. 최소한 선배가 떠나기 전까지라고 여기고 집중력을 전부 써버렸어요. 제로예요. 이제 없어요. 그러니까 내일부터는 틀림없이 마구 실수할 거예요. 그걸 알고 있어요. 알았으면서 힘을 이상하게 배분해서 노력했어요. 마지막 몇 주만이라도 선배를 속이고 싶었을 뿐이에요. 저는 거짓말쟁이예요. 선배가 없으면 언젠가 분명 실수하는 거에도 둔감해지겠죠. 선배를 안심시키지 못하겠어요."

마지막 말은 분명 필요 없었을 거라며 후회했다.

무서운 선배는 마지막까지 들어줬다. 부끄러운 후배의 말을 성의껏. 지금까지 계속 그렇게 해줬다.

"그러니까 저기, 죄송해요, 저는 안 돼요."

산포는 고개를 푹 숙였다.

흠씬 혼나겠지 싶었다. 그래야만 했다.

어른이니까 배분을 생각해야지. 오늘까지 좋았으니까 내일부터는 안 된다느니 하는 생각은 하지 마. 그러면 직원뿐 아니라 이용자에게도 불편을 끼치잖아. 안 그래도 내 일부터 네 실수를 커버해줄 인간이 줄어든다고.

혼나는 게 무섭다는 마음을 지금껏 줄곧 품어왔다. 이 도서관에 와서 처음으로 혼났을 때가 생각난다. 그때를 경계로 산포는 속으로 지도 담당인 그녀를 무서운 선배라고 부르기 시작했다. 그로부터 얼마나 많이 혼났던가, 아니, 얼마나 많이 선배가 자신을 혼내줬는가, 이제는 셈할 수도 없다. 그러다가 둔감해졌을지도 모른다.

이런 한심하기 짝이 없는 후배를 상대로 아낌없는 노력을 해준 사람을 보기 좋게 속인 채로 보낼 뻔했다.

간신히 자신을 막아줬는데 또 가해자가 될 뻔했다.

그래도 붙잡을 수 있었다. 마지막의 마지막까지 선배가 혼내는 데 체력을 쓰게 해서 괴롭지만.

"산포."

"네."

반사적으로 어깨가 움찔 떨렸다.

"있잖아."

선배는 그 순간 작게 재채기를 한 번 했다.

"으, 미안. 산포는 괜찮아."

고개를 들었다. 선배가 다정한 표정으로 바라보고 있었다.

"산포는 이제 나 없어도 괜찮아."

"괘, 괜찮지 않아요!"

저도 모르게 큰 소리를 냈다. 과연 이 대학교에서 자기는 괜찮지 않다고 이렇게 소리 높여 외친 이가 있었을까.

"또 가해자가 되고 말았어요."

어리둥절한 표정을 지었던 무서운 선배는 곧 눈을 크게 뜨고 고개를 한 번 끄덕였다. 얼마 전 일이 생각났나 보다.

그런데도 선배는 이렇게 말했다.

"괜찮아."

"하, 하지만 저인데요?"

이상한 자신감을 다른 사람에게 과시하는 산포. 선배는 웃지 않았다.

"응. 산포는 괜찮아."

"윽."

"왜냐하면 산포, 이제 자기 자신한테 화낼 줄 알잖아?"

마법이 풀린 순간이 있다면, 실은 바로 이 순간이었다.

들떴던 감각이 밤바람에 날려 어딘가로 휙 날아갔다. 다만 산포가 그 사실을 깨달은 건 지금이 아니다. 마법은 언제나 과거에 걸리는 법이다.

"자기가 저지른 일을 두고 뭐가 나빴고 어떻게 하면 좋았을지 이제 스스로 생각할 수 있지. 제대로 반성하고 후

회도 하고, 그걸 행동으로 연결할 수 있게 됐잖아. 내일부
터 또 실수를 연발하면 속이 풀릴 때까지 반성하고 후회
해서, 다음에는 연료 배분을 더 잘할 수 있게 되면 돼. 주
변 사람들에게서 배우는 자세를 갖춰야 하는 건 나나 다른
선배도 너랑 똑같아. 자기도 모르는 사이에 가해자나 피해
자가 되는 거, 누구나 다 그래. 산포 주변에는 그럴 때 무
시하지 않고 여러모로 가르쳐줄 사람이 몇 명이나 있잖아.
지금 산포는 내가 없다고 안 되거나 하지 않아."

"그, 그래도."

"그러니까 나는 속지 않았어. 또 내가 아까 한 말은 거
짓말이 아니야. 물론 좀 더 주변을 살피고 조심성 있게 행
동하라고 생각한 때는 셀 수 없이 많지만."

수줍은 걸 감추려고 부끄러워하며, 그러나 그걸 감추려
는 것 자체가 수줍은지 다시 진지한 표정을 짓고서, 선배
는 늘 그렇듯이 그 눈으로 산포를 바라보았다.

무섭지 않았다.

"나는 산포를 부끄럽다고 생각한 적 한 번도 없어."

"그."

그런, 그런 말은 하면 안 돼.

어떡해.

모처럼 뒤바뀐 나였는데.

"큭."

"응?"

"크으으으으으으으윽!"

주변에 누가 있었다면 대체 무슨 소린가 깜짝 놀랐을 것이다. 봄방학이고 야간이어서 캠퍼스에 인적이 없었던 게 다행이다.

소리의 정답은.

북받친 눈물을 막을 수 없다는 걸 깨달은 산포가 최소한 오열하지 않으려고 아랫입술을 깨물었는데, 노력도 허무하게 입술 끝으로 신음 같은 것이 흘러나온 것, 이었습니다.

"어이, 울지 마, 울지 마, 울지 마."

"안 울어요오옷."

기억하기로 1년 전에도 다른 선배와 이런 대화를 했다.

"거짓말하긴!"

선배가 웃음을 터뜨리며 그렇게 말해줘서, 민폐를 끼치는 중이고 곤란할 테지만 우는 사람을 앞에 두고 지적질이나 하는 이 못된 선배에게 앙갚음 정도는 해도 되겠다고 여겨 말했다.

"선배가 내일부터 도서관에 없는 거 진짜 싫어요오오오."

주르륵, 콧물이 나왔다. 상황이 아무리 그래도 이건 아니다 싶어 주머니에서 손수건을 꺼내 흥 풀었다. 그러는 동안에도 눈물이 눈가에서 흘러내려서 어떻게든 그걸 감추려 했다. 우우.

산포는 평소 폼 잡고 싶은 마음에 이상향으로 품은 자신을 뒤집어 겉으로 내보이려 한다. 성공 여부야 어쨌거나, 자신을 속이는 것이다.

속여왔다. 전부 거짓이었다.

선배가 그만두는 걸 안 후로 바로 지금까지.

들켰다.

전부, 사실은 뒤바뀐 거였다.

밝게 행동한 것도, 가해자가 되기 싫어 안간힘을 쓴 것도, 오늘을 무사히 마무리해 안도한 것도, 속인 채로 끝내기 싫다고 생각한 것도, 복작복작 생각하고 고민한 것 전부 전부 전부, 이런 소리를 하면 다들 혼낼지도 모르지만.

사실 그렇게 구는 게 마침 좋았다.

일에 매달려 열과 성을 다하고 선배를 위한다고 말하면서, 쓸쓸하다는 단순한 사실에서 도망치려고 했다. 둔감해지고 싶었다.

가해자든 거짓말쟁이든 뭐든 좋고, 석고대죄를 하든 혼나든 좋다. 그런 건 얼마든지 만회할 수 있다. 다시 할 수 있다. 그러니까 그런 문제들이 가장 부정적인 요소인 척

했다. 그리고 이를 전부 뒤바꿔서 자신 안에 있는 가장 큰 문제에서 눈을 돌리기 위한 희생양으로 삼았다(이 행동이 옳은지 그른지 산포는 잘 모른다).

계속 도서관에 함께 있어주길 바랐다.

이 마음을 숨겼다.

후배가 쓸쓸하다고 말했을 때, 진심으로 동의하지 못했다.

다정한 선배가 다음에 도서관 밖에서 만나자는 약속을 했을 때, 자기랑도 약속해달라고 말하지 못했다.

이상한 선배에 한해서는 몰라.

진심에서 우러나온 눈물은 좀처럼 멈추지 않았다.

그때 어떤 사람이 어깨를 부드럽게 건드려서 산포는 놀랐다.

어떤 사람은 무슨, 눈물로 앞을 못 보는 틈에 거리를 좁힌 선배였다. 어루만지듯이 어깨를 쓸어주었다.

"이사하는 것도 아니고, 또 금방 만날 수 있어."

"그래도오."

"어쩔 수 없네."

산포가 진정할 때까지 선배는 계속 곁에 있어줬다. 기분 나빠하거나 어이없어하거나 귀찮다고 내버리지 않고 있어줬다.

3년간 계속 그랬던 것처럼 산포는 이 선배에게 응석을 부렸다.

다음 날 아침, 눈을 뜨자마자 어제 일이 생각나 다 큰 어른이 윗사람 앞에서 대체 무슨 짓으으으으으으으으으아아아아아, 하며 산포는 몸부림쳤다.

솔직히 오늘 내내 이대로 몸부림치고 싶었지만, 사회인이니까 어쩔 수 없이 일어나 퉁퉁 부은 눈에 꼼꼼히 화장하고 도서관에 착실히 출근했다. 훌륭하다.

뭐, 누가 목격한 것도 아니고 경비 아저씨가 봤더라도 숙녀의 오열을 굳이 언급하진 않겠지. 분명 그럴 거야. 희망을 품고 도서관에 도착해 문을 연 산포는 엎어질 뻔했다.

간신히 버티고, 대신 얼빠진 소리를 냈다.

"하아?"

"좋은 아침. '하아'가 아니지?"

그 얼굴을 보자마자 산포는 당장 도서관에서 뛰쳐나가 역까지 달려가 전철에 올라타 집으로 돌아가 침대에 엎어져 기절해버리고 싶었다.

"어, 어, 어째서, 그만뒀잖아!"

자기도 모르게 나온 무례한 말과 엄청난 목소리에 전직 무서운 선배는 미간에 주름을 잡았다. 그래서 산포는 얼른 한 걸음 물러났다가 두 걸음 전진해 열어둔 문을 꼭 닫고 허리를 굽혀 사과했다. "죄송합네두." 지금까지와 똑같지 않은가.

"어, 뭐죠, 퇴사가 몰래카메라였어요?"

그 말에 동기와 수다를 떨고 있었을 다정한 선배가 손뼉을 치며 웃었다.

"아니거든."

"그, 그럼, 그야 또 금방 만날 수 있다고, 마, 말씀하시긴 했는데."

"오늘 오후부터 한동안 본가에 돌아가니까 앞치마를 반납하러 왔어. 어제 바로 빨아서."

"왜, 왜 어제는 말 안 하고."

아무리 그래도 이건 너무 심술궂잖아!

대체 무슨 생각으로 눈물 펑펑 흘리는 후배에게 오늘 온다는 말을 안 하고 마지막 작별과도 같은 자비 넘치는 표정을 보여준 거야 이 사람? 무섭다. 그저 공포로소이다.

이쪽은 선배가 떠나는 거 쓸쓸해요, 우에에엥, 하고 눈앞에서 울었는데!

이렇게 산포가 감정이 고스란히 드러난 표정을 지은 것이 실수였다.

"둘이 어제 무슨 일 있었어?"

빛이 나는 얼굴로, 마치 처음으로 외박 데이트를 한 커플을 탐색하는 여고생처럼 놀리는 음색으로 다정한 선배가 끼어들었다.

곧바로 에이, 그냥 평소랑 똑같잖아요, 헤헤헤, 하고 대답하면 좋았을 텐데.

"아니, 딱히, 그렇지."

무서운 선배의 괜한 배려가 파멸을 불러왔다. 이러느니 차라리 이 녀석이 울었거든, 이쪽이 나았다.

선배들 때문이다. 혹은 선배들 덕분이다.

이날 산포는 예고했던 대로 실수를 하지 않았다. 그러나 홀로서기에 성공했다거나 여전히 마법이 걸려 있어서 그런 건 아니라고 산포는 생각한다. 그저 단순히 선배가 떠난다고 울어버린 사실을 제 입으로 설명하는 힘든 일을 체험해 묘하게 정신이 맑아졌을 뿐이다.

이글거리는 하루를 극복한 후, 기억해둬야 할 중요한 것을 산포는 마음과 스마트폰 메모 앱에 기록했다.

앞으로는 선배들 앞에서 솔직해지지 말 것.

최대한 약점을 보이지 말고, 언젠가 앙갚음해서 입장을 역전해버리겠다. 특히 무서운 선배는 이제 직장 선후배 관계가 아니니까 해버릴 테다. 목 씻고 기다리란 말이다. 핫핫핫.

퇴근 후 탈의실에서 계획을 도모하고 도취해서 기분
나쁘게 웃는 산포에게는 앞으로 그럴 기회가 얼마든지 있
었다.

이번에야말로 다음에 만날 약속을 확실히 잡아둔 산포
에게는 얼마든지.

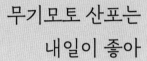

무기모토 산포는
내일이 좋아

무기모토 산포는 한가하다. 한가해서 꿈틀꿈틀하는 중이다. 침대 위에 엎드려서 체중을 오른쪽에 실었다가 왼쪽에 신기를 반복하며 꿈틀꿈틀한다. 때때로 리듬이나 강약을 바꿔 꿈틀꿈틀하며 아무 의미도 없이 15분 정도 시간을 보내고 있다.

산포는 할 일이 없다. 밖에는 못 나가고 점심은 조금 전에 먹었다. 세탁은 오전 중에 마쳤고 청소는 귀찮다. 금요일이 아니니까 좋아하는 다이고 씨의 라디오도 안 하고, 크리피 너츠가 진행하는 올나이트 닛폰 제로는 어제 스트리밍 서비스로 들었다. 안 읽은 책이 있지만 읽을 기분이 아니다. 어제 쓰타야에 가서 영화를 빌려 왔지만 지금은 베스트타이밍이 아니다.

SNS도 뉴스도 다 봤고, 그 결과 산포는 하릴없이 꿈틀 꿈틀하고 있다. 찾아보면 해야 할 일이 많을 텐데? 라고 지적하다니 건방지구나. 할 일이 없다는 건 보통 (지금 기분에 딱 맞는 즐거운 일을 당장 하고 싶은데) 할 일이 없다는 것이다. 해야 할 일 따위 부르지 않았도다. 썩 꺼져라.

마음껏 꿈틀꿈틀한 산포는 몸을 돌려 천장을 보고 누워 커튼을 걷은 창밖을 바라본다. 소리가 나니까 알고는 있는데, 조금 전과 다르지 않게 강한 비가 내리고 거친 바람이 불고 있다. 누운 시선으로는 비를 강조하는 건물도 보이지 않고, 흔들리는 나무도 보이지 않는다. 그런데도 이렇게 비바람을 느끼는 경우는 드물다. 사실 그 점에 한해서는 산포의 기분도 조금 들떴으나 역시 곧바로 화가 치민다. 오늘의 중요한 용건을 날려버린 날씨 녀석을 언젠가 해치워주겠다.

몇 주 전에 잡았던 예정이다. 그런데 이번 주에 폭탄 저기압이 갑자기 나타나서 산포의 놀러 갈 약속을 짓밟았다. 안 되겠네, 안 되겠어.

한참 노래처럼 흥얼거려봤자 지적할 인간도 없으니 마침내 산포는 오늘을 어떻게 보낼지 고민하기 시작한다. 어차피 다들 한가할 테니 누군가에게 전화해서 길게 통화해도 좋지만 상대가 영화라도 보고 있으면 방해하는 꼴이다. 귀찮은 파리 같은 방해꾼이 되기 싫은 산포. 곤충이 된다면 뭐가 좋을까, 사마귀는 멋있지, 사마귀. 바키랑 싸울 수 있고.* 그래도 암컷이 수컷을 잡아먹잖아. 무서워.

내가 포식자 육식계라고 불리는 날은 이번 생 동안엔 없을 거야. 이런 생각이 연상으로 떠올라서 산포는 현생에서 육식계라고 불린 적 있을지도 모를 친구들에게 라인 메시지를 보내기로 했다. 자신보다 훨씬 활동적인 친구들이 이런 날 뭘 할지 궁금했다. 메시지라면 자기 상황에 맞춰 답할 수 있으니까 바빠도 괜찮을 것이다.

메시지를 보낸 뒤 이얍 하고 침대에서 일어나 있는 힘 껏 기지개를 켠다. 외출 예정이 없으니까 위아래 다 회색 추리닝 실내복 차림. 무적의 집순이 스타일이다.

뜬금없게도 산포는 그 자리에서 스쿼트를 시작했다. 이유는 없다. 목표도 없으니까 14번 하고 힘들어서 그만뒀다. 체력이 떨어진 걸 느낀다. 무리하면 안 된다.

침대에 놓인 스마트폰을 확인하니 라인 메시지가 하나, 친구가 산포에게 보내는 답변. 즉답이다. 역시 편집자는

* 일본의 격투 만화 《한마 바키》에 주인공 바키가 거대 사마귀와 싸우는 에피소드가 있다

일솜씨가 다르네요, 하며 라인을 열었더니 딱 한마디. '일하는 중이야.' 고생 많습니다.

답장을 보낸 산포는 일할 때 습관대로 스마트폰을 추리닝 주머니에 넣었다. 그다음 산포는 책상 겸 식탁 겸 바 카운터 겸 책장 겸 취했을 때 일회용 댄스 스테이지 겸, 이것도 취했을 때 다회용 에어 턴테이블 겸, 기타 이런저런 일에 쓰는 값어치 이상의 가치가 있는 테이블에 도착해 노트북을 열었다. 테이블에 올라가서 춤을 춘 건 딱 한 번뿐이다. 진짜 진짜.

노트북이 켜지기를 기다리는 동안, 원래 안에 캐러멜이 들었던 주사위를 굴리며 시간을 보낸다. 다 켜지자 잊지 않고 잘했다며 노트북을 칭찬한 뒤 유튜브에 접속한다. 추천 동영상을 확인하며 으헤헤헤 웃고 또 새로운 동영상을 물색한다. 그러기를 반복하던 산포는 이윽고 집에서 하는 요가 동영상에 도달했다. 어차피 한가하니까 건강해지자. 테이블과 의자를 방 한쪽에 밀어놓고 노트북 화면을 아래에서도 볼 수 있게 조정한 뒤, 산포는 힘차게 바닥에 앉았, 아파!

펄쩍 뛰며 뭔지 보니 페트병 뚜껑이 떨어져 있었다. 그게 마침 엉덩이뼈 부근에 철썩 달라붙은 것이다. 살점 토실토실한 부분이 이렇게 많은데 일부러 뼈를 공략하다니

비겁하다!

아, 그래도 지금 일로 요가 의식이 싹트고 차크라도 열렸다. 요가 미경험자인 주제에 요가를 얕잡아 보며 뚜껑을 쓰레기통에 버린다. 동영상은 아파하는 산포를 기다려주지 않아서 다시 처음부터 재생. 마음을 새로이 하고 유튜브 선생님에게 요가를 배웠다. 15분쯤 평소 안 하는 포즈로 다리를 뻗거나 팔을 뻗었더니 땀이 뻘뻘. 왠지 건강해진 기분이 들 무렵에 동영상도 종료. 감사합니다.

힘차게 일어났는데 추리닝 바지 한쪽이 주르륵 흘러내린 걸 알았다. 설마 지금 운동으로 살 빠졌나? 그냥 스마트폰이 주머니에 들어 있었을 뿐이다. 아쉽군. 요가의 길도 산포의 복부도 그렇게 쉬운 상대가 아니다.

스마트폰을 주머니에서 꺼내 들여다본다. 아름다운 편집자인 친구에게서 '산포 너는 뭐 해?'라는 메시지가 와 있다. '운동해서 차크라를 열었어'라고 대답하고 스마트폰을 테이블 위에 놓는다. 지금 시점에서 산포 안의 차크라 이퀄 땀구멍.

테이블과 의자를 원래 위치로 되돌리고 그럼 그럼 그럼 다음에는 뭘 할까? 소매를 걷어붙이고 유튜브를 뒤지는 산포는 현대인이다. 오늘을 살기 위해 조금은 기합이 필요하다고 생각한 산포, 고민 끝에 고기 굽는 동영상을 찾았다. 그 기합이 대체 뭐냐고 산포에게 직접 물어보면, 할 수 있다는 마음이라는 모호한 대답을 할 것이다. 산포에게 있어 그 할 수 있다는 마음을 가장 분발하게 만드는 것이 고기다. 혹은 밥. 혹은 면. 혹은 생선. 혹은…… 끝이 없으니까 그만 됐다.

아무튼 고기 동영상을 보고 기합을 넣으려고 했는데, 남이 고기를 먹는 동영상을 본 결과 숫구친 것은 식욕과 침뿐이었다. 아쉽군.

큭, 이 식욕은 위험해, 영혼이 침식된다! 외계인이 몸에 기생한 할리우드 스타 같은 기분으로 산포는 거친 숨을 몰아쉬며 방 한쪽에 놓아둔 과자 전용 천 재질 수납 박스로 다가가 안에서 칼파스를 꺼냈다.

비닐 끝을 잡아 자르륵 양쪽으로 뜯었다. 안에서 불쑥 튀어나온 칼파스를 입으로 직접 마중 나갔다. 맛있다. 언제 먹어도 10엔인 게 믿어지지 않는 고기다움.

짭조름한 것을 먹으면 단것도 먹고 싶어지는 게 이 세계의 섭리다. 저항할 수 없는 법칙이다. 그래서 산포는 과자 박스 옆에 앉아, 말 그대로 허리를 구부려 과자들과 얼굴을 마주했다. 두 손을 상자에 집어넣어 안까지 뒤적뒤적 물색. 그렇게 깊은 박스도 아닌데 과자를 대하는 적극성을 진지하게 행동으로 보여준다. 그 결과, 자기가 판 구멍에 고개를 파묻는 개처럼 보인다.

멍멍멍, 상자 안에서 귀환한 산포의 손에 든 것은 캐러멜 콘. 새빨갛고 멋진 그대와 오늘 밤 랑데부. 고풍스럽고 같잖은 대사를 상상하며 틈을 주지 않고 캐러멜 콘의 붉은 드레스를 찢어 강제로 그 속살을 만지고 덥석 움켜쥐어 입에 던져 넣었다. 난폭한 여자, 산포.

아작 푹신 뽀득 뭉근, 매혹적인 식감, 언제 먹어도 맛있어. 달콤하고.

입 안 가득 캐러멜 콘을 물고 일어나 산포는 밖을 내다본다. 빗줄기가 약해지기는커녕 점점 더 거세지는 것 같다.

"그럼 어쩌지."

나왔다. 산포가 소리를 내 "어쩌지"라고 말할 때는 대체로 아무 생각이 없다. 생각해야 하지만 머리가 새하얗다는 사실을 말한 것뿐이다. 도서관 선배들도 최근 들어 그걸 알아차렸다. 비를 안주 삼아 캐러멜 콘을 와작와작 먹으며 스마트폰을 끈적끈적한 손으로 터치. 라인 메시지의 답은 안 왔다. 테이블 위에 방치한 물티슈로 스마트폰과 손가락을 대충 닦고 한마디. "어떻게 할까."

아무 생각 없는 산포는 어째서인지 바닥에 떨어져 있던 리모컨을 주워 텔레비전을 켰다. 어째서고 뭐고 산포가 어제 테이블 위에서 떨어뜨리고 나중에 주우려다가 깜박 잊었을 뿐인데, 그것까지 통째로 잊어버렸으니까 전부 수수께끼로 남는다.

텔레비전을 틀었더니 마침 요리 방송이 나왔다. 그걸 보고 산포는 "오" 하고 평소 못 하는 손이 많이 가는 요리를 해보자고 생각했다.

셋이 모이면 문수보살의 지혜라고 하니까. 캐러멜 콘을 안은 채 냉장고로 접근하는 산포. 이때 셋이란 산포와 요리 방송 선생님과 선생님의 조수다. 말해두겠는데 산포 머릿속에서 벌어지는 일에 일일이 "뭣이?" 하고 반응하면 끝이 없다.

그럼 우리 집 냉장고에는 어떤 병졸들이 대기하고 있을까. 산포는 다시 캐러멜 콘에 끈적끈적해진 손가락으로 냉장고 문을 열었도다. 내부를 살폈도다.

"어라?"

아무것도 없도다. 정확히는 음료와 조미료, 밥도둑 김조림과 달걀, 슬라이스 치즈는 있는데, 손이 많이 가는 요리에 쓸 식재료라 할 만한 것이 전혀 없다. 어째서지, 고민하다가 금방 떠올렸다. 집에 은은하게 감도는 카레 냄새. 그렇다. 어젯밤에 어차피 내일은 폭풍우 때문에 집에서 꼼짝 못 한다며 이틀간 먹을 카레를 만들었다. 어제 메뉴는 카레라이스로, 물론 두 그릇 먹었다. 아침은 카레와 여섯

장짜리 식빵 중 세 장. 점심은 카레우동 사리 두 개. 그리고 오늘 밤은 내열 접시에 카레와 밥과 치즈와 달걀을 담아 오븐에 구운 카레를 먹을 예정이었다. 버몬트카레 약간 매운맛은 아무리 먹어도 질리지 않아서 지금 한창 카레 축제 개최 중인 걸 까맣게 잊었다.

으으음, 신음하는 산포. 시간을 들여 요리하는 안건은 그렇게 물거품이 되었다. 저녁밥은 데우고 담아서 오븐에 넣기만 하면 끝나니까.

"어쩌지."

또 말한다.

멍하니 냉장고 안을 들여다보며 조미료 배합 그랑프리라는 이름의 염분을 과잉 섭취하는 미래뿐인 경기를 떠올린 그때였다.

그것에 시선이 갔다. 처음부터 냉장고 안에 있었지만 산포가 이제야 선택지로서 의식한 것이다.

술, 있도다.

술 모임을 마치고 돌아오는 길, 집에서 또 마시려고 샀지만 안 마시기를 반복해 쌓인 캔에 든 술들.

꿀꺽.

산포는 뒤를 돌아 밖을 확인한다. 구름 탓에 어스름하지만 아직 이글이글 한낮. 무심하게 품에 안은 봉지에 손을 쑤셔 넣어 안에 든 캐러멜 콘을 하나 꺼내 입에 넣는다. 우적.

초콜릿은 하이볼이랑 잘 어울리지. 어쩌면 캐러멜 콘도.

두근두근, 이 정도로 심장이 크게 뛰지 않는데도 산포는 재난 영화에서 들리는 커다란 심장 박동을 상상한다.

어, 가볼까?

산포는 기본적으로 집에서 혼자 술을 즐기는 타입은 아니다. 가끔 요리 동영상에 자극되어 맥주를 사 올 때가 있는데 올해 들어 아직 세 번뿐이었고, 당연히 저녁을 먹으면서 마셨다. 양도 한 캔이면 만족한다.

그런데 한가하다고 이런 낮부터 술을 마신다니, 스펙터클해. 대체 뭐가?

소소한 모험에 매력을 느낀 산포는 마침내 캔에 손을 내민다. 딱히 이유 없이 동물을 사냥하는 것처럼 술들이 자기 기척을 알아차리지 못하게 은근슬쩍 거리를 좁힌다. 좋아, 좋아, 가만히 있으라고. 착하구나, 스위티. 무슨 영화의 영향인지 모르겠지만 막간극을 한 끝에 산포는 무사히 하이볼 캔을 수중에 넣었다.

"안 되지, 안 되지, 한심한 인간, 안 돼."

흥얼거리며 냉장고를 닫고 테이블로 돌아가는 길, 과자와 캔으로 두 손이 꽉 찼으니 검지 두 개로 안 된다고 X 표시를 한다. 뛰면 아랫집에 시끄러우니까 발꿈치만 살짝 들었다 내리는 걸로 그친다. 대체 무슨 소린지 모르겠다는 사람에게 친절히 설명해주지 않는 산포. 여기는 혼자 사는 집이다. 성량이나 물건 끄는 소리 이외에 남을 신경 쓰지 않아도 된다.

의자에 앉아 하이볼과 캐러멜 콘을 테이블 위에 세팅. 좋았어, 가보자. 의욕에 넘쳐 우선 켜둔 채 방치하던 노트북으로 뭐든 분위기 좋은 재즈를 틀었다. 프롬 유튜브. 낮부터 술을 마시지만 뭐 그렇게 의욕적으로 마시려는 건 아니랍니다, 원래 익숙한 느낌으로 이렇게 마시거든요, 하는 산포 나름의 어필인데 앞서 말했듯이 여긴 혼자 사는 집이다.

속이 뻔히 들여다보이는 미소를 짓고, 하이볼을 푸슛 따서 천천히 안달 내지 않고 일단 한 모금. 우후후, 기분 탓인지 배덕감 덕분에 평소보다 훨씬 스파이시하군요. 그 말투, 누구 흉내를 내는 거냐.

이번에는 캐러멜 콘이랑 같이 먹어봐야지. 우아한 음악에 맞춰 캐러멜 콘 하나를 질빈민 깨물었다. 그때 포르르 부스러기가 추리닝 위에 떨어졌으나 나중에 모아서 먹을 테니까 괜찮아요, 우후후.

입에서 부수고 이어서 하이볼을 머금어 혀 위에서 조리. 빙고. 단맛과 하이볼 향이 절묘하게 어울렸다. 괜찮은 조합을 발견했다고 산포는 자화자찬한다.

과자와 술을 무한 반복하다가 둘 다 절반쯤 남았을 무렵, 산포는 멍해졌다. 술을 못 마시는 편은 아닌데 취기가 올라오는 속도는 빠르다. 분위기를 내는 용도였던 재즈에 질린 산포는 유튜브로 코미디언의 개그 영상을 틀어 에헤 헷 웃으며 하이볼을 즐겼다.

낮부터 과자를 먹고 코미디를 보며 술. 뭔가 잘못된 것 같긴 하다. 그런 생각도 드는데, 그에 더해 산포는 멍해진 머리로 이렇게도 생각했다. 애초에 술보다 먼저 인간이 태어났을 테고, 따지고 보면 술보다 먼저 시간이 태어났으니까 어느 시간에 술을 마셔도 인간으로서 잘못된 건 아니지…… 하앙?

산포는 흐리멍덩한 머리로 자기 생각에 웃었다. 뭐, 괜찮지 않나. 건강한 몸만큼 건강한 마음도 중요하고, 건강한 마음에는 해방감과 자기 긍정이 중요하다. 산포도 산포 나름대로 매일 절제하고 나 같은 건 형편없다고 생각하며 사니까 이런 시간은 중요하다. 스스로 생각하는 건 괜찮아도 만약 누가 형편없는 인간이라고 지적한다면 죽여버릴 테다.

이러니저러니 하는 사이 하이볼 한 캔을 다 마셨다. 이왕 술을 마실 거면 두 캔은 마셔야지. 냉장고에서 이번에는 레몬 츄하이를 가지고 와 익숙한 느낌으로 푸슛 뜯어 꿀꺽 마신다.

머리가 멍해져서 내용은 차치하고 동영상을 가만히 보는 것 자체에 질려버린 산포는 친구에게 답변이 오지 않았나 스마트폰을 확인한다. 그러나 보낸 메시지도 아직 읽지 않았다. 바쁘겠지. 이런 날쯤 다들 쉬라고 말하는 건 간단하지만, 이럴 때도 일하는 사람이 있으니까 다른 사람들도 살아가는 것이다. 술 마시는 나는 걱정하지 마, 나중에 봐도 돼. 노는 중이라면 냉큼 대답하지 못할까.

친구들의 답변을 기다리며, 그렇다면 이번에는 일하지 않는 게 확실한 상대에게 연락해보자고 생각한다. 산포가 오늘 같이 놀러 갈 예정이었던 상대. 예정을 연기하자고 했을 때, 오늘은 원래 쉬는 날이어서 한가하다고 말했던 것 같다.

평소라면 상대에게 용건 없이 먼저 연락하는 건 긴장되니까 조심스럽게 삼가는 산포지만, 한가하고 비도 오고 취했고, 이유는 잔뜩 있으니까 괜찮지 않아? 자의식 과잉인 자신에게 주는 면죄부.

'한가하세요?'라고 보내려다가 이러면 외로워서 보낸 것처럼 보이겠다 싶어서 얼른 삭제했다. 흐물흐물한 머리로 생각한 끝에 '안녕하세요. 밖에 비가 참 거세게 내리네요. 외출도 못 해서 한가하니까 유튜브를 보고 있어요. 좋아하는 노래의 뮤직비디오를 보고 역시 멋진 노래라고 생각했어요. 괜찮다면 들어주세요'라는, 억척스럽게 자의식이 묻은 메시지에 뮤직비디오를 첨부해서 송신하게 됐답니다. 네, 그렇게 됐어요.

그런데 이쪽도 빨리 확인하질 않는다. 네네, 바쁜 어른이시군요, 알아요, 알아. 살짝 삐친 산포가 되어 캐러멜 콘을 탐한다. 봉지 바닥에 견과류가 많이 남아 있어서 괜히 기뻤다. 균등하게 섞여 있으면 좋겠다고 생각한 적도 있는데, 요즘은 완급을 조절해 바닥에만 맛에 변형을 주는 것이 기쁘다. 인생 중 비가 와서 밖에 나가지 못하는 날이 있는 것도 이런 걸지 모른다.

탈탈탈 마지막 남은 자잘한 부스러기까지 입에 쓸어 넣고, 새빨간 봉지를 꾸깃꾸깃 뭉쳐 쓰레기통을 향해 투척. 취한 산포의 컨트롤이 뛰어날 리 없으니 어른스럽게 일어나 쓰레기를 줍고 쓰레기통 앞에서 소심한 슛. 쓰레기통까지 가는 여정 중 옷에 흘린 부스러기가 바닥에 폴폴 떨어진 걸 보고 산포는 좋은 기회다 싶어 옷장에 넣어둔 청소기를 꺼냈다. 콘센트에 전원을 꽂아 청소기를 작동하고, 중장비를 다루는 현장 기술자가 된 기분으로 청소했다. 중장비치고는 박력이 없으니까 자기 입으로 "두두두두두두"

하고 효과음을 추가했다.

네모난 방을 둥글게 원을 그리며 청소하고 만족한 산포는 청소기를 넣기 전에 테이블 위에 남겨진 츄하이를 들고 꿀꺽 마신다. 으아, 퇴근 후 한 잔을 위해 사는 거라니까.

기술자 놀이도 더는 그럴싸한 게 생각나지 않아서 얌전히 청소기를 옷장에 넣은 뒤 산포는 다시 말한다. "그럼 어쩌지."

전혀 생각나는 게 없어서 라임용 단어 저장고를 채우기로 했다. 심심할 때면 종종 한다. 주변에 보이는 물체의 단어를 적당히 골라 라임이 맞는 단어를 찾아 스마트폰에 메모한다. 이렇게 미리 준비해두면 여차할 때 안심이다. 산포가 이렇게 말하자, 친구가 여차할 때가 언제인지 물어보았다. "어, 길을 가다가 갑자기 프리스타일 랩 배틀을 할 때나……."

어디 보자, 하이볼, 다이토구, 사이코, 파라마운틴, 하이삭스, 아이코스, 간장게장 두부…… 이런 게 있나? 간장 육수로 먹는 건가. 오오.

머리를 굴리며 다시 밖을 봤다. 진심 호우네.

바람에 휘날린 빗방울이 창문에 격돌한다.

비를 지켜보던 산포는 갑자기 그치지 않으면 어떡하지, 하고 생각했다.

오늘은 비가 와서 한가하니까 술을 마신다는 느낌으로 넘어갈 수 있다. 그러나 이 비바람이 내일도 내일모레도 이어지면 우리 생활은 어떻게 될까. 물론 이치를 따져 곰곰이 생각하면 그럴 일은 없겠지만, 세상사에는 '혹시'가 있다고 산포는 생각한다. 지난번에 내린 비가 그쳤다고 다음에 내릴 비도 얌전히 그쳐준다는 보장은 없다. 물론 화창한 내일을 믿지만, 이 세상에는 그치지 않는 비도 있을지 모른다. 그게 이 비가 아니라고 어떻게 장담하겠나.

그런 일이 벌어지면 언제까지고 마이 홈(월세)에 틀어박혀 있을 수만은 없다. 강 범람이나 작물 흉작 같은 대규모 사태는 일단 모르겠고, 현실에 닥친 일로 말할 것 같으면 남은 카레가 동난다. 사두는 걸 깜박해서 식재료도 없으니까 젖는 건 싫지만 외출해야 한다. 일도 처음에는 쉬겠지만 비가 계속 오면 원래 그런 거라고 받아들이고 출근해야 할 것이다. 출근은 날씨 관계없이 싫지만.

테이블에 상반신을 엎드린 채, 앞으로 계속 비가 온다면 그런 세상에서 살기 위한 나름의 즐거운 일을 발견해야겠다 싶어, 비 오는 세상에서 발전하고 유행할 방수 패션을 망상할 때 시야 끝에서 산포의 스마트폰 액정이 밝아졌다.

오오, 누가 답을 보냈나? 액정을 살핀 산포는 기겁해서 등을 쭉 편다.

전화였다.

갑작스러운 사태가 닥쳤다. 술 마신 상태로 받아도 괜찮을지 고민했으나 무시할 수도 없다. 최소한 전화는 밝게 받으려고 입을 벌렸다 다물었다를 세 번 반복하는 사이 끊어져서, 직장에서 전화가 왔을 때의 두 배 빠른 속도로 이쪽에서 다시 전화.

"여부세유."

발랄하게 두 종류의 버벅댐을 제공했다.

"아, 으악, 죄송해요. 여보세유."

이번에는 살짝 버벅대기. 부끄러워서 상대에게 술을 마셔서 그런다고 변명하자 웃으며 "술 마셨구나" 하고 말해서 이번에는 배덕감 때문이라고 변명했다.

상대는 산포가 한가하다는 말에 반응해 전화를 걸었나 보다. 산포가 뮤직비디오를 보낸 더 필로우스의 노래는 상대도 듣는 것 같아 다른 곡을 추천한다면 뭘지, 무슨 술을 마셨는지 대화하고, 서로 휴일을 어떻게 보내는지, 운동을 안 하면 체력이 떨어진다는 얘기도 나눴다. 오늘 개최 예정이었던 이벤트를 다음에 언제 실행에 옮길지 대화하던 중 상대에게 업무 전화가 걸려 와서 대화를 마무리했다.

전화를 끊고 혼자 남은 산포는 1초쯤 굳었나 싶었는데, 몸 안에 솟구치는 초조함에 자극되어 의자에서 일어나 힘차게 침대에 다이빙했다.

엎드려 좌우, 우좌로 체중을 실어 몸을 흔들며 다시 꿈틀꿈틀했다. 술이 들어갔고 마음의 준비를 못 한 상태로 통화해서 평소보다 훨씬 말실수가 많았고 버벅댔다. 상대는 개의치 않을지 몰라도 약간 실례일지도 모를 말을 한 것 같다. 내장 깊은 곳에 침전되는 반성과 후회를 어딘가로 내보내려고 꿈틀꿈틀했다.

그래도 어쨌거나 산포이니 꿈틀꿈틀하는 동안 상대도 산포가 그런 걸 잘 알고 전화를 했을 테니까 괜찮겠지, 일단 대등한 관계이고 싫다는 느낌도 아니었고, 사이보그가 아니니까 실수도 좀 하는 게 귀엽지, 아마도. 이렇게 형편 좋게 제 마음을 폭 안아주듯이 달랠 수 있었다. 혼자 난리를 치고 혼자 달래는 부당한 방식. 침대에서 일어나 냉장고에서 보리차를 꺼내 컵에 따라 마시고 깊이 폐 호흡.

왠지 모르게 지금이라면 괜찮을 것 같았다. 주사위 던지기처럼 산포의 기분은 데굴데굴 바뀐다. 그래서 저번에 도서관에서 빌린 소설을 펼쳤는데, 제목에서 상상한 것보다 내용이 무거워서 20페이지의 줄 바꿈까지 읽고 덮었다. 지금은 이런 게 아니다. 애서가에게도 당연히 기분이 있다.

산포는 덮은 책을 소중하게 쓰다듬고 테이블 위에 내려놓았다. 내일은 이 책을 읽고 싶은 기분이 들지도 모르고,

내일이 아니라도 내일모레는 그럴지도 모른다. 그때 사이좋게 지내자꾸나.

스마트폰을 터치했다. 아까 통화한 상대가 '다음에 일정 정해요!'라는 메시지와 너구리가 '잘 부탁합니다' 하고 합장하는 스티커를 보냈다.

답을 보내려다가 산포는 갑자기 웃음을 터뜨렸다. 무언가를 깨닫고 무심코 웃은 건데, 웃음의 비등점이 너무 낮아서 조금 부끄러웠다.

아니, 답을 보내려던 상대가 라인에 등록해둔 이름과 하이볼의 라임이 맞는 걸 알았을 뿐이다. 그냥 그것뿐이다.

뭐 어때. 집에 혼자 있으니 웃어라, 웃어. 의기양양하게 '꼭이요! 다음에는 날이 맑으면 좋겠네요(태양 이모티콘)' 하고 보내려다가 산포는 문득 조금 전에 생각했던 비가 그치지 않는 세상이 떠올라 문장을 지웠다. 대신 '꼭이요! 비가 내리면 내리는 대로 즐겁게 지내요(우산 이모티콘)' 하고 다시 입력했는데, 이건 좀 다른 의미로 보일 것 같아서 또다시 지웠다. 열심히 생각한 끝에 '모쪼록 잘 부탁합니다(웃는 얼굴 이모티콘)' 하고 자의식 덕지덕지인 답을 보내는 걸로 끝냈다.

이것이 오늘 산포의 절정이었다.

그 후로는 정말, 오로지, 그냥 느슨하게 보냈다.

종일 멍하니 밖을 봤다가 스마트폰을 봤다가, 벌써 몇 번 보는지 모를 동영상을 보고 술을 마시고 춤을 추고(의자 위에서). 시간이 되자 카레를 데워 밥을 먹고 모바일 게임을 하고 늘 듣는 음악을 듣고. 기분에 맞는 플레이 리스트를 만들어보기도 했다.

쓰타야에서 빌린 영화가 생각난 건 산포의 눈꺼풀이 무거워졌을 무렵. 어쩔 수 없으니까 포기하고, 목욕하고 이를 닦고 불을 껐다.

침대로 이동하는 중 어둠 속에서 의자에 새끼발가락을 부딪쳐 절규하고, 비틀비틀 이불에 파고들었을 때도 비는 계속 내렸다. 뉴스에서 내일은 그친다고 했다.

잠들기 직전, 산포는 눈을 감고 이렇게 흐리멍덩하게 하루를 보내도 괜찮은지 잠깐 생각했다. 네가 무의미하게 보낸 하루는 다른 누군가의 어쩌고저쩌고라는 흔히 듣는 말을 떠올리기도 했다.

유한한 시간과 인생, 앞날에 대해 이리저리 머리를 굴리다가 중얼거렸다.

"어떻게 할까."

그런 법이다.

명언도 정론도 마이동풍. 내일은 오늘보다 조금만 더 노력하면 되고, 만약 못 하더라도 내일모레 하면 돼. 글피도 아마 여전히 살아 있을 테니까 아무 걱정 없어. 아, 후후, '아마'랑 '아무'도 라임이 맞네.

아무도 보지 않을 미소를 짓고, 산포는 간장게장 두부를 생각하는 사이사이 들리는 빗소리에 귀를 기울였다. 산포는 그 소리가 좋았다.

무기모토 산포의 일상은 이어진다.

다시 만난 산포가
전해주는 긍정 에너지

《무기모토 산포는 오늘이 좋아》라는 제목으로 우리 곁에 찾아온 산포. 그로부터 약 2년의 세월이 지나 더욱 풍성한 두 번째 이야기로 산포가 발랄하게 달려왔다. 스미노 요루 작품 사상 가장 귀여운 주인공이라고 자신 있게 말할 수 있는 산포. 개인적인 선호도야 사람마다 다르겠으나, 스미노 요루의 작품을 처음 번역하며 만난 주인공이다 보니 나도 산포가 역대급으로 귀엽다.

이 소설의 원제는 '무기모토 산포가 좋아하는 것' 이다. 따라서 소제목도 '무기모토 산포는 ○○가 좋아'의 형태이고, 내용도 산포가 좋아하는 것과 그때그때 보고 듣고 겪고 느낀 것을 절묘하게 버무린다. 첫 번째 이야기에서 도서관을 좋아하고 생크림을 좋아하고 팬 서비스를 좋아하던 산포는 두 번째 이야기에서도 다양한 것들을 좋아한다. 좋아하는 것이 정말 많은데 전부 다 있는 힘껏 좋아하며 자기답게 살아가는 20대 여성 산포. 그녀의 삶은 언뜻 정신없으면서도 참 단단하다.

산포는 대학 도서관에서 사서로 일한다. 새로 들어온 책을 정리하고 반납된 책을 제자리에 돌려놓고 이용자를 상대한다. 가끔 '진상'이란 말을 붙이고 싶은 이용자도 있다. 일솜씨가 빠릿빠릿하다고 평가하기는 양심상 어렵다. 사다리를 쓰다가 엎어지고 수다를 떠느라 선배가 시킨 일을 깜박하는 건 일상다반사다. 조금만 긴장하면 말을 버벅대며 외계어를 늘어놓기 일쑤다. 책 속 등장인물이니까 밖에서 보면 귀엽지, 같이 일해야 하는 동료 직원이라면 부단히 신경 쓰고 도와줘야 하니까 상당히 귀찮을 것 같다. 그래도 산포는 도서관의 막내 직원이어서 마스코트처럼 귀여움을 받는다. 그런 산포에게 이번에는 많은 변화가 생긴다. 먼저 직장에 후배가 들어와서 알게 모르게 어리광을 부릴 수 있었던 막내라는 지위를 잃는다. 또 게살 크림 크로켓에 낚여 참여한 피크닉에서 새로운 인연을 만나고, 믿고 따르던 선배와 눈물 콧물 흘리며 이별한다. 원래 만남과 작별이 꾸준히 찾아오는 게 인생이라지만 산포는 두 번째 이야기가 진행되는 대략 1년 사이에 많은 일을 겪는다. 이런 만남과 작별은 산포의 내면을 단단하게 다져준다.

처음 생긴 후배를 어떻게 대해야 할지 몰라 이상한 망상을 펼치던 산포가 후배와 선배의 대화를 유도하려고 후배가 좋아하는 작가의 이야기를 던질 줄 알게 된다. 덕분에 본인이 좋아하는 작가의 신간도 볼 수 있게 됐으니 기특한 일을 하면 복이 오는 법이다. 남자가 자기에게 호감을 품는 걸 받아들이지 못해 프리메이슨 일원이라고 여기며 도피하던 산포가 꾸준히 만남을 이어가며 가끔은 먼저 연락을 시도한다. 도서관을 그만두는 선배의 걱정을 덜어주려고 무리해서 괜찮은 척하던 산포가 사실은 선배가 계속 있었으면 좋겠다고 말하며 울고, 자기 일을 조금 더 적극적으로 바라본다. 산포는 많은 만남을 통해 영향을 주고받고(일방적으로 호감을 느끼며 북 치고 장구 치고 하는 만남도 있지만) 끝없이 성장한다. 자기소개 하나 제대로 못 하는 사람이지만 얄밉지 않은 이유가 이렇게 스스로 생각하고 판단해서 어제의 나보다 조금은 나아진 내가 되려고 노력하는 면 덕분이 아닐까. 좌절도 하고 후회도 하고 자책도 자주 하지만, 산포에게서는 긍정 에너지가 마구마구 뿜어 나온다.

산포의 긍정 에너지에 자극되었는지 1권을 번역하는

동안에는 틈틈이 산책하러 다녔다. 번역을 마무리하자마자 밖에 나가기 싫어하는 게으른 자아가 고개를 내밀었지만, 요즘도 건강을 위해 일주일에 몇 번은 나가려고 노력한다. 2권을 번역하면서도 여러모로 영향을 받았는데, 이번에는 게살 크림 크로켓을 만들어보았고 산포가 좋아하는 아티스트들의 노래를 들어보았다. 크로켓은 처음 만든 것치고 맛있었고, 노래는 취향은 아니었지만 번역하면서 듣기 좋았다. 사실 산토리가쿠빈도 마셔보고 싶었는데 산포 정도로 술이 세지 않아서 이건 못 했다. 요리를 해보고 음악을 들어보는 것이 내 인생에 결정적인 변화를 가져다주지는 않는다. 그래도 소설 속에서 보여주는 행동에 반응해서 어떤 행동을 한 순간, 내 세계는 아주 잠깐 넓어지고 변화한다. 이렇게 조금씩 세계가 넓어지다 보면 언젠가 결정적인 무언가가 나타날지도 모른다. 이것이 산포의 긍정에너지가 우리에게 전해주는 벅찬 선물이 아닐까. 대서특필할 만한 일은 없는 산포의 일상이 하루하루 열심히 살아가는 모든 분에게 밝은 힘이 되기를 바란다.

여담으로 소설 속에 등장하는 산포의 트위터 계정 이야기를 해보자. '@mugimugi_lib3'는 실제로 있는 계정이다. 이름도 무기초코麦チョコ이고 인장과 헤더도 소설에서 묘

사한 그대로다. 트윗은 2020년 7월 13일에 올린 '마이크 체크 원투' 하나뿐이고 팔로우는 0명, 팔로워는 310명이다(옮긴이의 말을 쓴 2023년 2월 8일 오후 기준). 소설에 등장시키기 위해 만든 티가 나지만, 과몰입하기 좋아하는 나 같은 사람은 이런 소소한 장치가 귀엽고 기특하다. 소설 속에서 산포가 트위터 세계에 발을 내디딘 것처럼 언젠가 이 계정의 산포도 트윗을 올려줄까? 확률은 낮아 보이지만 약간의 기대를 걸고 계정을 즐겨찾기 해놓았다. 산포가 트윗을 올려준다면 굉장히 기분 좋을 것 같다. 물론 올려주지 않더라도 트위터 세계를 엿보는 산포를 상상하면 미소가 지어진다. 밝고 긍정적인 힘을 주는 산포, 정말 고맙다!

이소담

무기모토 산포는 내일이 좋아

2024년 3월 25일 1판 1쇄 발행

저　　　자 스미노 요루
옮　긴　이 이소담
발　행　인 유재옥

이　　　사 조병권
출 판 본 부 장 박광운
편 집 1 팀 최서영
편 집 2 팀 정영길 조찬희 박치우 정지원
편 집 3 팀 오준영 이소의 권진영
디 자 인 팀 김보라 박민솔
라　이　츠 김정미 맹미영 이윤서
디지털사업팀 박상섭 김지연 윤희진
영업마케팅팀 최원석 박수진 이다은
물　류　팀 허석용 백철기
경 영 지 원 팀 최정연
발　행　처 (주)소미미디어
발 행 등 록 제2015-000008호
주　　　소 서울시 마포구 토정로 222, 501호(신수동, 한국출판콘텐츠센터)
판　　　매 (주)소미미디어
제　작　처 코리아피앤피
전　　　화 편집부 (070)4260-1393, (070)4260-1391 기획실 (02)567-3388
　　　　　　판매 및 마케팅 (070)8822-2301, Fax (02)322-7665

ISBN 979-11-384-2227-7 (03830)